세르주

SERGE
by Yasmina Reza

Serge

세르주

야스미나 레자
이세진 옮김

Yasmina Reza

mujintree
뮤진트리

▪ 일러두기

− 이 책은 Yasmina Reza의 《Serge》(Flammarion, 2021)를 우리말로 옮긴
  것이다.
− 본문 하단의 주석은 옮긴이의 것이다.
− 책 제목은《 》로, 잡지·영화 제목은 〈 〉로 표기했다.

나의 블라디슈카에게

소중한 친구들 마그다와 임레 케르테스에게

차
례

베그 수영장은 1920년대인가 30년대부터 있었다. 나는 고등학교 때 이후로 수영장에 간 적이 없다. 수영모를 의무적으로 착용해야 하는가 보다. 여태껏 간직하고 있던 위고르 스파 모자를 가져갔다. 샤워실에 들어가려는데 어떤 남자가 나를 불러세웠다. 선생님, 이 상태로는 수영장 출입이 불가합니다.

"왜요?"

"천 수영복이잖아요."

"네, 그런데요."

"라이크라 소재를 입으셔야 합니다."

"어딜 가나 이 수영복을 입고 물에 들어갔지만 아무도 뭐라고 하지 않았는데요."

"여기선 라이크라를 입으셔야 해요."

"나보고 어쩌라고요?"

그는 나에게 탈의실 담당에게 가보라고 했다. 탈의실 담당에게 내 문제를 설명했다. 그는 학교 앞에서 교통정리를 하는 사람들에게서 이따금 볼 수 있는 이상한 면이 있었다. 그가 말했다, 뭐가 있는지 좀 보고요. 그는 나에게 검은색과 갈색이 배합된 수영복을 가져다주었다. 56호, 드파르디외가 입을 법한 사이즈. 나는 말했다, 이거 너무 크겠는데. 작은 사이즈도 있어요. 그는 다른 초록색 수영복을 내밀었다. 대여용. 2유로. 이건 나한테 맞겠네요, 30년 전 같으면. 뤼크를 탕에 들여보냈다. 탈의실에서 수영복을 갈아입었다. 욕이 튀어나왔다. 염병할, 이 수영복 분명히 한 번도 안 빨았을 거야. 나는 내 물건을 보이지 않게 하기로 결심했다. 귀두의 늘어진 부분을 줄이기 위해 살갗을 잡아당기고 달팽이처럼 돌돌 말아 접었다. 요컨대, 귀두로 클리토리스를 만들었다. 그다음은 수영복의 속 겹 쪽을 잡아당겨 다리 사이 부분을 고정했다. 말랑하고 희끄무레한 덩어리가 수영복 윗부분에 툭 튀어나왔다. 그건 나였다. 내 뱃살이 흘러넘친 것이다. 빵을 끊어야겠다. 어쩌면 술을 끊어야 할지도. 샤워기 아래에 가서 섰는데 발 씻는 곳에서 앙증맞은 팔을 휘젓고 있는 뤼크가 보였다. 균과 악취가 득시글대는 물에서 뭐라도 만드나?! 발 씻는 곳은 폭이 2미터 50센티미터 정도였는데 나는 거기에 발을 담그지 않기 위해 두루미처럼 껑충 뛰어넘었다. 거기서 나오지 않으려는 뤼크를 끄집어냈다. 아이에겐 거기가 작은 수영장이었지만 나한테는 갠지스강이었다.

물에서 나는 뤼크에게 수영을 가르쳤다. 뤼크는 아홉 살인데 그 나이 애들은 수영을 할 줄 안다. 준비운동, 잠수, 팔을 벌리고 물에 뛰어드는 시범을 보였다. 하지만 뤼크는 그냥 놀고 싶어 할 뿐 관심이 없었다. 뤼크는 아무 데나 가고, 물에 뛰어들고, 첨벙대고, 물을 잔뜩 먹었다. 나는 뤼크를 건져냈다. 아이는 덧니 때문에 더욱더 물에 빠진 생쥐처럼 보였다. 뤼크가 웃었다. 그 애는 늘 입을 벌리고 있다. 나는 좀 멀리 떨어져 있을 때는 손짓으로 입을 다물라고 신호를 보낸다. 아이는 나를 웃긴답시고 내 흉내를 낸다. 눈살을 찡그리고 윗입술로 아랫입술을 야무지게 단속한다. 그러고는 또 바보처럼 입을 벌린다.

밖에서 나는 길 건너는 법을 가르쳤다. 동작을 순서대로 분석해서 알려주었다. '먼저' 왼쪽과 오른쪽을 번갈아 살피고 왼쪽을 한 번 더 보렴. 뤼크는 열심히 나를 흉내 냈지만 동작이 지지리도 굼떴다. 뤼크는 그런 몸짓에 어떤 의미가 있다는 생각을 못 한다. 그냥 천천히 체중을 한쪽 다리에서

11

다른 쪽 다리로 옮기고 목을 비트는 것이 길 건너기의 비결이라고 생각하는 것이다. 뤼크는 그게 지나가는 차를 살피는 행동이라는 것을 모른다. 그래도 나에게 잘 보이려고 열심히는 한다. 읽기도 마찬가지다. 뤼크는 글을 막힘 없이 읽을 수 있지만 그게 무슨 뜻인지는 모를 때가 많다. 나는 말한다, 구두점을 잘 봐야지. 마침표가 있으면 멈추고 숨을 쉬는 거야. 아이는 소리 내어 읽어본다. *첫째는 방앗간을 가졌고, 둘째는 당나귀를 가졌지만, 셋째에게는 고양이밖에 돌아오지 않았습니다.* 내가 외친다, 마침표! 뤼크가 멈춘다. 아이는 크게 숨을 들이마셨다가 입으로 후 내뱉는다. 그리고 다시 읽기 시작한다. *막내는 자기 몫이 너무 초라해서 슬펐습니다.* 그 글이 무엇을 말하는지는 이제 아무도 모른다.

내가 아침에 뤼크를 유치원에 데려다줄 때가 더러 있다. 아이는 운동장에 들어가 혼자 놀곤 했다. 뤼크는 기차놀이를 했다. 칙칙폭폭 입으로 소리를 내면서 폴짝폴짝 뛰었다. 친구들과 어울리지 못한 채 혼자서. 나는 멀찍이 철책 너머에서 그 모습을 잠시 바라보곤 했다. 아무도 그 애와 말을 하지 않았다.

나는 뤼크가 참 좋다. 다른 사람들보다 그 아이에게 더 관심이 간다. 뤼크는 내가 자기와 어떤 관계인지 정확히 알지 못했다. 한동안 뤼크는 엄마 침대에서 나를 발견했다. 나는 뤼크를 잃고 싶지 않아서 마리옹과 관계를 이어가고 있다. 하지만 뤼크가 그걸 안다고 생각하지는 않는다. 그리고 어쩌면, 그게 사실은 아닐 것이다. 뤼크는 나를 장이라고 부른다. 그게 내 이름이다. 뤼크가 발음하면 내 이름이 더 짧게 들리는 것 같다.

애 엄마가 개 걱정을 하기는 하나? 마리옹은 잡다한 물건을 사들임으로써 그 애를 삶에서 보호할 수 있다고 생각한다. 방한모, 손수건, 빨간 소독약, 모기 퇴치제, 진드기 퇴치제, 온갖 종류의 퇴치제를 사주면 된다고. 그게 우리 어머니와의 공통점이다. 어머니가 나와 세르주를 코르볼의 유대교 여름 캠프에 보내면서 싸준 짐이 120킬로그램이었다. 우리는 보건실 하나를 통째로 들고 갔다. 모기니 뱀이니 조심해야 할 것들이 많은 해라고 했다. 그러지 않은 해는 없었다.

마리옹에게 다른 남자가 생긴 지 몇 주 됐다. 잘된 일이다. 남자가 이혼 소송 중인데 빈털터리라나. 그래서 돈은 마리옹이 다 낸다. 밥 사주고, 영화관에 데려가고, 선물도 한다. 마리옹은 남자가 그런 상황을 넙죽 받아들이는 천연덕스러움에 매료됐다. 그 사람은 가식이 없어, 진정으로 자유로운 거지, 사실 무척 남자다운 사람이야, 라는 게 마리옹의 말이다. 그렇겠지, 라고 나는 대꾸했다.

마리옹은 피곤한 여자다. 작은 일로 생난리를 치다가 조금 있으면 언제 그런 일이 있었냐는 식이다. 하루는 식당에서 기분 좋게 저녁을 함께 먹고 내 차로 그녀를 집 앞에 내려줬다. 그런데 내가 그 구역을 빠져나가기도 전에 핸드폰이 울렸다.

"로비에서 습격당했어!"

"습격? 언제?"

"방금!"

"방금 차에서 내렸잖아!"

"자기는 내가 문 닫자마자 출발하더라?"

"습격당했다니, 무슨 말이야?"

"어떻게 사람이 들어가는 것도 안 보고 바로 출발할 수가 있어? 빨리 헤어지고 싶어 마음이 급했나 봐? 아주 쏜살같더라?"

"그런 거 아니야!"

"아니긴 뭐가 아니야!"

"미안해, 내가 신경을 못 썼어. 마리옹, 그나저나 뭘 어떻게 당했다는 거야? 진짜야?"

"그래서 내가 지금 뭐라고 하는 거잖아. 자기는 나에게 신경을 안 써. 내가 어떻게 되든 무슨 상관이겠어."

"그렇지 않아."

"정문이 미처 열리기도 전에 눈길 한번 안 주고 쌩하니 출발했잖아. 손짓을 하려고 뒤를 돌아보니까 벌써 10미터는 가 있더라?"

"미안해, 또 눈물 쏟은 건 아니지?"

"왜 아니겠어."

"지금 어디야?"

"로비에 그대로 있어."

"습격당했다며? 그놈은 도망갔어?"

"웃겨!"

"마리옹…."

"자기는 이게 얼마나 수치스러운지 모르지? 생글생글 웃으면서 애교 있게 손 인사를 하는데 남친은 벌써 나 몰라라 저만치 가버렸네? 한밤중에, 여친이 무사히 들어가는지 확인도 안 하고, 아주 홀가분하게 가버렸어!"

"네 말이 맞아. 자, 이제 집에 들어가…."

"예의상으로라도 그건 아니지!"

"맞아."

"짐짝 내려놓고 가는 거야, 뭐야!"

"그래, 맞아, 내가 기다렸다가 출발했어야 했어."

"다정하게 손짓이라도 했어야지."

"맞아, 다정하게 손짓이라도 했어야지."

"와서 하고 가."

"나 지금 제네랄우비에 광장이야!"

"당장 돌아와, 나 그냥은 집에 못 올라가."

"마리옹, 어린애처럼 그러지 마."

"상관없어."

"마리옹, 나 모친상 치른 지도 얼마 안 됐어…."

"그래! 그렇지, 내가 그 말 나올 줄 알았어! 그게 무슨 상관이야?"

우리 어머니가 마지막으로 남긴 말은 LCI[1]였다. 평생의 마지막 말. 끔찍한 의료용 침대를 텔레비전 바로 앞으로 옮기면서, 형 세르주는 물었다. 엄마, 텔레비전 보고 싶어요? 어머니는 대답했다. LCI. 침대가 방금 배송되었고 어머니는 그 위에 뉘어 있었다. 어머니는 그 후로 한마디도 더 하지 못하고 그날 저녁 세상을 떠났다.

어머니는 의료용 침대는 말도 못 꺼내게 했다. 의료용 침대가 무섭다고 했다. 다들 어머니에게 의료용 침대가 실제로는 아주 편안하다고 소위 장점을 떠벌렸다. 우리 아버지가 돌아가신 널찍한 부부용 침대, 너무 낮은 그 일반 침대

---

1) 프랑스의 텔레비전 뉴스 채널.

위로 시중들던 사람들은 모두 허리가 작살났다나. 어머니는 더이상 일어나지 못했다. 암으로 고장 난 신체는 모든 기능을 침대에서 수행했다. 누군가가 우리에게 의료용 침대는 선택이 아니라 필수라고 설득했던 것 같다. 우리는 어머니의 동의도 받지 않고 그 물건을 주문했다. 침대는 새벽에 배송됐고 두 명의 배송원은 그놈을 설치하느라 한참을 끙끙댔다. 방은 대량의 전자 의료기기들이 차지했고 세르주와 나는 서 있을 곳조차 없어서 난감했다. 배송원들이 새 침대로 옮겨줄 때 엄마는 전혀 저항하지 않았다. 그들은 조작이 잘되는지 몇 번 시험했다. 어머니는 얼빠진 사람처럼 팔을 축 늘어뜨린 채 상체가 세워졌다가 터무니없는 각도로 기울어졌다가 했다. 그들은 치타를 쓰다듬는 블라디미르 푸틴의 사진 달력이 걸려 있는 벽에 침대 머리를 붙였다. 어머니는 더이상 창문을, 작고 사랑스러운 어머니의 정원을 볼 수 없었다. 어머니는 기진맥진한 채 정면을 보고 있었다. 자기 방안에서 길을 잃은 사람 같았다. 그 달력은 러시아인 간병인의 선물이었다. 우리 어머니는 푸틴에게 약했다. 푸틴의 눈이 슬퍼 보인다나. 배송원들이 가고 나서 우리는 의료용 침대를 원래 위치로, 다시 말해 창문과 텔레비전이 보이는 위치로 옮기기로 했다. 그곳에 있는 큰 침대를 치워야 했다. 일단 매트리스부터 내놓았다. 구식 매트리스는 모래를 채운 것처럼 말도 안 되게 무겁고 탄력이 전혀 없었다. 세르주와 나는 매트리스를 몇 번이나 넘어뜨리면서 간신히 복도로 끌어냈다. 침대 밑판은 방 안에 그냥 세워두었다. 이제 의료용 침대를 옮겨 어머니가 창문과 텔레비전을 마주 보게 했다. 세르주가 말했다. 텔레비전 보고 싶어요? 우리는 침대 양쪽에 주방용 접이식 의자를 가져다 놓고 앉았다. 비방주쉬르사르 크리스마스마켓 테러가 나흘 전에 발생했고 LCI는 희생자 추모식 방송을 내보내고 있었다. 통신원은 '묵념'이라는 말밖에 하지 않았다. 그 말은 실체가 없었다. 그 통신원이 크리스마스 과자와 예쁜 그림이 들어간 틴케이스를 몇 컷 보여준 후 이렇게 말했다. *삶은 제 권리를 되찾았습니다. 물론 그 어떤 것도 이전 같지는 않겠지만요.* 세르주가 말했다. 바보 같은 여자. 아무것도 이전과 다르지 않을걸. 24시간만 지나 봐라.

우리 어머니는 한마디도 하지 않았다. 영원히. 여동생 나나와 매제 라모스가 오후에 도착했다. 나나는 괴성을 지르면서 남편 어깨에 얼굴을 묻었다. 아, 이 침대 너무 흉측해! 어머니는 그날 저녁 돌아가셨다. 새로운 장비의 혜택을 누려보지도 못한 채. 사정이 달라지지 않는 것처럼 보이는 동안, 어머니는 질병으로 인한 숱한 부침을 견뎌냈다. 의료용 침대는 어머니의 입을 닫아버렸다. 의료용 침대, 방 한복판을 차지한 그 괴물이 어머니를 죽음으로 내던졌다.

어머니가 돌아가신 후로 일이 다 헝클어졌다.

마구잡이로 설치한 가건물 같은 우리 가족, 그걸 지탱하고 있었던 건 할머니 당신이셨어요. 나의 조카 마르고가 묘지에서 그렇게 말했다.

우리 어머니는 일요일 점심은 가족이 함께한다는 습관을 고수해왔다. 교외의 집 일층으로 이사한 후에도 말이다. 아버지가 살아계시고 집이 파리에 있었을 때는 토요일 점심이었다. 그렇지만 초긴장과 공포 분위기는 크게 달라지지 않았다. 나나와 라모스는 희한한 음식을 잔뜩 싸 들고 왔다. 세상에서 가장 맛있는 닭고기라는 르발루아 닭(고깃집 주인이 직접 양계장에 가서 구해온다나), 비교를 불허한다는 르발루아산 양 넓적다리라든가. 감자튀김, 완두콩, 아이스크림 같은 나머지는 냉동식품 전문점 피카르에서 직행한 것이었다. 형과 여동생은 가족과 함께 왔고 나는 늘 혼자였다. 세르주의 딸 조제핀은 두 번 중 한 번꼴로 오는데 문지방을 넘자마자 피곤해 죽겠다고 말한다. 나나와 라모스의 아들 빅토르는 에밀 푸아요 학교에서 요리를 배우는데 라모스의 말로는 거기가 요식업계의 하버드란다(그의 발음으로는 '하워드'다). 우리는 미래의 특급 요리사와 식사를 함께하는 셈이다. 우리는 빅토르에게 넓적다리 고기를 썰게 하고는 그의 놀라운 솜씨에 갈채를 보내곤 했다. 어머니는 변변찮은 조리 도구와 냉동 채소를 민망해했다(어머니는 요리라면 늘 질색을 했다. 냉동식품의 등장이 어머니를 구원했다).

우리는 20분 후면 일본인 결혼식이 진행될 거라 대여한 장소를 빨리 비워 줘야 하는 사람들처럼 급히 식탁에 둘러 앉았다. 어떤 주제도 제대로 전개되지 못했고 어떤 이야기도 끝을 보지 못했다. 유별나게 시끄러운 분위기 속에서 매제는 저주파수 대역을 차지했다. 라모스 오초아는 어떤 상황에서도 긴장하지 않는 것을 자기 명예가 걸린 문제로 여겼고 주위 사람들에게도 그런 인물로 보이기를 원했다. 그 자식이 음침한 목소리를 쫙 깔고 아무 일도 없다는 듯 말을 건네는 게 어디 한두 번이었나. 포도주 좀 건네줄래요, 고마워요, 발렌티나. 발렌티나는 세르주가 가장 최근까지 함께 산 여자다. 라모스는 프랑스에서 태어났지만 스페인 사람이다. 그 집은 가족 모두 포데모스[2] 지지자다. 라모스와 나나는 거지꼴로 살지만 그러한 삶에 자부심이 없지 않다. 한번은 가족들과의 점심에서 갈레트 데 루아[3]를 나눠 먹으려는

---

2) Podemos('우리는 할 수 있다'는 뜻). 2014년 1월 16일에 창당된 스페인의 민주사회주의 정당이다.

순간, 어머니가 이렇게 말했다. 내 정기검진 결과는 아무도 묻지 않는 거냐? (어머니는 9년 전에 유방암 진단을 받았다.)

그전에 어머니는 빵집에서 원래 하나밖에 안 주는 왕관을 두 개나 받았다고 자랑했다. 갈레트는 식사를 시작할 즈음 오븐에 넣었어야 했다. 이탈리아의 진주, 우리의 발렌티나가 차가운 갈레트를 먹는 건 말이 안 되지! 나나가 반쯤 숯이 된 갈레트를 식탁에 내놓았는데 천만다행으로 도자기 인형은 겉으로 보이지 않았다. 해마다 도자기 인형을 두고 다툼이 벌어지다 보니 어머니는 속임수를 써서 인형이 아이에게 가게끔 했고, 그랬더니 애들끼리 다투게 됐다. 한 해에는 빅토르의 여동생 마르고가 인형이 자기에게 안 왔다고 자기 몫의 갈레트가 담긴 접시를 창밖으로 내던졌다. 이제 발렌티나의 열 살짜리 아들 마르치오를 제외하면 청소년과 노인뿐이었다. 아이는 식탁보 아래로 들어갔다. 나나가 빵을 자르자 꼬맹이 마르치오가 접시들을 나눠줬다.

"정기검진 결과가 어떤데요?"

"간에 콩알만큼 전이됐대."

---

3) 프랑스에서 주현절에 먹는 파이의 한 종류. 속에 든 작은 도자기 인형을 뽑은 사람을 그날의 왕으로 정하는 풍습이 있다. 이 때문에 프랑스 제과점에서는 갈레트 데 루아에 종이 왕관을 끼워서 판매하곤 한다.

그로부터 몇 달 후, 어두운 방의 부모님 침대 가장자리에 걸터앉아 세르주는 말했다. 어디에 묻히고 싶어요, 엄마?

"아무 데나. 난 별로 관심 없다."

"아빠랑 같이 묻히고 싶어요?"

"아, 유대인들하고 같이 있긴 싫다!"

"그럼, 어디요?"

"바뇌는 싫어."

"화장을 원하세요?"

"화장해. 이걸로 얘기 끝내자."

화장을 하고 재는 바뇌의 포퍼 가家 납골당으로 보냈다. 달리 어디에 모시겠는가? 어머니는 바다도, 들판도 좋아하지 않았다. 어머니의 재가 흙과 일체를 이룰 만한 장소는 아무 데도 없었다.

페르라셰즈 영안실에서 우리는 열 명도 채 되지 않았다. 자식 셋과 손주들, 어머니의 어릴 적 친구 지타 파이퍼, 그리고 어머니가 돌아가실 때까지 집으로 찾아와 두피에 붙어 있던 약간의 머리 타래를 염색해주고 턱에 난 굵은 털을 뽑아주던 미용사 안토니노스 부인이 참석했다. 세르주의 첫 번째 부인이자 조제핀의 생모인 카롤도 와주었다. 지타 아주머니는 대퇴부 골절을 두 번이나 겪었다. 장례식장 직원이 지타를 엘리베이터까지 부축해주었고 거기서부터 그녀는 지팡이를 짚고 고인들을 모신 층으로 멍하니 사라졌다.

지하의 빈 공간으로 내려가면 두 개의 사각대 중앙에서 친구의 관이 기다리고 있었다. 지타 아주머니가 자리에 앉자마자 이유는 알 수 없지만 브람스의 〈헝가리 무곡 5번〉이 쩌렁쩌렁 울리기 시작했다. 10여 분의 고독과 집시풍 음악이 끝나고 아주머니는 살려달라고 외치면서 문까지 어렵사리 이동했다. 그사이에 나는 밖에서 자기가 타고 온 아우디 승용차 앞에서 담배를 태우고 있는 세르주에게 다가갔다.

"누구 차야?"

"내 차."

"장난하지 마."

"시슈포르티슈랑 친한 사람 차야. 그 사람 딜러거든. 대량 생산 차량인 줄 알았지? 이거 경주용이야. 포르셰와 성능은 맞먹는데 가격은 저렴해…."

"그래?"

"시슈포르티슈가 고객을 많이 소개해줘서 고맙다고 그 사람이 차를 가끔 빌려줘. 8기통이야. 머스탱이나 페라리 급의 동력이지. 사실, 포르셰 911이나 파나메라보다 더 좋은 차라고 봐도 무방해. 그의 카센터를 사서 그 자리에 사무용 건물을 올릴 거야."

"난 형이 이제 시슈포르티슈랑 볼일이 없을 거라 생각했는데."

"맞아, 하지만 시슈포르티슈가 몽루주 시장이랑 친하단 말이야."

"그렇군."

"내가 뭘 찾았나 봐."

세르주는 주머니에서 사분지 일로 접힌 종이를 꺼내 나에게 내밀었다. 파란색 가는 글씨로 꼼꼼하게 써 내려간 편지였다. 너무나 눈에 익은 글씨체. "우리 피투네, 잘 도착했기를 바란다. 더위에 너무 고생하지 않았으면 좋겠다. 짐가방 맨 밑에 깜짝 선물을 넣어두었으니 장하고 같이 나눠 먹으렴. 너희를 믿는다. 특히 네가 챙겨간 먹거리를 하루 만에 싹 다 먹어버리지 않으리라 믿는다!《소문난 오총사》와《숲과 오지 이야기》도 챙겼다.《소문난 오총사》와《모클레르 성》이 재미있나 봐. 서점 점원이 그랬어. 모기 있으면 자기 전에 피피올 바르는 것 잊지 말고 네 동생한테 안경 벗으면 꼭 안경집에 잘 넣어두라고 하렴. 장이 얼마나 덤벙대는지 알지. 재미있게 잘 놀다 오렴, 피투네. 널 사랑하는 엄마가."

나는 말했다. 피피올은 그때도 있었구나. 요즘은 스프레이로 나와.

"아, 그래?"

형은 편지를 주머니에 도로 넣고 자기 핸드폰에 저장된 사진들을 넘겨보았다. 그러다 종이 왕관을 쓰고 여왕님 포즈를 취한 엄마 사진에서 멈췄다. 그 사진을 찍은 지 일 년도 안 됐다.

"마지막 갈레트…."

"가자, 다들 기다리겠다."

영안실 지하의 좁아터진 방에서 마르고는 확고한 청춘의 진지한 자세로 자기가 작성한 추도문을 낭독했다. "할머니 당신께서는 평생 운동과 담을 쌓았지만 암 전문의가 가벼운 운동을 처방했기 때문에 실내용 자전거를 타게 되었지요. 할머니는 잠옷에 패딩 조끼만 걸치고 지구력 1단계 수준에서만(8단계까지 있는데) 타기로 했어요. 투르 드 프랑스 텔레비전 중계에서 봤던 선수들처럼 좌석에 앉아 등을 구부리고 페달을 찾아 헛발질을 했지요. 한번은 할머니가 그토록 좋아하는 블라디미르 푸틴 사진을 바라보면서 완전히 아무 생각 없이 자전거를 타고 있을 때 내가 살짝 2단계로 올려봤어요. 할머니 최고! 나는 무척 기뻤어요. 할머니가 그랬지요, 이렇게 하는 사람은 나뿐이라고…. 할머니는 근육이나 뭐 그런 걸 키우고 싶지 않은데 왜 단계를 끝까지 올리겠느냐고 했어요. 지금 계신 곳에서—할머니, 어디에 계시나요?—내가 실내용 자전거 얘기를 하는 게 적절하다고 생각하실지 모르겠네요. 재미있으려고 꺼낸 얘기지만 실은 할머니가 얼마나 용감하고 온순한 분이었는지 기억하고 싶었어요. 할머니는 숙명론자이기도 했지요. 팔자를 받아들였잖아요. 아들들은 할머니가 아플 때도 야단치고 윽박지르기 바빴어요. 할머니의 강박, 쓸데없는 걱정, 할머니의 취향, 방심에서 빚어진 실수, 할머니가 우리에게 한 선물들, 사탕 나부랭이에 대해. 할머니는 속상한 얼굴로 아들들한테 혼나고 있었지만, 우리 가족이라는 마구잡이 가건물을 지탱하고 있었던 사람은 할머니 당신이셨어요. 아스니에르 집 작은 정원에 할머니는 오스트리아 전나무를 심었지요. 싼 걸 고르느라 높이는 45센티미터 정도밖에 안 된 것들이었어요, 장삼촌이 말했어요. 엄마는 천년만년 살 줄 아나 봐, 삼백예순두 살쯤 되어 마르고의 증손녀를 데리고 산책가시려고? 아빠와 삼촌이 할머니 집을 어떻게 할지 모르지만 나는 할머니의 전나무를 다시 심을 거예요. 할머니가 언제든지 우리와 산책할 수 있을 곳에다가요. 비록 아무도 이해해주지 않을지라도."

도대체 누가 〈헝가리 무곡〉을 틀 생각을 했을까? 마르고가 자리로 돌아와 앉자마자 그 애 엄마는 눈물범벅이 되어 딸을 홱 끌어안았고, 그와 동시에 정신없는 바이올린 선율

이 우리를 채찍처럼 후려쳤다. 누가 이런 곡을 골랐담? 우리 어머니는 브람스를 좋아했지만 그건 어디까지나 낭만적인 독일 가곡의 브람스였다. 내 뒤에서 지타 아주머니가 또다시 비명을 질렀다! 그다음에 바퀴 달린 받침대에 놓인 관이 단상 주위를 한 바퀴 돌았다. 마르타 포퍼는 무로 돌아가기 위해 왼쪽에 나 있는 작은 문으로 떠났다.

페르라셰즈에서 나와, 우리는 지타 아주머니를 택시에 태워 보내고 그 근처 카페의 실외 테라스에 자리를 잡고 앉았다. 조제핀은 화장실로 직행했다. 12월에도 이따금 그렇듯 그날은 날씨가 좋았다. 조제핀은 화장실에 다녀와서는 자리에 앉지도 않고 부루퉁한 얼굴로 내처 서 있었다. 햇살이 비치는 자리는 이미 다 차버렸기 때문이다. 조제핀은 메이크업 아티스트이고 언제나 화장을 진하게 한다. 그래서 토라진 얼굴을 하면, 빨간 입술이 쓴맛 나는 고추 같아 보인다.

나나가 일어나서 자기 자리를 양보하려는데 카롤이 가로막았다.

"나는 괜찮은데." 나나가 말했다.

"아가씨는 그늘에 앉아도 괜찮은 사람이 아니에요!"

미용사 아주머니가 말했다. 조제핀, 여기 앉으렴, 난 햇빛이 싫단다.

"앉아 계세요, 안토니노스 부인!" 카롤이 강하게 말했다.

"아니, 내가 언제 자리 내달라고 했어? 이 집 사람들은 나한테 관심 좀 꺼주면 안 돼?"

"우리 스트레스 받게 하지 마라, 조제핀."

"얼어 죽겠는데 왜 밖에 앉아 있는 거야? 할머니를 왜 화장했는지 그것도 이해가 안 가. 유대인을 화장하다니, 미친 거 아냐."

"할머니가 원하셨어."

"가족과 함께한 세월이고 뭐고 다 태워버리다니, 너무 이상해."

"짜증 나게 하지 마." 빅토르가 말했다.

조제핀은 여전히 서서 숱 많은 곱슬머리를 손으로 비비 꼬고 있었다.

"올해 오스비츠에 가기로 했어."

"안됐지만 문 닫았어."[4]

"아우슈비츠!" 세르주가 고함을 질렀다. "오스비츠라니! 넌 유대인도 아니냐? 발음도 할 줄 몰라? 아우슈비츠! 아우슈우우비츠! 슈, 슈라고!"

---

4) 아우슈비츠 수용소는 일종의 역사박물관으로 운영되고 있으나 팬데믹으로 인해 오랫동안 문을 닫은 바 있다.

"아빠…!"

"오빠, 사람들이 다 들어." 나나가 속삭였다.

"내 딸이 오스비츠 운운하는 꼴을 어떻게 봐! 어디서 배워먹어 저 모양이지?"

"나랑은 상관없어!" 카롤이 말했다.

"그렇겠지! 찔리나 봐!"

"조, 네가 좀 현명하게 굴렴." 나나가 잘 달래보려는데 조제핀은 벌써 보도 쪽으로 걸어가고 있었다.

"교육의 실패야! …쟤 어디 가는 거야? 조제핀, 너 어디 가니? …얼마 전에도 무슨 눈썹 강좌 듣는다고 돈을 잔뜩 뜯어갔으면서, 쟤 꼴이 어떤지 다들 봐. 이제 아우슈비츠에 가고 싶대. 쟤는 도대체 무슨 생각으로 사는 거야?"

조제핀이 마장타 광장의 건물 뒤로 사라지자 카롤이 딸을 쫓아가려고 일어섰다.

"당신도 인생에 한 번쯤은 쟤를 좀 편하게 내버려 둘 수 없어?"

"쟤가 잘못하니까 그렇지! 만날 불평불만밖에 할 줄 모르잖아."

라모스가 특유의 동굴 저음으로 말했다. 저게 하품만 해도 다 오염이야, 그렇지?

"무슨 얘길 하는 거야?"

"아우디 얘기야."

"아, 그래."

　그날 아침, 나는 피에르르라제 거리를 건너가면서 파리시 도로관리과의 초록색 차량을 알아보았다. 정확히는 도로를 쓸고 보도에 물을 뿌리는 장치가 있는 좁다란 형태의 청소차였다. 운전석에 매제가 앉아 있었다! 좀 더 다가갔다. 잠시 의아해서 다가가는 동안, 어떤 생각이 번쩍 뇌리를 스쳤다. 나의 매제 라모스 오초아는 불법으로 컴퓨터 관련 수리를 해주는 일 말고는 교묘하게 일정 기간에만 일하고 실업 수당을 타서 먹고사는데, 그걸로 부족하니까 일요일에 하는 다른 일을 구했지 싶었다. 눈에 잘 띄지 않고, 나름 즐겁고, 운전면허만 있으면 되는 일을. 무슨 일을 하든지 자유시간이 차고 넘치는 사람이, 듣도 보도 못한 비밀스러운 교육 과정에 들어가—천재 아닌가—은퇴 후를 대비한 것이다! 라모스는 청소차를 세심하게 살살 몰았다. 운전석에서 흘러넘치는 자부심이 집안일을 남 일처럼 내려다보는 평소의 자세를 생각나게 했다. 가까이서 보니 그는 라모스 오초아가 아니었다. 하지만 이미 내가 떠올린 이미지가 어찌나 강력했는지 그 후로 매제에 대한 나의 생각은 완전히 굳어졌다.

　라모스 오초아는 이 이야기에서 조연에 불과하지만, 나

는 그에 대해 말하는 게 즐겁다. 수많은 조연처럼, 그 인간을 납작하게 눌러주고 싶은 나의 죄 많은 성향을 고려하건대, 라모스 오초아가 확 두드러지는 인물이 되지 말라는 법도 없지 않은가?

라모스도 처음에는 상냥하고 괜찮은 사람 같았다. 네트워크 기술자였고 (해고당하기 전에는) 대기업인 유니레버에 다녔다. 그는 남의 집 일을 봐주는 어머니와 건설노동자 아버지 사이에서 태어났다. 우리가 무슨 말을 할 수 있었을까? 진보적 담론 따위에 신경 쓰지 않는 우리 아버지는 대놓고 반대했다. 눈에 넣어도 아프지 않을 딸 안 포퍼가 칸타브리아의 어느 촌구석 출신인지도 모를 이베리아 놈과 결혼한다고 생각하면 견딜 수 없었으니까. 아버지는 자기 딸을 "사치덩어리"로 여겼다. 아버지가 자기 입으로 그렇게 말할 때면 비판과 자부심이 동시에 묻어났다. 그러니 이런 시대가 아니었으면 뙤약볕 아래에서 맨발로 생양파나 씹어먹었을 라모스 오초아 같은 인간이 어떻게 자기 딸을 넘볼 생각을 했는지 이해할 수 없었다. 우리는 분명히 라모스를 잘못 보았을 것이다. 유행은 케케묵은 가부장적 가치관이 아니라 행복의 손을 들어주었다. 그때는 행복이 바라기만 하면 얻을 수 있는 것이자 모든 철학의 알파와 오메가였다. 아버지가 그 때문에 돌아가셨을 수도 있다. 라모스 오초아가 나나의 손을 수줍게 잡고 파뇰 거리 집에 등장한 지 일 년 만에 우리 아버지는 결장암으로 돌아가셨다.

요즘은 이따금 그런 생각이 들 때가 있다. 어쩌면 세르주와 내가 우리의 고통과 교묘한 괴로움으로 나나를 라모스 오초아의 무기력한 품속에 떠밀었던 것은 아닐까. 어릴 적 일들은 신만이 아시는 곳에 새겨져 있다. 라디오에서 어떤 참사 소식을 접했는데 희생자들이 육십 대라는 말을 듣고 나는 생각했다. 그래, 참 안타깝게 됐네, 하지만 그 사람들은 살 만큼 살았잖아. 그러고 나서 생각난 게 있다. 아니, 너도 육십 대잖아. 세르주, 나나, 다들 육십 대야. 그걸 몰랐어? 어머니 침대머리 탁자에는 우리 삼남매가 외바퀴 손수레 안에서 서로 얼싸안고 환하게 웃는 사진이 놓여 있었다. 누군가가 우리를 멀미 나는 속도로 시간 속에 밀어버린 것 같았다.

우리가 이 원초적인 공모 의식을 유지할 수 있었던 비결이 뭔지는 모르겠다. 우리는 서로 닮지도 않았고 유난스러운 남매 사이도 아니었다. 동기간의 정은 느슨해지고 풀어졌다. 가느다란 정서적, 혹은 관습적 끈이 우리를 이어주고 있을 뿐이었다. 세르주와 나나가 내가 나를 생각할 때와 마찬가지로 성숙한 인간 축에 든 지 오래라는 것은 안다. 하지만 그러한 지각은 피상적이다. 내 마음 깊은 곳에서 나는 늘 둘째 아이이고, 나나는 엄마 아빠의 귀한 딸, 갖은 정성으로 꾸민 귀염둥이다. 그렇지만 우리의 전쟁놀이에서 나나는 언제나 이 순위, 노예, 일본인 포로, 암살해야 할 매국노―우리 방에서 나나는 여자가 아니었고 하사 역할 아니면 죽는 역할이었다―였다. 형은 언제나 절대적인 일 순위, 헬멧의 턱 끈을 늘어뜨린 채 죽음도 달아날 미소를 띠고 부하들을 지휘하는 대장, 겁 없는 용사였다. 세르주는 데이나 앤드류스[5]였고 나는 그를 따르는 졸개, 자기 생각이고 개성이고 없이 대장이 맞다 하면 똑같이 맞다고 하는 병사였다. 우리 집은 텔레비전이 없었지만 사촌 모리스의 집에는 있었다. 우리는 사촌이라고 불렀지만 사실 모리스는 우리 아버지의 러시아 혈통 쪽으로 이어진 먼 친척이었다. 부모님 외에 우리가 유일하게 안다고 할 수 있는 집안사람이기도 했다. 세르주와 나는 일요일마다 라페 거리의 그 집에 미국 영화를 보러 갔다. 코카콜라와 빨대를 챙겨가서는 텔레비전 앞에 널브러져 〈메릴의 약탈자들〉이나 내가 엄청 좋아했던 〈댐 버스터〉, 혹은 서부영화들을 주구장창 보았다. 나에게 인디언

---

[5] 미국의 영화배우. 〈우리 생애 최고의 해〉에서 제2차 세계대전 참전용사 역할을 비롯, 다수의 전쟁영화에서 연기했다.

은 오랫동안 나쁜 짓을 저지르고 여자들 머리가죽을 벗길 생각밖에 없는 악당이었다. 인디언에 대한 나의 재평가는 앨런 래드와 리처드 위드마크가 등장하고서야 이루어졌다. 나중에 모리스는 우리를 샹젤리제에 데려갔다. 모리스는 낙타털 외투를 입고 아스트라한 모자를 쓰곤 했는데 풍채가 엄청났다. 잊지 못할 추억은 리처드 플레이셔 감독이 노르망디에서 찍은 〈바이킹스〉를 본 것이다. 커크 더글라스(모리스는 커크가 등장하는 순간, 손가락으로 가리키며 외쳤다. 러시아계 유대인이야!)와 젊은 날의 토니 커티스가 나오는데 완전히 끝내줬다. 요즘 같으면 12세 이하 관람 불가였을 것이다. 당시는 아직 사람들이 이미지에 실컷 빠질 때가 아니었기 때문에 그냥 광대한 신천지를 둘러보고 온 기분으로 영화관에서 나왔다. 우리 동기간의 질감은 그런 것이다. 막이 있는 정글, 상륙, 낙하산 작전, 희생, 꽁꽁 묶인 나나. 지옥이 된 미얀마, 성의 유혹이 순수를 휘젓기 전, 우리의 모든 영광과 고통의 시간, 외바퀴 손수레에 한덩어리가 되어 있는 우리들.

뤼크가 신에 대해서 묻는다. 그 애는 신이라고 하지 않고 '그 신'이라고 한다. 그 신은 왜 우리가 거짓말을 하는 걸 싫어해요? (나는 답변해보려 했지만 쩔쩔매고 망신만 당한다.) 우리는 함께 지도를 구경한다. 뤼크는 지도라면 환장을 한다. 볼

록하게 요철 처리가 된 지도, 도로지도, 심지어 군郡에서 쓰는 지도까지도. 아이는 강을 좋아한다. 나는 물이 흐르는 길이 강이라고 설명해주었다. 술루아즈 강은 드라크 강으로 흘러들고, 드라크 강은 다시 이제르 강으로 흘러든다고 말해주었다.

"그럼, 이제르 강은 어디로 흘러들어요?"

"론 강으로."

"론 강은요?"

"바다로 흘러들지."

나는 뤼크가 흘러들고 또 흘러드는 이 물의 길들을 어떤 모습으로 떠올리는지 모른다. 그 애는 내가 전기를 운반하는 선을 연구한다는 것을 안다. 아이는 내가 전기를 어디서 찾는지 알고 싶어 했다. 나는 불, 바람, 물을 그림으로 표현했다. 터빈, 회전자, 고정자 따위를 그리면서 일차 에너지를 어떻게 이차 에너지로 변환하는지, 그 과정에서 왜 자기장이 생기고 전류가 발생하는지 설명했다. 뤼크는 두어 시간 내내 머리를 좌우로 흔들고 두 팔을 풍차처럼 휘저으면서 회전자, 고정자, 회전자, 고정자, 회전자, 고정자, 라고 되뇌었다.

하루는 하수구 입구에서 이렇게 쓰인 팻말을 발견했다. *여기서 바다가 시작된다.* 나는 말했다. 그래, 담배꽁초나 오물을 함부로 버리지 말라고 이렇게 해놨구나.

"그런데 바다가 진짜로 여기서 시작돼요?"

"그렇고말고."

나는 뤼크에게 브리오나 카플라 같은 블록 장난감을 사주었다. 아이는 그걸로 인터체인지, 다리, 저수탱크, 숲, 등대가 있는 도시를 만들었다. 철탑들을 세우고 얽히고설킨 전선은 지하로 묻었다. 내가 아이에게 도시의 전선망은 거미줄 같다고 설명했기 때문이다. 아이는 사물을 다루면서 소리를 만들어내고 작은 음악을 빚어낸다. 내 집에는 뤼크가 노는 자리가 있고, 나는 그 애가 만든 것을 절대 해체하지 않는다. 어쩌다 가끔, 뤼크가 없을 때 그런 미니어처를 유심히 살펴보다가 아, 여기 바리케이드를 하나 세우면 좋겠구나, 생각한다. 바닥에 뒹구는 블록을 한두 개 집어서 바리케이드를 만든다. 다음번에 뤼크가 내 집에 와서는, 어떤 때는 한 달 만에 오는데도, 눈살을 찌푸리고 당장 내가 만들어놓은 부분을 치운다. 뤼크를 발렌티나의 아들 마르치오에게 소개해줘야겠다는 생각이 들었다. 시의적절하다고는 할 수 없는데, 그 이유는 발렌티나가 세르주를 집에서 쫓아냈고 이제 상종도 안 하기 때문이다. 내가 불난 집에 부채질하는 꼴이 될까 두렵다. 뤼크는 마주보고 하는 놀이는 다 좋아한다. 특히 체스를 좋아한다. 하지만 체스의 규칙에는 관심이 없다. 그냥 체스판을 꺼내고, 나와 마주보고 의자에 엉덩이를 딱 붙이고 앉고, 말을 체스판 위에 하나하나 놓는 게 좋은 것이다. 내가 말을 어떻게 전진시키는지 가르쳐주면 그대로 따라 하는 것도 좋아한다. 마르치오 같은 또래 아이와는 그렇게 놀 수 없을 것이다. 마르치오는 승부욕이 강하다. 그 아이는 잘하고 싶어 하고 도전을 좋아한다. 그런 성격의 아이와 친해지면 뤼크에게도 도움이 되지 않을까 싶다. 뤼크가 소공원에서 설움을 겪는 장면을 봤다. 뤼크는 다른 아이들에게 다가갔는데 걔들은 뤼크가 투명인간이라도 되는 양 눈길 한 번 주지 않았다. 뤼크는 수줍음이 많다. 뤼크가 덥석 끌어안았던 초등학교 1학년 담임 여교사가 한 명 있었다. 특별한 이유는 없었다. 교사는 마리옹에게 그 얘기를 하면서 감정이 북받쳐 울기 시작했다. 그녀는 뤼크가 안고 있는 몇 가지 문제는 언어치료가 필요하다고, 뤼크는 달나라에서 사는 아이라고 했다. 그녀는 뤼크의 장애나 발달지체를 "달나라에 사는 아이"라고만 표현하고 다른 말은 하지 않았다.

전에 이 인간이 무슨 일을 하고 사는지 모를 때 형은 "수출, 수입"을 한다고 했고 요즘은 "컨설팅"을 한다고 말하고 다니지. 세르주에게 직업이 뭐냐고 물어보면 컨설턴트라고 대답할 것이다. 세르주는 언제나 정체가 불분명한 회사들의 왕이었다. 내가 쉬펠레크Supélec(전기공학전문대학원)에서 공부할 때 세르주는 페레로[6] 사 출신과 손을 잡고 회사를 차려서 스프레드류 업계를 선도하겠다는 계획에 뛰어들었다. 그 가엾은 사내는 퇴직 보상금을 몽땅 투자했다. 그 시기에 세르주는 카페주인과 양조업자 들을 규합했다. 그는 '프랜차이즈 계약' 관련 회사를 설립했다. 그게 그나마 규정에 맞고 조금이라도 벌이가 있는 그의 첫 번째 직업이었다. 어릴 적 세르주와 나는 한방을 썼다. 열네 살에 세르주는 이미 남자였다. 아니, 실은 그가 자기를 남자라고 생각했다. 형은 저음으로 목소리가 잡혔고 턱수염과 성적 잠재력을 드러냈다. 거기에 그의 모든 허세를 철석같이 믿는 두 살 어린 남동생—바로 나—이 있었다는 점도 무시할 수 없다. 세르주는 엄청 호색한인 척했다. 실제로는 키가 작고, 땅딸막하고, 여드름 때문에 골치를 앓았다. 오랫동안 세르주는 누구의 마음도 얻지 못했다. 여자애들은 그의 뒤에서 키득거렸다. 고등학교 복도에서 그런 여자애들을 내 눈으로 봤다. 전쟁과 영웅적 열망이 지나간 후, 세르주는 음악에 자신의 미래가 있다고 생각했다. 그는 기타를 치고 아무도 알아들을 수

---

6) 페레로 로셰 초콜릿과 초콜릿스프레드 누텔라로 잘 알려진 식품 기업.

없는 언어로 노래를 하기 시작했다. 세르주는 오만 가지 '룩 look'을 거쳤다. 그때는 '룩'이라고 하지 않았는데 뭐라고 했 는지는 잘 모르겠다. 어떤 룩도 세르주에게 어울리지 않았 다. 가장 기억에 남는 건 보위Bowie 룩[7]이다. 원판이 워낙 다 르다 보니 그 룩은 특히 기괴해 보였다. 너 화장했구나! 우 리 아버지가 깜짝 놀랐다.

"록스타들은 다 화장을 해요."

"장 페라[8]는 안 해!"

머리칼이 문제였다. 지독한 곱슬머리인데다 숱이 많지도 않아서 당시에 유행하던 어떤 스타일도 소화하지 못했다. 헨드릭스 룩을 몇 차례 시도한 후, 세르주는 머리를 기르기 시작했다. 정수리에서 돋아난 두 갈래 날개 같은 머리채가 잔털에 뒤덮인 천막집처럼 어깨에 드리웠다. 가끔은 웨이 브를 주려고 컬 클립도 말았다. 빈정거리며 머리에 스프레 이를 뿌리는 모습에서 항상 좀 허세가 넘쳐났다. 하지만 나 는 형이 자신감이 부족하다는 것을 알고 있었다. 가끔 한 여 자애가, 딱히 할 일이 없어서, 집에 음반을 들으러 올 때가 있었다. 세르주는 영국 록 전문가를 자처했기 때문에 우리

---

7) 글램록을 선도했던 데이비드 보위의 스타일.

8) 보크레송 출신의 싱어송라이터로 1963년에 프랑스 음반 대상을 수상했다.

방바닥에는 클래시, 더 후, 닥터 필굿 등등의 앨범 재킷들이 널려 있었다. 세르주는 대로 반대편 끝 음반 가게에 손님을 몰아주는 역할을 했고 그 대가로 새로 나온 음반들을 받곤 했다. 세르주가 자키 알캉이라는 친구와 함께 그 음반 가게에 갈 때도 있었다. 자키는 자기 아버지 사냥 조끼를 입고 다녔다. 그 조끼는 등판에 큼지막한 주머니가 있고 양옆이 트여 있었는데 세르주는 거기에 33회전반을 몰래 슬쩍 집어넣곤 했다. 형들은 망을 보라고 나를 데려가기도 했다. 하루는 아버지가 우리 방에 들어왔다. 아버지는 침대에 걸터앉아 다리 사이에 두 손을 모으고 허리를 숙였다. 그다음에 물었다. 이것들 어디서 났냐? 이 물건들, 다 어디서 났어?

"음반 가게랑 얘기된 거예요. 내가 우리 학교 다니는 애들 절반을 거기 손님으로 데려갔어요."

"그 가게가 어디 있는데?"

"브르뎅 거리요. 여기서 두 정거장이에요."

"주인장이 아주 마음이 넓은가 보다. 너도 가게 하나 차릴 수 있겠다."

"하하하."

"장, 너는 왜 안 웃냐?"

"아뇨, 저도 웃었는데요." 내가 말했다.

아버지는 바닥에 뒹굴고 있던 〈딥 퍼플 인 록〉 음반을 집어 들고 러시모어 바위산에 새겨진 루이 14세풍 머리를 한 멤버들을 텅 빈 눈으로 바라보았다.

"화장실에서 담배 냄새가 진동한다. 누구인지 모를 거라 생각한 거냐?"

"아닌데요."

따귀에 당장 불이 났다. 아버지는 손찌검에 일가견이 있었기 때문에 일격은 매서웠다. 나는 세르주 형에 대해서만 말해야 했다. 나나에 대해서나 나에 대해서는 입을 다물어야 했다. 대머리인 우리 아버지 에드가르 포퍼는 보통 청록색 양복을 입고 기관지폐렴으로 담배를 끊게 될 때까지 수년간 골루아즈와 메하리스 에콰도르를 피웠다. 과거 자신의 결점들, 무엇보다 자신의 체념들에서 아버지는 어떤 형태의 너그러움도 끌어내지 못했다. 아버지는 현재만 사는 사람이었고 망각에 빠진 그의 뇌는 자신의 원칙과 심리적 기질을 무한히 갈아치웠다. 세르주는 그러한 돌발적 유혈 사태에 익숙해 있었다. 그는 불평하지 않았지만 눈이 벌게져 있었고, 나는 형이 눈물을 꾹 참는 것을 보았다. 형의 뺨이 부어오르고 활활 타는 것도 보았다. 내가 어떤 식으로든 위로하려 했다면 형은 매몰차게 뿌리쳤을 것이다.

"그 머저리는 내가 담배만 피우는 줄 아나!"

다른 한편으로, 아버지는 자기가 발작해놓고 수습을 못

하는 문제가 있었다. 자기 성질을 못 이겨 손찌검이나 폭언을 퍼붓고 나서는 심장이 너무 뛴다고 가슴을 부여잡고 드러눕는 일이 다반사였다. 그럴 때 우리 어머니가 나타나 세르주를 혼냈다. 너 때문에 아빠가 제 명에 못 살겠다! 네가 가서 죄송하다고 해. 때때로 세르주는 시키는 대로 했다. 머리가 커지면서 점점 그러지 않게 되었지만. 그건 부당한 일이었다. 어머니도 알면서 작정하고 쌀쌀맞게 굴었다. 어머니는 종잡을 수 없는 사람, 귀여워했다가 매몰차게 대하기도 하는 사람, 숨 막히는 과보호와 저버림이 모두 가능한 사람이었다. 어머니는 나나와 인형 놀이를 하고, 절대로 더럽히거나 구겨서는 안 되는 예쁘지만 불편한 옷을 입히고, 미친 듯이 뽀뽀를 퍼붓다가도 애가 찡찡대면 바로 떼어놓으려 들었다. 나는 우리가 어머니의 족쇄 같다고 느꼈지만 실은 어땠는지 잘 모른다. 아버지는 호흡 곤란 상태로 드러누워 세르주를 맞이했다. 어머니는 복도에 숨어서 휴전이 잘 체결되는지 지켜보았다. 세르주는 말없이 우뚝 서서 시선이 흔들리지 않도록 침대커버의 한 점을 응시했다. 부자가 한참을 그러고 있다가 아버지가 관대하게 손을 내밀면 세르주는 힘없이 그 손을 잡았다. 아버지는 그 손을 홱 끌어당겨 아들을 품에 안았다. 말은 한마디도 오가지 않았다. 둘은 그렇게 비열한 훈육 아닌 훈육에서 가벼운 포옹으로 쓸쓸하게 빠져나왔다. 다시 유쾌해지기까지는 시간이 좀 걸렸다.

음반 가게에 대한 아버지의 생각이 아주 얼토당토않은 것은 아니었다는 말을 덧붙여야겠다. 몇 년 후에 세르주는 바로 그 사냥 조끼의 자키 알캉과 함께 브라디 아케이드에 노점을 열고 책, 팬진, 음반, 포스터, 콘서트 굿즈 따위를 팔았다. 메탈은 여전히, 더 크게, 마장타 대로에서 위세를 떨쳤다.

우리 아버지는 모튤 사의 판매대리인이었다. 1970년대 초에 모튤은 백 퍼센트 합성 초음속 엔진오일 센츄리 300V —다들 '첸퇴리'라고 읽었던—를 자동차 시장에 출시했다. 직장과 자기 자신에 대해 말할 때면 아버지의 입에서는 '개척자'라는 단어가 어김없이 신속하게 튀어나왔다. 아버지는 매년 르망[9]에 가서 극진한 환대를 누렸다. 1972년에는 르망에서 퐁피두 대통령과 웃으며 악수도 했다. 망할 놈의 반유대주의자, 라고 아버지는 악수 직전까지도 말했다. 나치 협력자 투비에를 사면하고 카다피가 이스라엘을 못살게 구는 동안 슬금슬금 여지를 줬던 게 퐁피두라고! 그래도 그날 찍은 사진은 액자에 담겨 떡하니 거실에서 잘 보이는 자리

---

9) 프랑스의 르망에서 매년 열리는, 자동차 내구 레이스 경기. 모튤은 르망24시 레이스의 오랜 후원사다.

를―가짜 벽난로 상인방 위를―차지했다. 퐁피두와 아버지는 키가 비슷하고 외모도 좀 닮았다. 반유대주의라는 단어는 실리주의로 대체되었다. 그 사람은 실리주의자야, 아버지는 한숨을 쉬며 말했다. 실리를 생각해서 아랍인들과 척지고 싶지 않은 거야. 놈들한테 석유가 있으니 별 수 없지!

따귀질은 정지명령도 없이 누그러졌다. 아버지의 폭력이 한창이었던 시절에는 시도 때도 없이 따귀질이 일어났다. 세르주도 사춘기에 들어서자 자기가 받은 따귀질만큼이나 난데없는 분노를 폭발하곤 했다. 형은 무척 예민했고 시한폭탄 그 자체였다. 사소한 지적에도 짜증을 냈다. 그의 신념이 어떤 노선을 따르는지 파악하기는 불가능했으나 정치나 그 외 전반적 질서의 문제에 대해서도 버럭 화를 내곤 했다. 식탁을 박차고 나가거나 방에서 뛰쳐나가면서 문짝을 부술 기세로 쾅 닫기도 했다. 집에 폭군이 둘이나 있었던 셈이다. 아버지는 늘 짜증을 냈다. 누가 그에게 신경질 좀 부리지 말라고 하면, 어머니와 나나가 아버지의 혈기를 좀 가라앉혀볼라치면―어휴, 냉정하게 말로 해요!―, 아버지는 말했다. 나는 신경질을 내는 게 아니라 책임을 다하는 거야, 여기서 책임이 뭔지 아는 사람이 있기나 해? 내 어깨에 어떤 짐이 놓여 있는지 아무도 모르잖아, 여기 이 잘난 신사 숙녀를 위해서, 내 가족의 안락을 위해서 내가 어떻게 사는데! 그런

데 나에게 돌아오는 게 뭐야? 비난, 비난, 비난뿐이지. 내가 신경질적이야? 아, 고맙네, 그래, 내가 신경질을 부렸어. 식구들이 나를 신경질 나게 하니까. 원형탈모증이 왜 생겼겠어? 건선은 어쩌다 생겼을까? 당신들 생각은 어때? 아버지의 건선으로 말하자면, 어떤 의사가 아버지에게 이렇게 말했단다. 아, 건선이 있으시네요. 최근에 죽음을 직면했던 적이 있나 보네요.

나는 아버지에게 관심이 없었다. 나는 말썽 부리지 않는 착한 아들, '네 동생처럼만 해라' 소리 나오게 열심히 공부하고 '개성이 전혀 없는' 아이였다. 풋내 나는 의견, 외모, 속임수, 거만한 태도로 아버지를 열 받게 하는 세르주와는 정반대였다. 세르주도 아버지의 폭력과 소위 교화적인 논법에 돌아버릴 지경이었지만 말이다. 그래도 아버지를 놀라게 하고 어쩌면 깊은 인상을 남겼을지도 모를 아들은 형이었다. 세르주가 집에 없을 때는 비교적 차분한 집안 분위기를 누릴 수 있었다. 세르주는 열네 살인가 열다섯 살 때부터 자기 일(우리는 이해 못 하는 잔재주와 암거래)을 시작했고 집에는 점점 발길이 뜸해졌다. 그러나 우리는 평온하게 살 체질이 아니었다. 막연한 권태가 감돌았고, 우리는 아무것도 아닌 일로 다퉜고, 시간은 무미건조하게 반복되며 흘러갔다. 최근에 어느 러시아 작가 책에서 이런 문장을 봤다. *군대에 다녀* *온 후로 민간인의 삶이 얼마나 무미건조한지 알게 되었다.* 조금이라도 분위기를 확실하게 살릴 수 있는 유일한 방법은 이스라엘을 화제에 올리는 것이었다. 이스라엘 얘기만 나오면 바로 감흥과 기세가 살아났다. 우리 부모는 아마도 멋대로 날조되었을 생애들의 단편과 잔재 외에는 아무것도 남기지 않고 떠났다. 우리가 그 파란만장한 연대기에 관심이 있었다고 말할 수는 없다. 종교와 고인들에게 얽매이고 싶을 리 있겠는가? 문화유산의 부재에서 비롯되는 경박함은 아무리 말해도 지나치지 않다. 하지만 우리에겐 이스라엘이 있었다! 아버지가 거대한 역사적 침묵을 채우고 호락호락하지 않은 모습을 보일 수 있는 단어, 이스라엘. 우리 조상들은 신과 함께 이 땅에서 싸웠다, 우리는 집결지 없이 떠도는 가엾은 민족이 아니다. 우리에겐 이스라엘이 있었다. 이스라엘은 포퍼 가의 정신 나간 짓거리에 마중물이 되어주었다. 이스라엘, 그 한마디면 가벼운 난리굿 한판에 필요한 재료는 전부 준비되었고 세르주는 거기에 소금을 조금 치거나 말거나 하는 정도였다. 어머니는 이스라엘에 아무 동질감을 느끼지 않았다. 우리 어머니 마르타 헬타이는(외할아버지의 원래 성은 프랑켈이었지만 그 전 세대에서 헝가리식으로 개명했다) 모직 산업으로 부를 이룩한 집안에서 태어났다. 어머니의 부모는 동화 정책의 옹호자들로서 그들이 유대계라는 사실을 지우려 애썼다. 어머니와 어머니 남동생은 루터파 개신교 학교에서 중등교육을 받았다. 네 식구는 전쟁이 터지자 소련군을 피해 헝가리를 떠났다. 가까운 친지(외할아버지의 동생과 부모)는 44년 봄 호송 열차에 실려 갔지만 희한하게도 그 집 네 식구는 수용소행을 모면했다. 지타 파이퍼 아주머니가 넌지시 돌려 말해준 이야기로, 기록으로도 확인할 수 있었다. 그렇지만 어머니는 그런 이야기를 절대 하지 않았다. 유대 세계에 속하지 않은 DNA는 박해받은 자들의 세상에까지 확장되었다. 어머니에게는 어떤 식으로든 '피해자'로는 살지 않겠다는 그리 동시대적이지 않은 성향이 있었다. 그리고 어머니는 지울 수 없는 상처를 세상의 면전에 들이미는 데서 원동력을 얻는 그 국가를 좋아하지 않았다. 우리 아버지는 생각이 완전히 달랐다. 포퍼 가는 오스트리아 빈에 거주하던 유대인 중산층으로, 전위파에 한 발을 반쯤 걸쳐놓고 다른 한 발은 (역시 반쯤만) 유대교회당에 걸치고 있었다. 친할아버지는 공학 엔지니어였는데 1938년의 오스트리아병합 이후 아내와 아들을 국외로 도피시키는 데 성공했다. 친할아버지 자신은 자기 어머니와 누이와 함께 테레지엔슈타트에서 사망했다. 우리 아버지에게 축복받은 이름 이스라엘은 유대인의 얼과 회복의 장소였다. 이스라엘에게는 기적을 포함한 모든 것을 바랄 수 있었다. 아버지는 몇 번이나 다윗과 골리앗을 언급하면서 그 작은 나라가 2억 아랍인과 맞서는 형국을 보라고 했다. 육일전쟁[10] 후에는 껄껄 웃으면서 "놈들은 신발까지 버리고 줄행랑을 쳤다"고 했다. 번성하는 과수원인 에덴동산을 몇 번이나 자랑했지만 거기엔 베두인족과 낙타 똥밖에 없었다. 집에서 오렌지를 먹을 때는 이스라엘 자파산 오렌지가 맞는지 수시로 물어봤다. 그 지역의 유일한 민주주의 국가인 이스라엘을 우러러 보지 않는 자는 무조건 반유대주의자로 몰렸다. 그 판단에 토를 달 수 없었다. 아버지는 늘 말하곤 했다. 너희 엄마 말 듣지 마라, 너희 엄마는 반유대주의자야.

"엄마도 유대인인데요." 우리는 감히 말해보기도 했다.

"그러니까 더 나빠! 유대인이 반유대주의자니까 더 지독하지. 너희도 그걸 알아야 해."

아버지는 쐐기를 박는 김에 외가에 대한 기억을 더럽힐 작정으로 이 말을 덧붙였다. 유대인임을 부끄러워하는 것보다 더 부끄러운 일은 없다는 걸 똑똑히 알아둬!

"이스라엘이 왜 필요해? 이스라엘이 일으키는 문제들을

---

10) 1967년에 이집트가 아카바만灣을 봉쇄하자 이스라엘이 아랍 국가들을 공격하여 압승을 거둔 전쟁.

봐." 어머니는 말하곤 했다.

"유대인들에겐 이스라엘이 필요해."

"유대인이어야 할 필요가 있어? 우리가 종교를 믿는 것도
아닌데."

"너희 엄마가 뭘 알겠냐."

"애들도 자기가 유대인이라는 생각 안 할걸. 애들아, 너희
가 유대인이라고 생각하니?"

"그게 누구 잘못인데? 아주 상처를 칼로 헤집는구먼! 애
들이 유대인으로서의 자각이 없는 게 누구 때문이야? 나 때
문이야? 아, 그래, 당신 말을 들은 내 잘못이긴 하지! 우리
애들은 교육을 못 받았으니 아무것도 모르는 게 당연해. 우
리 아들들은 바르 미츠바[11]도 안 치렀어. 내가 그러지 말았
어야 했는데, 내가 애들 교육에 좀 더 단호하지 못했던 게
얼마나 후회되는지 몰라."

"우리 애들은 유대교 여름 캠프에 갔어."

"공산주의자 캠프겠지!"

"전하고 싶은 가치가 있으면 본을 보여야지, 에드가르."

"누가 본을 보여야 하는데? 유대인 가정에서 집안의 기둥
이 누구지, 마르타? 아내가 잘해야 하는 거야! 여자가 양초

---

11) 유대인 남자아이들이 만 13세에 거행하는 성인식.

에 불을 붙이는 법이라고!"

"양초 같은 소리 하네!"

양초 얘기까지 나오면 어머니는 깔깔대면서 자리를 떴다. 아버지는 분해서 입술을 앙다물고 이를 악문 채 너희 엄마가 뭘 알겠냐, 저 여자는 아무것도 몰라, 소리를 되풀이했다. 세르주가 소리 내어 웃자 따귀로 주먹이 바로 날아왔다. 너희 엄마는 깊이가 없어, 나뭇가지에 앉은 새 같은 여자야. 친할머니는 아버지의 양초에 불을 붙여주었을까? 그걸 누가 알겠는가? 친할머니는 니스의 구둣가게 주인과 재혼했다. 우리는 친할머니에 대해서 거의 알지 못했다.

반면, 공산주의는 아버지와 어머니가 한마음으로 혐오하는 검은 짐승이었다. 공산주의는 부부 사이를 돈독하게 했다. 내 아버지는 공산주의에 대해서는 유대주의를 대할 때와는 정반대의 기분을 드러냈고 어머니는 아버지의 그런 독설을 좋아했다. 하루는 뉴스에 안드레이 그로미코[12]가 나온 걸 보고 아버지가 말했다. 저 새끼 웃는 것 좀 보소. 모스크바에서 배웠나 봐. 웃어요! 웃어! 마르타, 저렇게 웃는 게 힘들다는 거 알지? 마르크스주의자의 웃음일세! 하하하!

---

12) 소비에트연방의 정치가로, 제2차 세계대전 말기부터 미국 주재 대사, 유엔안전보장이사회 대표 등 요직을 거쳤다.

아버지는 자기에게 각별한 이스라엘을 우리도 알아야 한다면서 어느 해 여름에 모리스를 보호자 삼아 세르주와 나를 그 나라로 보냈다. 모리스는 1930년대 말에 예루살렘에서 공부를 했다. 몇 번이나 언급된 키부츠라는 발상은 늘 실패로 돌아갔다. 세르주는 열일곱 살이었고 나는 열네 살이었다. 모리스에게 이스라엘은 셰라톤 호텔과 텔아비브 해변이었다. 그는 코흘리개 둘을 달고 가서 교육적 여행에 전념할 마음이 전혀 없었다. 그래서 그는 우리를 매일 이스라엘 구석구석으로 보내기 위해 여행사에 일 주일짜리 프로그램을 부탁한 상태였다. 이스라엘에 도착한 다음 날, 우리는 새벽부터 관광버스에 몸을 싣고 예루살렘으로 향했다. 승객들의 평균 연령은 백 세였다. 고지대에 도착해, 주위의 추한 정경과 콘크리트 칠갑을 한 언덕의 모습이 드러나기 전, 아직 안개에 싸여 있는—심란한 환영 같은—도시를 내려다보았다. 그 도시는 더이상 자연에 둘러싸여 있지 않은 여느 도시들과 다르지 않았다. 지직거리는 스피커에서 〈황금의 예루살렘Yerushalayim Shel Zahav〉이 흘러나왔고 이내 단체관광객의 일부가 함께 따라 불렀다. 일단 그곳을 벗어나서는 노란색 삼각 깃발을 들고 땀을 뻘뻘 흘리면서 우리를 인솔하는 여자를 따라 한 줄로 늘어서서 골목길로 들어갔다. 세르주가 말했다. 이거 못 해먹겠다. 형은 교차로에서 내 손을 잡아끌었고 우리는 다른 방향으로 달음질쳤다. 그날 저녁, 우리는 모리스에게 단체관광객들과 패키지 여행을 하지 않겠노라 선언했다. 모리스는 호텔 로비에서 당장에 버럭댔다. 너희는 그럴 수 없어, 이 머저리 꼬맹이들아! 돈도 다 냈단 말이야!

"환불해주겠지요." 형이 말했다.

"어림없는 소리! 유대인들이 환불해주는 거 봤냐!"

그 입문 여행의 이후 일정에 대해서는 빨간 차와 우리를 아크레에 데려가 준 도브라는 아저씨, 그리고 그 아저씨가 딴 데를 보고 있을 때 흙맛 나는 후무스 접시를 금붕어 어항에 담가버렸던 기억이 거의 전부나 다름없다.

모리스는 아흔아홉 번째 생일을 보냈다. 지금은 침대에서 꼼짝 못 하고 라페 거리 집에 갇혀 산다. 지구상에서 가장 어두컴컴한 그 아파트는 두툼한 커튼, 묵직한 모조품 가구, 오래된 그림 때문에 더 어두컴컴한 것 같다.

모리스의 집에서는 오래전부터 무엇 하나 자리가 바뀌지 않았다. 그는 방광암으로 성에 안 찼는지 몇 달 전 러시아 식당 계단에서 굴러서 뼈가 다 부서졌다. 그 역시 소변줄을 차고 의료용 침대에 누워 지낸다. 그래도 모리스의 침대는 우리 어머니의 것보다 높이가 낮고 훨씬 아늑하다. 의료 설비가 방에 녹아 들어가 있다고 할까. 내가 문안차 방문하면 재잘재잘 수다 떨던 그림자들이 슬그머니 자리를 피한다. 모리스의 인생을 함께한 여자들이다. 공식적인 아내들(결혼을 세 번 했는데 첫 번째 부인은 미국인이라서 자기 나라로 돌아갔다), 애인들, 비서들, 발 치료사들이 교대로 왔다 갔다 하면서 귀염둥이 모리스의 기분을 풀어준다. 그 여자들은 용감하다. 아니야, 라고 모리스는 말한다. 여자들의 영혼은 간호사야. 수의를 수놓고 펼쳐보고 그러는 걸 좋아해. 모리스는 그 여자들을 지겨워하고 저녁에 오는 간호사만 좋아한다. 그녀는 모리스의 음담패설에 킬킬대고 웃어준다. 이제 그는 아무것도 안 한다. 십자말풀이 조금, 〈르 피가로〉 잠깐, 라디오 잠깐, 음악 잠깐, 텔레비전은 보지 않는다. 모리스는 따분해 죽는다. 그는 노인으로서의 자기 삶을 이해할 수 없다. 거동을 못 하게 되고서 처음 몇 달은 삶을 끝내야겠다는 결심에 사로잡혔다. 자신의 쇠약한 몸 상태, 기저귀, 소변줄을 생각했다. 그는 나에게 치사 약물을 구해달라고 애원했다. 그는 핸드폰 글자를 최대로 키워서 나에게 일주일에 몇 번이나 그런 내용의 메시지를 보냈다. 나는 곰곰이 생각해보고 전화를 몇 통 걸어봤는데 벨기에행 외에는 방법이 없었다. 하지만 그 공식적인 방법을 취하려면 보스턴에 사는 아들의 동의를 받아야 하는데 모리스는 아들에게 알리는 건 죽어도 안 된다고 했다. 모리스는 늘 아들과 껄끄러웠다. 사춘기 무렵의 그 아이가 생각난다. 자기도 싫고 세상도 싫은 불만덩어리가 우리를 꼬나보고 있었다. 그 아들내미가 텔아비브에서 나름 괜찮은 이스라엘 토박이 여자와 결혼했는데 양가 아버지는 뒷방에서 예식 비용을 협상하느라 신경전을 벌였다. 모리스가 말했다. 나야 여기 털리러 온 사람이고 당신 딸은 내 돈 보고 내 아들과 결혼하는 거잖소. 신부 아버지는 이렇게 응수했다. 그럼, 내 딸이 달리 무슨 이유로 그런 얼굴을 한 남자와 결혼하겠소? 결혼은 겨우 몇 달 만에 엎어졌고 아들의 이혼으로 모리스는 한 재산을 썼다. 그 후로 아들은 매사추세츠주에 정착했지만 5000킬로미터 떨어진 곳에 있는 아버지의 삶에 이래라 저래라 하고 있다. 요즘은 모리스도 많이 안정된 것 같다. 최근에는 식욕이 좀 살아났고 일주일에 세 번 물리치료도 받는다고 들었다. 물리치료사와 함께 거실까지 나와서 링거와 소변줄을 단 채로 흉측한 빨간색 줄무늬 벨벳 소파를 한 바퀴 돈다. 모리스는 이 걷기 연습을 혐오하고 물리치료사도 혐오한다. 내가 모리스에게 물었다. 죽고 싶다는 양반이 물리치료는 왜 일주일에 세 번이나 받아요? 그는 대답했다. 네가 뭔가 방법을 구해올지 확신이 없으니까 두 가지 가능성을 다 열어두는 거지. 모리스는 몇 년 전에 심장 수술을 받았을 때도 나를 이런 식으로 들볶았다. 그때는 요양원에 들어갔는데 거기서 못 살겠다고 난리를 쳤다. 나는 요양원까지 가볼 시간은 없었고 전화를 자주 했다. "요양원은 무슨 요양원? 빈민굴인지 체육관인지 모르겠다고. 물리치료사들만 드글드글하고 진짜 의사는 코빼기도 안 보여. 나는 잠도 못 자고 똥도 못 싸. 욕실이 더러워서 발 들이기도 싫어. 사람을 기계에 묶어놓고 억지로 다리를 움직이게 해. 이런 데 죽어도 안 들어온다고 해야 했는데. 수술을 받지 말아야 했어. 그냥 속 편하게 뒈져야 했는데. 이만하면 잘살았잖아. 내가 뭘 더 기대할 수 있겠어?" 나는 그때 말했다. 나와요, 모리스. 요양원 원장을 만나서 나가겠다고 해요.

"물론 그래야지…. 하지만 의료적으로 돌이킬 수 없는 실수를 할까 봐 두려워."

"방금 죽고 싶다고 했잖아요."

그는 대답했다. 그래, 죽고 싶어. 하지만 지금까지 견딘 게 아깝잖아….

모리스의 틀니가 떨어졌다. 시도 때도 없이 딱딱거리는 캐스터네츠. 모리스는 재미 삼아 틀니를 가지고 노는 것 같다. 한참이 지나도록 그러고 있으니 참을 수가 없었다. 틀니 좀 내버려둬요! 모리스의 두 번째 아내 폴레트가 방으로 들어왔다. 그녀가 내 편을 들어주었다. 내가 말했다. 틀니를 다시 끼워줘야 할 것 같아요. 치매 노인처럼 보여요. 그녀는 내 말이 맞다고 했다. 진즉에 임플란트를 했어야지, 뭘 바라겠어! 블림 씨네 부부는 여든 살이 다 되어서 임플란트를 했는데. 타마라한테도 젊을 때 임플란트를 한 건 정말 잘한 일이라고 말해줬어.

"알베르는, 대책이 없지." 모리스가 말했다.

"그래, 그 사람은 가엾게 됐어. 타마라가 그 사람을 시설에 넣고 싶어 해, 하긴 이제 뭘 바라겠어…. 문제는 타마라가 유일하게 괜찮다고 생각한 양로원이 파리에서 한 시간 거리인 베르동라포레에 있다는 거예요. 타마라도 그 나이에 운전을 할 순 없고….

"알 게 뭐야! 나가줘, 폴레트."

"자기 아버지가 알베르하고 틀어졌던 거 알아?" 폴레트가 나에게 물었다.

"이제 와서 왜 그런 얘기를?"

"둘이서 서로 구스타브 말러를 상대에게 알려줬다고 실랑이하다 그렇게 됐지. 둘이 주먹다짐까지 갔다니까."

"다 아는 얘기야!" 모리스가 말했다.

"하여간 둘이서 의견이 맞은 적이 없어. 우리끼리 하는 말이지만 알베르 말이 맞을 거야. 에드가르가 음악에 대해서 뭘 알아. 〈교향곡 5번〉을 제외하면 그 사람이 말러에 대해서 아는 게 있을까? 타마라는 전적으로 알베르 편이었지. 타마라가 에드가르는 막귀에다가 전반적으로 예술적 감수성과는 거리가 멀다고 했어. 그 후로 오랫동안 에드가르는 타마라와 얼굴 볼 일이 있을 때마다 이렇게 말했어. 원한을 토해봐, 타마라! 자, 앙심 품은 거 다 쏟아내! 솔직히 타마라가 뒤끝이 좀 있긴 하거든…."

"관심 없다고, 폴레트!"

"내가 이렇게 푸대접당하고 산다우." 폴레트가 방을 나가면서 말했다.

"자, 얘기 좀 해봐. 뭐 새로운 거 없어? 폴레트가 10초에 한 번꼴로 '뭘 바라겠어'라고 하는 것 들었지? 너는 왜 착한 여자를 안 만나는 거야? 넌 잘생긴 남자잖아."

"착한 여자들 많이 만났는데요."

"마리옹이랑 아직 만나? 그 여자 착하지."

"아주 착하죠."

"어린애는? 애는 어떻게 됐어? 걔 이름이 뭐더라."

"뤼크예요. 몸을 좀 일으켜드릴까요?"

"너도 네 아이를 가질 수 있을 텐데. 조종 손잡이 좀 줘봐."

"무슨 손잡이요?"

"송풍기 리모컨 말이야. 천장에 냉각 팬을 달았거든. 래플스 호텔에 있는 거랑 똑같은 물건이야. 보여? 잘 빠진 저 아름다운 날개 봤어?"

그가 리모컨을 몇 번 누르자 팬이 세게 돌면서 방 안에 작은 돌풍을 일으켰다.

"환상적이지? …거기 상자 좀 줘봐. 사탕. 거기 있잖아. 그래 거기."

모리스는 뒤로 풀썩 기대면서 조급하게 손을 내밀었다. 나는 침대 머리맡 세간에(이것도 의료 장비였다) 쌓여 있는 신문 더미 아래에서 드롭스 상자를 꺼냈다. 그는 몸을 조금도 일으키려 들지 않고 상자를 잡고 낑낑댔다. 내가 뚜껑을 열어주려 했지만 굳이 자기가 하겠다고 했다. 뚜껑이 갑자기 확 열리면서 까만색 드롭스가 침대 위에 흩어졌다. 젠장! 나는 욕설이 몰아치는 가운데 허겁지겁 사탕을 주웠다. 모리스도 침대 시트에 손을 뻗어 더듬더듬 집히는 대로 사탕을 입에 쑤셔 넣었다. 그가 미친 듯이, 동굴에서 울려나오는 듯한 무서운 소리를 내며 기침을 하기 시작했다. 숨을 못 쉬는 듯했다. 폴레트가 뛰어왔다. 이 사람 왜 이래? 누가 사탕을 줬어! 이 사람은 감초를 먹으면 안 돼! 우리는 그의 상체를 일으켰다. 그의 등을 두들겼다. 저 바람 꺼!! 모리스가 캑캑대면서 침과 가래에 섞인 사탕을 토해냈다.

"감초 먹고 숨 막혀 죽으려고 작정했어? 잘하셨네! 토하기는 왜 토해? 죽는 게 소원인 양반이!" 폴레트가 모리스의 얼굴을 닦아주면서 찢어질 듯 날카롭게 소리 질렀다. "네가 송풍기를 저렇게 세게 틀었니? 나도 이제 못해먹겠다."

폴레트는 알아들을 수 없는 염불을 중얼대면서 방에서 나갔다. 모리스는 잠시 넋 나간 사람처럼 멍했다가 다시 틀니를 붙잡고 딱딱거리기 시작했다.

"잔소리쟁이 할망구들 지겨워."

"이달 말에 나나와 세르주와 함께 아우슈비츠에 가요."

"아우슈비츠에? 무슨 바람이 불어서?"

"조제핀 할머니가 돌아가신 후로 그곳에 가봐야겠다는 생각을 했어요. 자기 아빠도 같이 갔으면 좋겠대요. 나나도 그러자고 하면서 같이 가겠다고 나섰고요. 그랬더니 형이 자기와 나나 둘만 어떻게 같이 가느냐고 난리를 쳤어요. 그래서 나도 가게 됐어요."

"놀러 가는 데가 아니잖아!"

나는 어깨를 으쓱했다. 그 여행에 대해서 무슨 말을 해야 한다는 게 곤혹스러웠다.

"네 형이 간다니 놀랍구나."

"발렌티나가 세르주를 집에서 쫓아냈어요."

"바보짓을 했나?"

"뻔하죠."

"지금은 어디서 지내?"

"셸리그만 건물에서요. 록 라이브러리 매니저가 빌려줬대요. 샹드마르스 근처예요."

"발렌티나는 참 괜찮은 여자였는데."

"맞아요."

"그런 여자는 잡아야지…! 폴란드 놈들한테 돈 쓰는 것 말고, 아우슈비츠에서 뭐 할 일이 있나?"

"가보면 알겠죠."

"어디서 그런 생각이 나왔을꼬?"

"나는 그냥 따라가는 거예요."

"송풍기 다시 틀어. 숨 막혀."

"어머니 집안 분들이 아우슈비츠에서 돌아가셨어요."

"다시 내 다리로 걷게 된다고 해도 그곳엔 웬만하면 안 갈 것 같구나."

연초에 세르주는 스위스에 해독 수프 요법을 받으러 갔다. 몸 상태를 바꿔야 한다는 발렌티나의 등쌀에 못 이겨 세르주는 바르 호숫가의 종합병원 클리닉에 들어가기로 했다. 전망 좋은 테라스에서 바포니츠베르크의 공기를 들이마시면서 양털 외투를 껴입고 허리에 이불까지 두르고 채소 수프와 미네랄워터만 먹으면서 소화기 휴식(달리 말하자면, 단식)에 들어갔다. 다음날은 채소 수프조차 식단에서 사라지고 물과 허브티만 마음대로 마실 수 있었다. 불행한 느낌이 엄습했다. 식이요법에 동반되는 찜질, 명상, 요가, 심리 코칭, 겨울 산행 같은 모든 활동은 끔찍하기 짝이 없었다. 발렌티나도 함께 갔다. 그곳에서 그녀의 존재는 전혀 위안이 되지 않았다. 발렌티나는 단순한 식단으로의 제한만 받았기 때문에 식사 시간마다 하얀 식탁보와 식기 앞에 앉을 수 있었다. 그녀가 뷰티 센터에서 관리를 받을 때만 빼고 모든 활동에 열성적으로 참여해서 더 꼴 보기 싫었다. 세르주는 침대와 테라스를 오가며 핸드폰, 새파란 사각의 하늘. 정상적 세상으로 통하는 유일한 창을 들여다보고 지냈다. 넷째 날, 발렌티나는 세르주가 금연에도 불구하고 담배를 꼬나문 채 업무용 정장 차림으로 짐을 싸고 있는 것을 보았다. 바로 그 직전인 그날 오전, 그녀는 세르주에게 채소 수프라도 다시 먹게 됐으니 얼마나 다행이냐고 축하해줬는데 말이다.

돌아오는 길에 발렌티나는 그가 클리닉을 포기해서가 아니라 안내데스크에서 쪼잔하고 창피하게 굴었다는 이유로 언성을 높였다. 일주일을 다 채우지 않은 거야 우리 사정이지, 그쪽에서 나머지 금액을 돌려줄 리는 없었다. 셀러리 수프나 먹이면서 6000유로라니! 쓰레기 같은 놈들! 뭐 그런 똥 같은 클리닉이 다 있어! 세르주는 맹렬한 속도로 차를 몰면서 고함쳤다. 이건 갈취야! 당신이 바보 같은 여성지나

읽어서 우리가 어떻게 됐나 봐! 데스크의 그 남자는 나치야! 선생님께서 약정서에 서명하셨습니다만! 약정서! 뭔 놈의 빌어먹을 약정서? 난 내가 뭐에 서명하는지도 몰랐다고! 난 뚱뚱해. 나는 뚱뚱한 내가 좋아. 이대로 잘살고 있다고! 그리고 내가 뚱뚱한 걸 좋아하는 사람들이 있어! 우리가 뭘 할 건지 알아, 발렌티나? 지도에서 추르비겐을 찾아줘. 일단 맥주부터 한잔 해야겠어. 맥주가 그동안 쪼그라든 유문幽門을 열어줄 거야!

"누가 당신이 뚱뚱한 걸 좋아해?"

"사람들이. 게다가 난 뚱뚱하지도 않아. 그냥 배가 땡땡한 거야. 내 배가 땡땡한 이유는 음식을 먹어치우는 속도가 개보다 빠르기 때문이지. 알아두라고. 빨리 먹기로는 개도 나한테 상대가 안 돼."

"어떤 사람들? 페기 위그스트롬?"

"그 여자가 여기서 왜 나와?"

"페기 위그스트롬이야? 의식을 하니까 네 생각에도 추접하지?"

"말 함부로 하지 마!"

"페기 위그스트롬이랑 잤니?"

"너 완전히 돌았구나! 돈 처바르는 요법이고 뭐고 너한텐 효과가 없나 보네."

"대답해!"

"걔는 내 딸뻘이야!"

"그런 건 아무도 안 따져."

"난 네가 어떻게 그런 생각을 할 수 있는지 모르겠다, 발렌티나."

"맹세해봐."

"맹세해! 페기 위그스트롬과 나는 아무 사이도 아니야. 맹세하고말고."

"조제핀의 목을 걸 수 있어?"

"조제핀의 목을 걸 수 있지."

그날 저녁 추르비겐 발저하우스에서 파리식 양파 그라탱과 비둘기넓적다리살로 채운 비둘기가슴살 요리를 즐기고 나서 세르주는 발렌티나에게 말했다. 솔직히 말해, *테소로 미오(tesoro mio, 나의 보물)*, 나는 그런 다이어트 지령들 하나도 믿지 않아. 정신적 결심만으로 살을 뺄 수 있다는 게 내 지론이거든. 나는 또 운동을 하지 않고 상상만으로 몸매를 가꿀 수 있다고 봐. 내가 빵을 안 먹겠다고 한 거 봤지! 그래도 가벼운 후식은 먹을 자격이 있겠지?

"사람들이 당신 뚱뚱한 걸 좋아한다니…."

"어쩌면 요렇게 미운 소리만 할까, 미체타*(micetta, 암코양*

이)…."

다음날, 아마도 전날보다 더 푸짐했을 저녁을 먹고 후식
으로 나온 생토노레의 양배추를 손가락으로 집어 먹던 중에
세르주의 머리에는 어떤 생각이 떠올랐다. 그의 조카 빅토
르가 요리사 수업을 마치고 바로 여기, 다른 곳이 아니라 발
저하우스의 주방에서 내년 여름부터 일하면 좋겠다는 생각
이. 그는 지배인을 큰소리로 불렀고 포퍼 씨가 주방장을 따
로 만나 훌륭한 요리 솜씨를 치하할 수 있겠느냐고 물었다.

"일을 벌이기 전에 빅토르에게 전화라도 한통 해봐야 하
는 거 아니야?" 발렌티나가 말해보았다.

"여름 인턴십을 찾고 있다고 했어. 이보다 더 좋은 자리는
못 찾을 거야."

"빅토르가 그래?"

"나나가 그러더라고."

"그래도 본인하고 통화해봐."

"늘 일을 복잡하게 만들지! 문자 보냈어. *스위스 최고 식
당 중 하나인 호텔 발저하우스 하계 인턴십. 관심 있냐? 세
르주 삼촌.*"

두 사람은 페르네트[13]를 곁들여 애교 섞인 실랑이를 하

---

13) 이탈리아의 아마로 계열의 술. 소화를 돕는 식후주로 애용된다.

다가 식당에서 나왔다. 넓고 깊은 주방 뒤쪽에서 주방장이 그들을 기다리고 있었다. 갈색 머리의 싹싹한 주방장은 바포니츠베르크 산악지대 목장 집 아들로 독일어와 영어만 했다. 세르주는 자기만의 이상한 악센트 섞인 영어로 이 식당은 적어도 미슐랭 별 하나를 받을 만하다며 포문을 열었다. 그리고 한두 마디 칭찬을 덧붙인 후, 자나 깨나 요리만 생각하는 빅토르라는 놀라운 청년이 자기 조카인데 그 유명한 에밀 푸아요를 이제 막 졸업하고 하계 인턴십을 찾고 있다고 말했다. 주방장은 에밀 푸아요라는 이름을 처음 들었지만 세르주의 요청을 호의적으로 받아들이고 그 청년의 이력서를 이메일로 보내보라고 했다.

나 말 되게 잘하지 않았어? 세르주가 그들의 새로운 방으로 연결되는 아늑한 복도에서 묻는다. 호텔 측은 원래 그들에게 18호실을 배정했다. 용납할 수 없는 숫자였다. 1 더하기 8은 9, 그리고 9는 죽음의 숫자다. 방을 바꿔달라는 세르주의 요청은 관철되었다.

"당신 말 잘했어."

"미슐랭 별을 언급한 게 신의 한 수였지. 주방장이 뿌듯했을 거야."

"그래 보이더라."

세르주는 운명이 숫자의 지배를 받는다고 철석같이 믿었

다. 전에 키프로스에서는 방을 세 번이나 바꿨다. 처음 배정받은 방은 숫자가 나빴고, 그다음 방은 나란히 붙여놓은 두 개의 침대가 무덤을 연상시킨다고 퇴짜를 놨고, 세 번째 방은 아무리 애를 써도 흑갈색 침대커버가 눈에 거슬린다고 불만을 제기했다. 방을 나가면서 마지막으로 돌아볼 때 친숙한 사물이나 상서로운 색깔이 눈에 띄어야만 한다나. 검은색 계열은 불길했다. 세르주는 거무스름한 물건에 시선이 꽂히면 반드시 밝은 색상을 실수 없이 두 번 연속 눈에 담음으로써 일종의 액막이를 했다. 그는 참 피곤하게 살았다. 시각적 혼란은 둘째치고서라도.

세르주는 빅토르한테서 답신이 없다고 말했다. 자기 아비랑 똑같지. 오초아 가 사람들보다는 교황에게 연락하기가 더 수월할걸.

오초아 부자는 각자 매우 오래된 구형 핸드폰을 가지고 있지만 바로 전화가 연결된 적이 없다. 그건 사실이다. 하지만 아버지의 대책 없는 무기력 못지않게 사물에 대한 아들의 무관심도 놀랍다 못해 무모했다. 젊은 애들은 디지털기기를 껴안고 살지만 빅토르는 그렇지 않다. 그는 자기 세대의 그 어떤 소셜네트워크도 이용하지 않을 뿐 아니라 최근까지도 인터넷이 안 되는 핸드폰을 썼다. 나는 내 조카 빅토르 오초아는 절대 자기 아버지를 닮지 않았다고 분명히 말해두고 싶다. 스페인 사람으로서의 자부심 약간, 때때로 우스꽝스러울 정도로 예민하게 구는 점은 좀 비슷하지만 그게 전부다. 빅토르는 포퍼 가 사람 같지도 않은데—포퍼 가 사람들에게 딱 정해진 일관성이라도 있는 것처럼 말하고 있다만!—내 말은, 빅토르가 외모로 보나 기질로 보나 아빠보다 엄마를 더 닮지도 않았다는 뜻이다. 하긴, 그 애 엄마도 남편과 살면서 오초아 가 사람이 다 되긴 했다. 주방에서 빅토르는 자기 엄마를 미치게 만드는 걸 은근히 즐긴다. 나나는 늘 부엌에서 영감을 얻는 여자 행세를 해왔기 때문에 더 미칠 노릇이다. 이제 빅토르는 부모 집에 가면(그 애는 집을 떠나 먼 곳에서 학교 친구들과 함께 집을 빌려 살고 있다) 엄마 뒤에서 어슬렁대며 프로 요리사로서 훈수를 둔다. 그나마 집에 자주 오진 않는다는 게 불행 중 다행이다. 엄마, 육즙이 빠지지 않게 고기 표면을 센 불로 익혀야지 왜 자꾸 물에 끓이는 거예요? 파스타가 다 익지도 않았는데 벌써 소스를 졸이면 어떡해요? 버섯을 왜 물에 담가두는 거예요? 초록색 채소는 조리 직전까지 얼음물에 담가두면 손님들에게 내놓을 때까지도 탁한 황록색으로 변하지 않고 예쁜 색을 유지해요. 5월에 샐서피[14]를 먹는다고요? 빅토르가 트집을 잡을수록 나나는 주방에서 점점 헤매게 됐다. 그녀는 자신감을 잃었고

67

잘하던 것도 못 하게 됐다. 한 번은 빵칼로 양파를 썰었다가 빅토르에게 한소리를 들었다. 이제 생선포 뜨는 칼로 빵 써는 것도 보겠네요! 나나는 긴 톱니 모양의 칼로 빅토르를 위협했다.

빅토르는 다음날에야 세르주에게 전화를 했다. 발렌티나와 세르주는 이동 중이었다. 세르주가 운전대를 잡고 있었기 때문에 발렌티나가 핸드폰을 스피커폰으로 해놓고 세르주의 입 가까이 들고 있었다. 그 사람한테 영어로 이메일을 보내, 라고 세르주가 소리 질렀다. 연대별 주요 사항, 학위, 네가 일했던 집들이랑 인턴십이랑 싹 정리해서 보내. 아르카숑 분지에서 보름 만에 육류 담당이 됐던 거랑 르 뫼리스[15]에서 알바했던 것, 전부 다. 빅토르는 과하지 않게 감사 인사를 하고 그날 저녁에 바로 이메일을 보내겠다고 약속했다. 얘는 당연하게 생각하네, 통화를 끊고 나서 세르주는 발렌티나에게 말했다.

"당연하지. 당신은 걔 삼촌이잖아."

"그래, 그래."

---

14) 서양 우엉이라고 불리는 채소. 주로 겨울에 먹는다.
15) 파리 루브르박물관 근처에 있는 특급호텔.

파리에 돌아와서 세르주는 나나에게 조카의 하계 인턴십을 일급 식당으로 알아봐 줬다고 큰소리쳤다. 게다가 스위스 국경 산악지대, 부티 나고 근사한 환경에서 일하게 될 거야. 걔도 거기 여행 한번 가고 싶었을걸. 나나는 세르주에게 진심으로 고마워했다.

나는 집에 가도 아무도 없다. 나 왔어! 이런 말은 한 번도 해본 적 없다. 가끔 어떤 집 앞을 지나다가 좋아라고 그렇게 외치는 음성을 들은 적은 있다. 장난기 어린 애칭도, 서두르는 발걸음도 나를 기다리지 않는다. 나는 정반대 방향으로 내 삶을 이끌어왔다. 활기찬 가정, 친밀함, 기본적 잡일을 처리하는 의례적 시간 따위가 문득 그리워질 때, 나 자신이 바보처럼 느껴진다. 고역스러운 수고를 어떻게 피할 것인가? 젊을 때 나는 〈세상 사람 모두가 (친구가 되기로 결심한다면)〉이라는 노래를 좋아했다. 나는 오랫동안 마땅히 그렇게 되어야 한다고 믿었다(나의 일부분은 여전히 그렇게 생각한다). 손에 손을 맞잡고 용감하게 걸어가는 사나이들, 연대하는 형제들과 온갖 유형의 전문가들이 일체를 이루는 팀. 물론 우리에겐 여자도 없고 가족도 없었다. 나는 가끔 막사에서 벗어나 예쁜 여자를 만날 수 있었지만 다른 이들은 계속 불가에 둘러앉아 노래를 불렀다(그리고 결코 굽히지 않았다).

하지만 연애도, 아이도 없었다. 짐이 될 법한 그런 것은 안중에 없었다. 마리옹은 자기 연애를 나에게 미주알고주알 얘기하지 못할 이유가 없다고 생각한다. 내가 어쩌다가 마리옹의 상담역이 됐는지 모르겠다. 이론적으로 똑똑한 남자라면 그런 유의 장황한 얘기는 쓰디쓴 실망의 균열이 아직 보이지 않을 때 일찌감치 딱 끊어야 한다. 가엾게도 마리옹은 역대급으로 열광하고 있다. 지금 그녀는 모든 게 행복이다. 내 입장에선 마리옹을 말릴 수만 있다면 다 좋겠다. 그녀는 그 남자가 부에노스아이레스에서 태어나 거기서 몇 년을 살다 왔다고 얘기해줬다. 왜 부에노스아이르에스라고 발음하는 거야?

"발음이 예쁘잖아."

"맨해튼을 맨해애애튼이라고 하진 않잖아."

"그래, 하지만 내가 부에노스아이르에스라고 하겠다는데. 그게 문제가 돼?"

"응."

"당신 점점 미쳐가는 것 같아."

"아니, 프랑스말을 하면서 왜 중간에 부에노스아이레스만 이상하게 발음하는데?"

"내가 그러고 싶으니까. 이제 그만해!"

"아냐. 그 남자를 따라 하고 싶어서 굳이 부에노스아이르에스라고 하는 거야."

"그럴지도 몰라. 그래서?"

"당신 같지 않아."

"질투해?"

"마리옹 당신도 점점 미쳐가는 거 알아?"

2년 전에 마리옹과 뤼크를 베네치아에 데려갔다. 프라리 성당 근처에 방 두 칸짜리 집을 빌렸다. 그렇게 셋이 여행을 간 것도 참 좋았다. 부활절 휴가 기간의 월요일, 우리는 식료품점이 일찍 문을 닫을까 봐 거리를 마구 뛰어갔다. 그러나 나이를 가늠할 수 없는 흑인 걸인과 마주쳤다. 마리옹이 그를 보고 걸음을 멈추었고 나는 이탈리아어로 잠시 후 다시 오겠노라 말했다. 약속대로 다시 오긴 했는데 나는 신용카드뿐이었고 마리옹도 지폐 두 장밖에 없었다. 그 사람이 마리옹에게 "바꿔올 수 있어요?"라고 이탈리아어로 물었다. 마리옹은 가게로 돌아가 돈을 바꿔오고 싶어 했다. 계산대에 사람이 있었다. 마리옹이 20유로 지폐를 내밀고 공손하게 잔돈으로 바꿔달라고 했다. 계산대 직원은 금전함을 보여주는 시늉을 하면서 잔돈이 없다고 했다. 인근의 다른 가게들은 다 진즉에 문을 닫았다. 마리옹이 말했다. 차마 그 거지 앞으로 다시 못 지나가겠어. 그래서 다른 길로 빙 둘러갔지만 그녀는 이미 심기가 상해 있었다. 그 사람이 가엾어,

지키지도 못할 약속을 한 게 잘못이야. 그 사람이 알아서 극복하겠지, 라고 나는 말했다. 그 사람은 우릴 기다리고 있어. 우리가 돌아가지 않으면 인생을 한층 더 비관적으로 보게 될 거야. 나는 마리옹에게 자기를 너무 중요시하는 것 아니냐고 했다. 장바구니는 무거웠다. 아직 문을 닫지 않은 기념품 가게 앞을 지날 때는 이미 너무 멀리 와 있었다. 그 가게 주인은 확인도 안 해보고 잔돈이 없다고 했다. 조그만 장식품이라도 하나 샀으면 잔돈을 거슬러줬을 텐데, 라고 마리옹이 구시렁댔다. 예쁜 게 없잖아, 너도 봐놓고서, 게다가 5유로 이하로 살 수 있는 것도 없었어! 다리 하나를 건넌후 그림엽서를 파는 가게 앞을 지나가는데 마리옹이 휙 들어가더니 그림엽서를 한 장 사 들고 나왔다. 이제 잔돈이 생긴 것이다. 뤼크도 그 걸인에게 돌아가자고 했다. 우리는 슬슬 돌아가는 관광객들과 반대 방향으로, 10톤은 될 것 같은 장바구니를 들고, 헉헉대면서 걸어갔다. 걸인은 우리를 알아보고는 상냥하게 웃으면서 "부활절 잘 보내세요"라고 했다. 봐, 돌아오기를 잘했지! 마리옹은 말했다. 하지만 몇 미터 못 가서 그녀의 얼굴이 다시 어두워졌다. 그 사람은 우리가 부활절이기 때문에 적선을 한다고 생각했을 수도 있어. 그렇게 생각하니 짜증이 나네.

그럼에도 불구하고, 그 아르헨티나 남자와의 그로테스크

한 연애 이야기는 나에게도 다소간 괴로웠다. 마리옹이 내게 그런 유의 지배력을 행사할 거라고는 생각 못 했다. 그래서인가, 요즘 나는 비정상적인 것들에 잘 반응한다. TGV를 타고 가면서 잡지 표지에서 셀린 디옹의 무시무시한 사진을 봤다. 셀린 디옹은 갈색으로 염색을 하고 깃털처럼 삐죽 솟은 앞머리에 오일을 바른 숏커트를 하고 있었다. 황당한 포즈로 웅크린 채 다리를 쩍 벌리고 있는데 청바지 통은 엄청나게 넓고 뾰족코에 굽이 가는 앵클부츠를 신고 있었다. 그녀는 완전히 나락에 떨어진 사람처럼 보였다. 터무니없는 초록형광색 트레이닝복처럼 마케팅에 집어삼켜졌구나 생각하니 마음이 아팠다. 셀린 디옹 때문이라기보다는 세상의 변화 때문에 마음이 아팠다. 우리 세대 사람들은 약물과 유토피아에 빠져들었다. 뭐가 더 좋고 뭐가 더 나쁜가를 떠나서, 그들은 현실로 남은 채 환상의 재료를 찾았다. 나는 침착하게 마음을 가라앉히기 위해 아우슈비츠를 상상한다. 그곳에서는 모호한 노스탤지어가 통용되지 않았겠지. 그리고 내가 아우슈비츠를 떠올리게 된 것은(보통은 이렇게까지 대놓고 맞불을 놓으려 하지 않는다) 정체성의 위기를 겪는 새싹 조제핀이 그곳에 선조들의 무덤을 제 발로 밟으러 가겠다고 나섰기 때문이다. 그것도 건망증 심하고 경망스러운 삼인조, 즉 자기 아버지, 고모, 그리고 삼촌인 나까지 줄줄이 달고 마치 볼링장이라도 가듯이.

세르주는 카롤이 시키는 대로 조제핀이 다니는 무용학교의 연말 공연을 꼬박꼬박 보러 갔다. 그는 매년 땅딸막하고 무뚝뚝한 딸내미가 잘 안 맞는 레오타드에 욱여넣은 몸으로 우아함이라고는 느껴지지 않는 동작을 하는 것을 지켜보았다. 그는 공연을 보고 나면 우울해졌다. 다른 부모들은 동영상을 찍고, 박수갈채를 보내고, 하하호호 즐거워하며 애들을 데리러 갔지만 그는 뒤쪽 간이의자에 구부정한 자세로 앉아 있기만 했고 딸내미가 인상을 쓰고 불안한 얼굴로 다가왔을 때도 살가운 말 한마디 해주지 못했다. 천벌을 받는 기분이었다고나 할까.

딸아이는 아버지가 바라던 매끈한 넝쿨식물처럼 낭창낭창하고 사랑스러운 여자아이가 결코 아니었다. 아버지가 기대하던 천재는 더욱더 아니었다. 조제핀은 이 수업에서 저 수업으로 마지못해 들어갔지만 비교적 조용했다. 그러다가 상습 결석과 부모님 확인서 위조로 고등학교에서 퇴학당했다. 학업을 따라가기 위해 되지도 않는 노력으로 힘만 빼고 만신창이가 된 후, 그녀는 화장에 심취했다. 아버지는 비장하게 진로를 결정한 딸에게 결국 학원비를 대줄 수밖에 없었다. 한동안 조제핀은 화장품 대형유통업체들을 위해 포디

엄에 올랐다(포디엄! 나는 이 단어가 뭔지도 모르면서 내쳐 써왔던 것 같다). 그러다가 어느 날 샹젤리제 세포라 매장 CCTV 모니터실에서 절도범으로 찍히는 신세가 됐다. 현재 조제핀은 '메이크업 아티스트'인데 방송국에서 간간이 들어오는 일로 먹고산다. 조제핀이 내가 여기서 소개한 것보다 괜찮은 아이일 수도 있다. 솔직히 나는 형이 늘어놓는 불만과 아무도 자신의 가장 좋은 모습을 보여주지는 않는 가족 오찬 모임에서 본 것 말고는 조제핀에 대해서 아는 바가 거의 없다.

올해 나의 형은 뭔지 모를 아버지로서의 후회에 사로잡혔는지 아니면 남성 갱년기 때문인지 딸에 관하여 두 가지 결심을 했다. 폴란드에 같이 간다는 결심과 원룸 스튜디오를 사주겠다는 결심을. 발렌티나는 세르주의 금전 사정을 고려하여 자신이 대출 보증을 서겠다고 했다. 조제핀이 그녀에게 살갑게 굴려는 노력을 전혀 하지 않았음을 생각하면 참으로 어질고 숭고한 태도다. 조제핀은 나름대로 부동산을 알아보기 시작했다. 부녀가 처음 본 물건은 바르베스 대로 바로 옆 풀레 거리의 7층 다락방이었고, 그 방문을 계기로 나의 형은 자기가 직접 나서야 한다는 확신이 생겼다. 겨우 찾았다는 물건이 아랍인들이 득시글대는 건물의 고미다락방이라니! 발렌티나가 세르주에게 여자 부동산 중개업자를 한 명 추천했다. 그녀의 말로는 아주 활달하고 인맥도 좋은 사람이고 자기 아파트도 그 여자를 통해 매입했다나. 페기 위그스트롬이라는 여자였다. 예쁜 금발 여자인데 나이는 서른쯤 됐고 머리는 늘 한 올 흐트러짐 없이 완벽하게 쪽지어 올렸다. 나는 그녀를 딱 한 번 봤는데 왠지 승마용 채찍을 종류별로 갖추고 있을 것 같은 인상이었다. 세르주도 그런 인상을 받았을까? 형은 스튜디오 구하는 일에 굉장히 마음을 썼고 엄청나게 많은 물건을 보러 다녔다. 정작 조제핀은 자기 아버지가 방을 구하고 싶어 하는 노년층 인구가 많은 동네에 발을 들일 마음이 추호도 없었는데 말이다. 그러던 어느 날, 발렌티나는 세르주가 페기 위그스트롬과 통화하면서 아주 희한한 웃음소리를 내는 것을 들었다. 가식적인 동시에 바보 같고 외설적이기도 한 웃음소리를. 뭐가 그렇게 재미있어?

"재미?"

"둘이 아주 우스워 죽으려고 하던데?"

"아, 아냐, 아무것도 아니야. 그 여자가 오퇴유 쪽에 볼 만한 물건이 있다고 하더라고. 조제핀이 어떻게 나올지 상상이 되니까!"

"당신은 환심을 사려고 할 때 바보가 되지."

"남자들은 다 바보야, *테소로 미오*."

"당신 그 여자하고 너무 가깝게 지내는 거 아니야?"

"무슨 소리야!"

페기 위그스트롬은 세르주와 발렌티나의 머릿속 한구석에 얌전하게 웅크리고 있었다. 추르비겐으로 향하던 그때까지는. 그때는 이제 불길한 말 한마디면 그녀가 수면으로 부상하기에 충분했다. 하지만 세르주는 맹세를 했다. 페기 위그스트롬과 자지 않았다고 자기 딸의 목을 걸고 맹세했다. 발렌티나는 세르주를 믿었다. 참말이 아닌데 어떻게 자기 딸의 목숨을 걸고 맹세할 수 있는가. 여자들은 어쩌면 그렇게 늘 속으면서도 남자 말을 믿는지 연구를 해봐야 한다. 남자들은 태곳적부터 아무 말이나 해왔다. 남자들에게는 말의 도덕성이 없다. 말은 무게가 없다. 말은 입 밖으로 나가자마자 거품처럼 날아가 허공에서 퐁퐁 터져버린다. 문제가 발생하면 다른 말로 정정하지만 그 말도 훨훨 날아가 터져버리기는 마찬가지다. 조제핀의 목을 걸고 맹세해, 라고 발렌티나가 몰아세웠다. 조제핀의 목을 걸고 맹세해, 라고 세르주는 일말의 망설임도 없이 자기가 무슨 모욕이라도 당했다는 투로 대답했을 것이다. 그 후 자기가 한 말 때문에 잠을 못 이루고 내가 알 수 없는 속죄의 고행을 스스로 부여했을 것이다. 발렌티나는 세르주를 믿었다. 그날 저녁은 무사히 넘어갔고, 페기 위그스트롬은 그늘 속 제자리로 돌아갔다.

집을 산다는 건 보통 일이 아니다. 원하든 원치 않든, 그 관점에는 삶과 죽음의 차원이 있다. 세르주는 위그스트롬과는 별개로 조제핀의 거처가 될 스튜디오를 보러 다녔다. 종국에는 자신이 쫄딱 망하고 모두에게 버림받아 거기서 생을 마감하리라는 생각으로. 소유하기에도 괜찮고 거주하기에도 괜찮은 스튜디오, 그건 부동산의 기본이다. 하지만 실존적으로 하늘과 땅만큼이나 다른 두 사람 사이에 무슨 공통 기준이 있을 수 있을까? 조제핀은 계단, 층간소음, 분탕질, 술집, 지하철이 두렵지 않다. 반면에 아버지의 우선순위는 엘리베이터, 휠체어나 보행기 이용에 문제가 없는 넓은 문과 욕실, 방향을 자유롭게 틀 수 있는 복도, 조용한 주변 환경이다. 점심을 사 먹으면서 지나가는 예쁜 여자들 구경하기 좋은 식당들이 있으면 금상첨화. 이따금 우리 중 누군가가 세르주에게 지금 구하는 스튜디오는 그가 무덤에 들어가기 전에 머물 곳이 아니라고 일깨워줘야 했다. 세르주도 안다. 하지만 그는 딸을 이해할 수 없다. 딸의 선택을 이해할 수 없다. 형이 다른 사람의 사고방식을 따라가는 사람이었나? 세르주가 시간이 나서 조제핀과 함께 오베르캉프 쪽에 집을 보러 갔다. 그는 내키지 않는 몸을 끌고 용감하게 가서 좋은 조짐들을 발견하려 애썼다. 상서로운 번지 수, 로비의 색깔, 주위에 시커먼 셔터문 따위는 없는지.

어제 오노레팽 거리에서 비둘기 한 마리가 차도에 떨어지는 것을 보았다. 비둘기는 배를 드러내고 쓰러진 채 잠시 날개를 퍼덕거렸다. 그 새는 죽었다. 현관 지붕 위에 모여 있던 다른 비둘기들이 죽은 비둘기를 내려다보고 있었다. 나는 그 비둘기들이 어떤 감정을 느낄지 궁금했다. 다른 비둘기들이 저 새를 밀었나? 오늘 아침, 우리 집에서 몇 미터 떨어진 곳, 오노레팽 거리와 교차하는 그레즈 거리 모퉁이에서 까마귀 한 마리가 죽은 비둘기를 파먹고 있는 광경을 보았다. 비둘기 사체는 몇 미터 옮겨와 있었고 머리가 더이상 남아 있지 않았다. 나는 걸음을 멈추고 그 찬란한 짐승이 부지런 떠는 모습을 지켜보았다. 만약 형이 자기 집 문 앞에서 이런 광경을 봤다면 불안으로 초죽음이 되었을 것이다. 까마귀가 갑자기 고개를 내 쪽으로 홱 돌리더니 노란 눈으로 나를 멸시하듯 쳐다보았다. 이건 나의 도랑이고 나의 전리품이다. 여기는 야생의 땅, 나의 그레즈 거리다. 까마귀가 나에게 내뱉었다. 나는 괴상하게 빙 둘러 내 집 문으로 돌아왔다. 눈을 내리깔았다. 네, 알았습니다, 까마귀 선생님.

《카라마조프가의 형제들》의 한 장면이 떠올랐다. 한 남자가 말의 유순한 눈 위로 채찍을 내리친다. 어떤 번역본에서는 '다정한' 눈 위라고 되어 있었다. 하지만 '유순한'이 문장을 살려준다.

"엄마는 아침에 우울하고 정오에는 매사에 부정적인데 저녁에 다른 사람들이 있는 자리에서는 분위기를 띄워요." 나는 나나에게 오후 늦게 전화를 걸면서 마르고에게 들은 이 말을 떠올렸다. 실제로 나나는 명랑한 기분으로 넘어가려는 찰나에 있었다. 나나가 우리의 아우슈비츠 여행 일정을 짜기로 했다. 그래도 프로인데 자기가 해야 하지 않겠느냐고 했다(나나는 4년 전부터 취약계층의 가족여행을 돕는 아동 지원 관련 단체에서 코디네이터로 일하고 있다). 나나는 나에게 유능한 비서처럼 제안서를 만들어 보냈다. 비행기 예약 정보와 탑승권, 아우슈비츠에서 도보로 이동 가능한 호텔 예약 정보, 오전 9시로 예약된 폴란드인 가이드 인솔 하의 기념관 방문. 폴란드인 가이드라고?

"응, 그날 입장권을 구입하려면 그 방법밖에 없었어. 자유 방문 입장권은 한정 수량이 다 소진됐더라고. 하지만 입장하자마자 무리에서 빠지면 돼. 차는 구해놨지?"

"응."

"마르고를 데려가고 싶지만 올해 대입 수험생이라서."

"뭐 재미있는 곳이라고 데려가."

"12월에 자기네 학교 애들하고 갔어야 했는데 뽑히지 않았거든."

"다행이네!"

"왜 다행이야?"

"농담이야."

"아! 하하, 마르고한테 얘기해달라고 해. 웃을 일이 있을 거야."

"웃을 일?"

"응, 그래, 두고 봐. 세르주 오빠 소식은 뭐 없어?"

"요즘 별로 안 좋아."

"그래도 발렌티나가 완전히 떠난 건 아니겠지?"

"위기야. 전에도 이런 위기들이 있긴 했지만."

"오빠 인생 최악의 바보짓이야. 발렌티나가 얼마나 괜찮은 사람인데. 세르주는 죽었다 깨어나도 그런 여자 다시는 못 만나."

"맞는 말이야."

"우리가 뭘 할 수 있을까?"

"뭘 하고 싶어?"

"그거 알아? 스위스 발저하우스 주방장이 빅토르에게 답도 안 준 거 있지!"

"아, 정말? 세르주에게 말해."

"빅토르는 이력서를 보냈어. 전부, 그동안의 일, 영어로 잘 정리해서 보냈다고. 그런데 답이 없어! 거의 두 달이 되어가는데. 시즌 인턴십은 일찌감치 정해놓거든."

"세르주한테 말해."

"시궁창에 빠진 사람한테 무슨 말을 해."

"전화는 한 통 할 수 있잖아."

"그래… 빅토르가 발저에서 여름에 일을 하게 됐으면 좋았을 텐데."

"형에게 주방장 좀 찔러보라고 해."

"응….."

"내가 아니라 세르주에게 말을 해야지!"

"알았어, 그렇게 할게."

발렌티나가 세르주와 완전히 갈라선다는 게 가능한 일일까?

발렌티나는 세르주의 일반적 영역 밖에 있는 여자다. 웬만하면 그 선을 넘지 않을 수 있다. 두 사람은 5년째 사귀고 있다. 세르주는 자키 알캉의 탄소세 소송 변호사 사무실에서 그녀를 만났다(자키 알캉은 페이퍼컴퍼니의 명의뿐인 경영인들을 채용하는 일을 했다). 이성적이고 똑똑한 발렌티나, 락탈리스의 고위 간부 발렌티나는 애초에 세르주 같은 남자에게 푹 빠질 운명이 아니었다.

그녀가 정말로 세르주를 떠났다는 게 가능한 일인가? 나는 아직 이 사태를 그렇게 생각할 수가 없다. 세르주가 발렌티나를 떠나보내는 건 실제로 너무나 어리석은 일일 테니.

2월의 어느 온화한 저녁, 스위스 여행을 다녀오고 한 달쯤 됐을 때, 발렌티나는 우연히 세르주의 핸드폰에서 이 문자를 읽었다. *다른 걸로 전화해.* 핸드폰은 손만 뻗으면 닿을 곳에 있었고 잠금도 걸려 있지 않았다. 그 짧은 문자는 누구한테서 날아온 것일까? 답문자를 보내야 하나? 문자는 흰 바탕에 떠 있었고 이전에 주고받은 문자는 이미 지운 듯했다. 친숙한 것들의 윤곽, 신뢰와 즐거움의 동기가 순식간에 사라진 것 같았다.

　세르주가 방에 돌아와 보니 발렌티나가 창백한 얼굴로 부들부들 떨고 있었다. 다른 거 어디 있어?

　"다른 거?"

　"다른 핸드폰 말이야, 이 개새끼야!"

　"무슨 소리야, 발…."

　세르주가 말을 끝맺기도 전에 발렌티나가 달려들어 그를 넘어뜨리고는 주머니를 뒤져서 고이 숨겨져 있던 위코 스마트폰을 찾아냈다. 그녀는 그것을 방 반대편으로 내동댕이쳤다.

　"꺼져! 여기서 당장 나가! …내가 직접 소개한 그 잡년하고 같이 꺼져! 내가 미쳤지!"

　발렌티나는 고함을 지르며 세르주를 두들겨 패고 벽장과 서랍을 열고 세르주의 물건을 전부 꺼냈다. 옷걸이에서 바지, 셔츠, 재킷을 전부 걷어서 바닥에 내던졌다.

"비겁한 새끼, 짐가방 어디 있어?! 내가 널 죽여버리기 전에 빨리 짐가방 찾아와!"

그녀는 욕실에서 면도기, 면도크림, 칫솔, 향수도 꺼내 던졌다. 세르주는 그녀를 붙잡고 진정시키려 했지만 발렌티나는 이미 침실의 선반 하나를 싹 비웠다. 그녀는 일단 전쟁에 나서면 그 무엇으로도 저지할 수 없는 여자들 중 하나였다.

"딸을 걸고 맹세한다며! 네가 네 딸 목을 건다고 했어! 고작 위그스크롬 때문에, 실리콘 보형물 덩어리 같은 독일 여자 하나 때문에…"

"가네샤는 안 돼! 내 가네샤!"

"네가 독일년과 붙어먹는 건 정상이지. 유대 놈들은 독일년들을 좋아하니까!"

"발렌티나!"

"발렌티나는 이제 없어."

세르주는 책상 밑에서 춤추는 가네샤 신상을 챙겼다. 테라코타로 된 그 조각상은 오로빌의 영매에게 받은 것이었다. 발렌티나는 의자를 가지고 현관으로 갔다. 그녀는 현관장 위에서 내가 늘 보아왔던 그 검은색 여행용 가방을 내렸다. 발렌티나는 그 가방에 자기가 내동댕이쳤던 물건들을 다 쑤셔 넣었다. 세르주는 자기 물건들이 망가질까 봐 짐 싸는 걸 도울 수밖에 없었다.

"네가 여기저기서 창녀들과 붙어먹는 건 상관없어. 사내들이 가운뎃다리를 간수 못 하는 게 어제오늘 일도 아니고. 하지만 넌 나한테 거짓말을 했어! 나에게 거짓말을 했다고! 내가 그렇게까지 안중에 없었어? 나는 당신 메시지 몰래 본 적도 없고 감시한 적도 없어. 내가 널 믿었는데 이렇게 뒤통수를 쳐? 선량한 백치처럼 뭐든지 믿어줬더니 어떻게 됐나봐. 사내새끼가 비겁하게 폰을 따로 만들고 자기 딸내미 집 구해주는 부동산 여자랑 태연하게 붙어먹네? 심지어 자기 여친이 소개해준 여자랑! 발저하우스 가는 길에 나보고 미쳤다고 했지? 이보다 더 큰 모욕이 있을까? 넌 나를 밑바닥까지 모욕했어!"

"당신은 그렇고 그런 요즘 여자들과 달라, 발렌티나!"

"그렇고 그런 요즘 여자들이 네 얼굴에 침을 뱉을 거야! 너의 그 염병할 부적은 어디 있어?"

발렌티나는 짐가방을 뒤져서 세르주가 옷소매 속에 넣어 잘 숨겨놓았다고 생각했던 가네샤 수호신상을 찾아내더니 주방 타일 바닥에 힘껏 내동댕이쳤다. 작은 조각상은 산산조각이 났다. 세르주는 붕괴된 신을 바라보았다. 경악과 공포가 일단 가시자 세르주는 바닥에 쭈그리고 앉아 조각상 파편을, 아주 미세한 것까지, 걸레에 붙어온 티끌까지 열심히 주워모았다. 발저하우스 25호실에서 묵은 그날 밤에 그의 머릿속을 차지했던 불길한 생각들이 되살아났다. 발렌티나가 그에게 몸을 꼭 붙이고 자는 동안, 그의 눈은 어둠 속을 불안하게 더듬고 있었다. 딸의 목을 걸고 맹세하면서부터 뭔가가 작동하기 시작한 걸까? 자기 자식에게 사악한 힘이 미치는 건 아닐까? 지목당한 사람의 다리를 휘감은 뱀들의 이미지가 어렴풋이 머릿속에 떠올랐다. 어떻게 하면 생각 없이 내뱉은 말을 무를 수 있을까? 그 말은 긴박한 상황에서 끌어온 것일 뿐, 전혀 중요하지 않았다! 조제핀에게 아무런 화도 미치지 않게 하려면 어떡해야 할까? 그는 자기만의 액막이 이론을 증폭시킬 것이다. 아무렴. 그의 모든 술책을 확대할 것이다(내가 미처 말하지 않은, 내가 알지도 못하는 징크스가 얼마나 많은지 모른다). 자기 자신에게 '미츠바(mitzvah, 유대교의 계율)'를 부과할 것이다. 어느 날 저녁 보지라르 묘지 근처에서 보았던 적십자 순찰대가 기억났다. 우리 동네 지부 사무실에 가서 등록할 거야, 라고 생각했다. 주황색 아노락을 입고 카트를 밀고 다니면서 노숙자들에게 뜨거운 수프, 필기구, 종이, 세안용품을 나눠줄 거야, 라고 생각하니 가슴이 뜨거워졌다. 응, 그렇게 할 거야. 최소한 두 번은 꼭 하자, 라고 그는 자신에게 약속했다. 타일 바닥에 기어가는 자세로 엎드려 파편을 줍던 세르주는 무거운 짐을 벗어 던진 기분이 들었다. 그는 생각했다. 벌은 내가 받는다. 죄 없는 내 딸이 아니라 나 세르주 포퍼가 받는다! 그것이 세르주가 붕괴된 신의 지속적인 능력과 관용을 굳게 믿고 가네샤 부스러기를 그토록 정성스럽게 주워 모은 이유였다. 그는 몸을 일으키면서 적잖이 냉랭한 음성으로 발렌티나에게 말했다. 당신은 완전히 미쳤어, 딱하게도. 발렌티나는 여행용 가방을 문을 향해 발로 밀었다.

"가방은 내가 닫을 거야!"

그는 굽도리널 옆에 떨어진 비밀 핸드폰을 보았다. 발렌티나가 그보다 빨랐다. 몸싸움이 벌어졌고, 세르주는 간신히 핸드폰을 발렌티나의 손에서 빼앗아 창밖으로 던졌다. 발렌티나가 통곡하기 시작했다.

"내가 왜 이렇게 살아야 해?! 내가 신에게 무슨 죄를 지었다고 이런 일을 당해?!"

세르주는 짐가방을 닫고 층계참으로 홱 밀었다.

"안녕. 막상 뜨게 되니 좋네. 해방이다!"

그날 저녁 나는 형을 나의 서재 방으로 데려왔다. 마리옹이 나한테 뤼크를 맡길 때 애를 재우는 방이다. 형을 아래층 식당에 데려가 양고기 커틀렛도 먹었다. 세르주는 좀 제정신이 아닌 듯 보이긴 했어도 컨디션은 괜찮은 것 같았다.

그가 나에게 말했다. "발렌티나는 오 드 콜로뉴를 뿌려. 특정 브랜드인데 이름은 잊어버렸어. 그 향을 맡으면 자기 부모가 생각난대. 칼라브리아 출신 이민자 집안인데 아버지 직업은 석공이었어. 발렌티나를 만났을 때, 그 향이 나를 우울하게 만들더라고. 너도 브르텐 거리 쪽에서 그 향을 풍기는 사람들을 마주쳤을 거야. 머리를 뒤로 벗어넘기고, 셔츠 단추를 목까지 다 채운 사람들. 하지만 난 상관 안 해. 발렌티나는 미쳤어. 너는 진짜를 알지. 커플로 산 적도 없고. 질투나 치정극 따위와도 인연이 없지. 이탈리아 여자는 최악이야. 융통성이 없거든. 자기 혼자 생각 끝내고 자기 혼자 흥분해서 펄펄 뛰지. 그 여자는 말로 설득이 안 돼. 남들보다 월등하다는 인간도 까놓고 보면 나을 것도 없어. 발렌티나가 똑똑하다고들 하는데 그냥 다른 여자들과 똑같은 호르몬 덩어리야. 지난밤 꿈속에서 천국에 갔는데 누가 나보고 아버지는 북쪽 산사면의 천국에 가 있고 어머니는 남쪽 산사면의 지옥에서 스리랑카인 직원들의 시중을 받고 있다고 그러는 거야. 너는 이 꿈을 어떻게 분석할래? 몽루주 카센터 건은 망했어. 시장이 자기 손바닥에 있다고 시슈포르 티슈가 장담하더니 결과는 증축 금지야. 단 한 층도 더 올리면 안 된대! 손해 보고 되팔게 생겼어." 저녁을 다 먹고 훌륭한 생쥘리앵 와인을 두 병이나 비운 후, 우리는 4분의 3은

깨진 핸드폰 액정을 들여다보면서 페디 위그스트롬과 주고받은 문자를 해독했다. 멍청함과 추잡함의 조합이랄까. 노예가 사악한 발키리를 기다리오니 강철 날개를 펴고 오십시오. 당신의 개. 혹은, 같은 주제의 이런 메시지. 그대의 유방도 투구 끝만큼 쳐들려 올라가 있는지? 비켜라, 토르가 너를 굴복시킬 것이다. 토르가 너를 굴복시킬 것이다, 에서 우리는 이 핸드폰이 만약 발렌티나의 손에 남았다면 어떻게 됐을까 생각하면서 눈물이 나도록 웃었다.

다음 날 아침, 팬티만 입은 채 우울하고 멍한 표정으로 침대 가장자리에 앉아 있는 형을 보았다. 침대 머리 탁자에 어젯밤 자기 전에 먹었을 제노트란이 놓여 있었다. 세르주는 새벽부터 충동적으로 발렌티나에게 전화를 걸었지만 허사였다. 커피 줄까?

"새벽 다섯 시에 깼어. 비행기에서 쓸 마스크가 그 집에 있는데."

"나 1박 2일로 프로뱅에 출장을 가야 해. 학회가 있어. 자, 이거 열쇠."

"나만 두고 간다고?"

"내일 저녁이면 올 텐데, 뭐."

"날 등쳐먹은 그 매니저 이름이 뭐였지? 이름이 도통 기억나질 않네."

"파트릭 셀리그만."

"맞다, 셀리그만. 그 사람 어머니가 가구 딸린 집 빌려주는 일을 해. 내가 아는 사람이라고 해봤자 그 친구뿐인데 어떻게 이름도 기억 안 날 수 있지? 나 치매 같냐?"

"나도 가끔 그럴 때 있어. 가구 딸린 집을 빌리려고?"

"여차하면 셀리그만이 나한테 한 군데 빌려줄 거야. 그러면 그 사람이 나를 등쳐먹었다는 생각은 더욱 확실해지겠지. 나는 치매가 도질 거고⋯. 어느 기관부터 맛이 가기 시작해? 긴장되네, 이거."

그는 뤼크가 그림을 그려 넣은 밤 한 알을 집어 들었다. 가을에 뤼크는 밤을 주워서 껍질의 희끄무레한 부분에 얼굴을 그렸다. 눈, 코, 입.

"얘는 왜 얼굴을 그렸지?"

나는 서랍을 열어 얼굴이 그려진 밤 컬렉션을 세르주에게 보여주었다.

"웃는 얼굴이 이렇게나 많아."

밤 몇 알을 옛날에 우리 아버지가 쓰던 체스판에 올려놓았다.

세르주가 물었다. 체스 가끔 놓냐?

"형이랑 붙으면 내가 이겨."

"내가 이기지."

"연습이나 좀 하고 말해."

"내가 혼자 살 수 없게 되면," 그렇게 말하는 세르주의 허리가 점점 더 구부러졌다. "새벽 다섯 시부터 말 많은 년들이 나보고 이래라 저래라 하는 노인시설에 들어가게 되면, 아무도 날 보러 오지 못하게 할 거야. 완전히 버림받았다는 확신이 필요해. 희망이 단 1그램도, 그 어떤 것도 남지 않았다는 확신."

"나 내일 저녁이면 돌아온다니까, 세르주. 다 잘될 거야."

"잘될 일은 아무것도 없어. 전부 어그러졌어. 예전의 나는 끄떡없었지. 지금은 다 망가졌어."

"밤 하나 줄까?"

"요게 마음에 든다."

"심술 난 얼굴 말고!"

"아니, 난 심술 난 얼굴로 할래."

"알았어, 자."

형은 빈털터리인 것 같았다. 나는 돈을 좀 두고 나왔다.

남자가 침대 가장자리에 걸터앉은 자세에는 어떤 비통함이 있다. 어깨가 우묵하게 들어가고 상체가 앞으로 쏠려 있는 자세. 침대는 그런 자세를 취하라고 만든 물건이 아니다. 에드워드 호퍼의 유명한 그림에서도 옷을 거의 다 갖춰 입은 한 남자가 이 우유부단한 자세로 침대에 앉아 있다. 남자는 손을 다리 사이에 늘어뜨리고 바닥을 보고 있다. 얼른 눈에 들어오진 않지만 그의 뒤에 반라의 여자가 벽을 보고 누워 있다. 이 그림을 생각할 때 그 여자는 기억도 안 난다. 남자는 혼자다. 밤이나 낮이나 드러나는 그의 고독은 타인들의 존재, 빛, 배경과 상관없다. 고독은 침대, 그리고 무너진 자세다. 아무것도 기다리지 않는 자세. 남자는 누구의 눈에도 보이지 않는다. 관찰당하지 않는 신체는 쇠약에 동의한다. 아무에게도 보이지 않는다는 이 특성은 유년기를, 미래의 가능한 공백을 생각나게 한다. 예전에는 늘 컸던 형이 쪼그라들었다. 나는 심술 난 얼굴이 그려진 밤을 손에 쥔 채 팬티 바람으로 침대 가장자리에 걸터앉아 있는 형을 남겨두고 나왔다. 형은 내게 막연한 책임감을 불러일으켰다. 나는 있는 힘껏 지나쳤지만 형을 지켜보았더라면 좋았을 것이다.

루앙빌그뤼퐁텐에서 새벽 두 시경, 핵발전소 제어관리부 동료 브뤼노 부르불롱과 고주망태가 되어 숲속에 들어갔을 때 세르주의 전화를 받았다. 발렌티나가 세르주의 남은 물건을 전부 이케아 쇼핑백에 넣어서 동네 쓰레기장에 내다 놨으니 필요하면 청소차가 오기 전에 가져가라고 문자를 보냈다나. 세르주가 당장 트리셰 거리로 달려갔더니 과연 쇼핑백이 얼른 치워가라는 듯 쓰레기장에서 뒹굴고 있었다. 올라가서 벨을 누를까 생각도 했지만 마르치오 때문에 차마 그럴 순 없었다. 나는 세르주가 뭘 원하는 건지, 내가 그 먼 곳에서 뭘 할 수 있을지 알 수 없었다. 더구나 우리는 춥고 축축한 숲에서 지도도 없이 소형 회중전등 하나만 들고 '비즈니스 타운'을 헤매며 우리 '오두막(이동식 주택)'을 찾고 있던 참이었다. 부르불롱은 거의 벌거벗은 채 온수 풀에 뛰어들었기 때문에 아직도 몸이 축축했고 〈코네마라 호수〉를 흥얼거리며 끙끙거리기 시작했다. 나는 세르주에게 일단 소동 피우지 말고 집에 들어가라고 했다.

"거울 속의 나를 볼 때," 세르주가 하는 말은 도로 소음에 섞여 잘 알아들을 수 없었다. "피부의 검버섯, 굴복한 눈, 세상에 뛰어든 척만 하는 힘없이 늘어진 머리칼을 볼 때 나는 생각해, 네가 얼마나 더… 택시! 택시!! 빈차인데도 사람을 안 태우네! …나는 진짜 바닥을 쳤어. 집도 없고 가방 하나 달랑 든 거지야. 셀리그만이 샹드마르스 근처에 쥐구멍이라도 하나 파주겠지. 이틀만 샹드마르스에 있을게, 그다음엔 내가 알아서 목을 맬 테니."

"알았어."

"알아? 나이가 든다는 건 하루아침에 훅 가는 거야. 진짜 하루아침이야. 아침에 일어났는데 잔 것 같지도 않고 피로가 그대로일 때, 그땐 이미 나이가 네 얼굴을 후려친 거야…"

"세르주, 집으로 돌아가, 가서 일단 샤워를 해. 나는 내일 저녁이면 들어갈 거고, 그때 다시 얘기하자, 세르주?…"

더이상 아무 말도 들리지 않았다. 세르주?…

그 무인지대에서 나는 부르불롱과 뭘 하겠다고 그러고 있었을까? 다음날은 프로뱅 가이드투어와 레일바이크 체험을 했다. 양궁 체험 조에 들어갈 수도 있었겠지만 나는 레일바이크 체험 조였다. 형과 다시 통화를 시도했다. 세르주의 휴대폰 배터리가 방전됐던 모양이다. 결국 우리의 오두막을 찾긴 했다. 잠이 오지 않았다. 댄스파티의 마무리로, 부르불롱은 정보처리 프로젝트 책임자 및 사회적 연대 경영을 자랑하러 온 에너지협동조합 사람과 헹가래를 쳤다. 나는 너무 많이 마셨고 바보처럼 너무 많이 웃었다. 나는 조립식 주택을 연구하고 있었다. 구역 밖으로 나갔을 때 바닷가의 작은 호텔에나 묵었으면 좋았을 거라는 아쉬움이 들었다. 나는 아이패드를 들고 〈나르코스: 멕시코〉 마지막 회를 보았다. 모든 것이 터지기 전, 돈 네토는 미겔 펠릭스 가야르도에게 왜 코카인 사업에 뛰어들었는지 묻는다. "약으로 우린 주머니가 두둑해졌지. 그렇게 계속 갈 수도 있었는데 너라는 더러운 새끼는 그걸로 만족을 못 하지."

"몸집을 키워야 했어."

"몸집을 키워야 했다… 정말?" 네토가 말한다.

내 동기 중에 뒤늦게 맞춤형 주방 시공 사업을 시작한 친구가 있다. 그 친구가 함부르크에 매장을 열 거라고 했다. 이제 겨우 파리에서 자리를 잡았나 싶은데 벌써 유럽 전역을 공략할 생각을 한다. 내 친구들은 끊임없이 직위가 바뀌었고 자기네 직위가 바뀔 때마다 나도 일 년 전에 자리를 옮겼어야 했다고 말한다. 너는 늘 네가 있던 자리에 있구나. 네 영역에 감춰져 있는 핵심 인물로.

다음날, 형이 셀리그만의 가구 딸린 집에 들어간다고 문자를 보내왔다. 묵묵히 나시옹으로 우리를 태우고 가는 버스에서 그 문자를 받았다. 일행은 다 지쳐 있었다. 다들 집에 들어가려면 족히 한 시간은 더 가야 했다. 나는 뤼크에게 보여주라고 레일바이크 체험에서 동료들과 익살스러운 표정을 하고 찍은 내 사진을 마리옹에게 보냈다. 버스를 타고 가다 보니 우리가 가기로 한 폴란드 여행과 마르고의 이야기가 생각났다.

마르고 오초아의 이야기:
가을에 세레조 선생님이 파리 쇼아 기념관에서 주최하는 대회에 우리 학급을 출전시켰다. 철학을 가르치는 세레

조 선생님은 의기소침해 보이는 유대인이다. 우리는 집단수
용소와 관련된 주제를 자유롭게 선택해서 발표해야 했다.
그 대회에서 일등을 하면 상품으로 학급 전체를 아우슈비
츠에 보내준다고 했다. 나와 다른 두 여자애가 발표자로 뽑
혔고 우리는 일등상을 거머쥐었다. 아우슈비츠로의 여행은
한 반 열다섯 명 기준으로만 제공된다고 했다. 우리 반은 서
른 명이었다. 세레조 선생님은 제비뽑기로 열다섯 명을 뽑
기로 했다. 우리는 작은 쪽지에 자기 이름을 쓰고(인간적으로
그런 곳에는 못 가겠다고 했던 프뢴 미르자만 빠졌다. 세레조 선생님
은 그러한 고통을 여러 면에서 존중했다. "거기 보내진 사람들이 고통
을 느낄 수 있었을 거라 생각하니?"). 쪽지들을 모자에 넣고 플로
르 알루슈가 공정하게 열다섯 장을 뽑았다. 나도, 나와 함께
발표를 맡은 두 친구도 뽑히지 않았다. 나는 너무 불공평하
다고 생각했다. 당첨 복이 있었던 애들은 새벽 다섯 시에 학
교 앞에서 버스를 타고 공항으로 갔다. 세레조 선생님은 당
연히 갔고 역사와 지리를 가르치는 에노 선생님도 함께 갔
다. 버스 안의 분위기는 흥분 반 피로 반으로 약간 소란스
러웠다. 샹페레 광장에서 세레조 선생님은 학생들에게 그냥
조용히 하는 정도가 아니라 장소에 걸맞은 숙연함과 애통함
을 갖추라고 윽박질렀다. 어떤 아이들은 말이 떨어지자마자
고통의 가면을 썼지만 걔들도 그 가면을 48시간 동안 논스

톱으로 쓰게 될 줄은 몰랐다. 친구들 말로는, 세레조 선생님의 눈을 한시도 피할 수 없었다고 한다. 아우슈비츠에 도착해서 아이들이 수용소 앞에 서자 선생님은 가이드 옆에 딱 붙어 서서 아이들 얼굴을 노려보고 겁에 질린 표정을 다들 장착했는지 검사했다. 그러고는 가이드가 하는 말끝마다 침통한 표정으로 고개를 끄덕이며 추임새를 넣었다. 어떤 애가 다른 애한테 비통한 속삭임 말고 다른 말을 하거나, 방심해서 얼굴 표정을 풀었다가는 당장 선생님이 나타났다. 솔렌 마자메는 친구에게 너무 춥다는 말 정도는 해도 되는 줄 알았다(12월의 폴란드 아닌가). "저런, 춥다고, 솔렌? 잠시 상상해보련? 바로 여기서 옷이 벗겨지고 눈밭에서 몇 시간 동안 먹지도 못하고 자지도 못했던 그 사람들은 얼마나 추웠을지 상상이 가? 솔렌, 그들은 벌거벗고 꽁꽁 언 몸으로 가스실에 끌려갔단다!" 세레조 선생님은 (소지를 금지한) 핸드폰이 눈에 띄거나 쿡쿡대는 웃음소리가 들리면 그 학생은 투어 집결지인 주차장으로 돌려보내겠다고 협박했다. 에노 선생님조차도 겁을 먹고 수용소 건물을 따라 그림자처럼 빙빙 돌았다. 세레조 체제 둘째 날, 선생님은 화장장 계단 위에서 고개를 숙이고 가이드의 설명을 듣고 나서는 동굴 저음으로 강조했다. "유대인들은 쇠심줄로 두들겨 맞았단다." 음산하고 과장된 다른 말들에 덧붙여진 이 단순한 말에, 에노 선생님이 갑자기 웃음을 터뜨렸다. 에노 선생님은 웃음이 터지자마자 스카프로 자기 입을 틀어막고 헛기침을 했다. 하지만 웃음을 참으면 참을수록 피식피식 소리가 새어 나왔고 결국 화장장 계단에 모여 있던 아이들 모두 웃어대기 시작했다. 세레조 선생님은 얼이 빠져 한순간 아무 말도 못 하고 콧구멍을 벌름거리며 김을 뿜었다. 그러고는 결국 이렇게 말했다. "그래요, 내 임무는 여기까지인 것 같군요. 축하합니다, 에노 선생님." 세레조 선생님은 그 말을 남기고 파카 위로 가방을 고쳐 매더니 안개 속으로 사라졌다. 일행은 세레조 선생님이 철길을 따라 수용소 입구로 걸어가는 뒷모습을 바라보았다. 그날 일정을 마치고 버스로 돌아오니 세레조 선생님이 운전자 옆좌석에 말도 못 붙일 만큼 찬바람 쌩쌩 부는 표정으로 앉아 있었다. 그는 파리에 도착할 때까지 한마디도 하지 않았다.

아무도 없는 아파트에 들어오는데 희한하게 마음이 허했다. 형이 그렇게 빨리 가버렸다는 게 이상하게 쓸쓸했다. 형은 늘 그 모양이라니까, 라고 생각했다. 늘 다른 곳이 낫다고 하지, 그게 셀리그만이 마련해준 쥐구멍일지라도. 왜 나자신은 장소와 사람을 버리고 떠날 준비를 못 하는 걸까? 체스 한판 둘 시간도 없었구나. 형과 내가 체스를 둔 지도 정말 오래됐다. 나는 세르주가 다른 사람들하고는 가끔 체스를 둔다는 것을 알고 있었다. 이제 우리의 대국이 가능하려나? 우리에게 남아 있는 다소 의미 있는 과거의 이미지들의 잡동사니 중에서, 체스는 가장 기본적이고 한결같은 모티프다. 우리 아버지는 몇 개인지도 모를 만큼 체스에 대한 명언을 많이 남겼다. 그중 하나가 "게임의 왕, 왕의 게임"이었다. 아버지는 광적인 체스 애호가였다. 자기가 내셔널 마스터, 아니 실은 내셔널 마스터 '수준'이라고 했다. 〈유럽 체스〉를 정기구독하고 〈르 몽드〉에 나오는 기보나 연습 문제를 스크랩했다. 우리는 일요일마다 아버지가 하의 실종에 잠옷 윗도리만 걸치고 글리세린 좌약이 효과를 발휘하기를 기다리며 신문과 여행용 자석 체스판을 든 채 집 안을 왔다 갔다 하는 것을 보았다. 결국은 화장실 변기에 앉아 세르주를(나중에는 나를) 불러 복기를 마치게 했다. 세르주는 아버지의 모든 생리적 힘쓰기와 두뇌의 힘쓰기를 엿볼 수 있도록 욕조 가장자리에 불편하게 앉아 있었다. 아버지는 스파스키, 피셔, 카파블랑카, 슈타이니츠 등의 시합을 연구했지만 뭐니 뭐니 해도 그의 영웅은, 그가 고결하고도 집요하다고 입에 침이 마르도록 칭찬했던 선수는 희생 기술의 천재, 64칸의 알렉산드로스 대왕 미하일 탈이었다. 러시아나 체코 체스 챔피언들은 다 유대계야, 라고 아버지는 우리에게 말하곤 했다. 챔피언이 유대인이 아니어도 결국 유대인이 됐다. 물론 시합도 했다. 처음에는 아버지를 상대로, 지금은 내 집에 와 있는 대형 체스판에서. 우리가 어릴 때는 아버지가 처음부터 메이저 피스를 하나 내주고 뒀고, 우리의 실력이 늘자 그다음에는 룩을, 나중에는 나이트를 내줬다. 세르주는 체스를 꽤 잘 두게 되었다. 아버지는 더이상 아무것도 봐주지 않았다. 아버지는 위기에 몰렸다 싶으면 이렇게 말했다. 오, 요것 봐라, 흥미롭네. 이 형국, 아주 흥미로워! 우리 함께 변수들을 분석해보자! 시합은 연구로 바뀌었고 완전히 객관화되어 아무도 이길 수 없었다. 세르주는 짜증이 났다. 그는 진짜 시합을 원했다. 하루는 세르주가 아버지를 이겼다. 체크메이트, 라고 침착하게 말하고는 두 팔을 벌리며 안락의자 등받이 깊숙이 몸을 기댔다. 아버지는 마치 심장을 칼에 찔린 사람처럼 반응했다. "아니, 이놈 보소, 이거 정말 웃기는 놈일세, 내가 네 수를 세 번이나 무르게 해줬잖아. 네 퀸이 날아가지 않도록 조언도 해줬는데! 그래놓고 자기가 이겼다고 생각하네! 사람이 겸손해야지. 이런 식으로 체스에 이기면 사람 구실 하면서 살긴 힘들지!"

우리 집에서 체스에 진다는 것은 피눈물 나는 굴욕이었다. 패배는 죽음이었다. 전쟁에 나가봐라, 죽을 거다. 형과 나는 아버지의 눈을 피해 체스를 뒀다. 아버지가 보면 훈수와 해설 공세에 시합을 망치기 때문이었다. 우리는 같은 투지, 같은 무례함으로 맞붙었다. 내가 형보다 집중력이 뛰어났다. 내가 시합에 이기면 나는 실력도 없으면서 상대의 부주의를 이용한 풋내기 취급을 받았다. 루앙빌그뤼퐁텐에서 돌아온 나는 형이 떠나버린 데 실망했다. 나는 형에게 전화를 하지 않았다.

　타당한 감정과 뇌의 고장을 딱 떨어지게 구별하기는 힘들다. 연속극 〈파우다〉[16]를 보다가 그걸 새삼 깨달았다. 사막에서 덜컹거리는 사륜구동차 한 대와 골란 고원의 염소 떼를 보는데 내 안에서 당혹스러운 노스탤지어가 일어났다. 달리 말해보자면, 나의 진짜 삶을 잡쳐버렸다는 느낌이랄까. 몰도바의 수도 키시나우의 아파트단지에 사는 어느 시인 집단에 대한 취재 프로그램을 봤을 때도, 최근에는 자기 정원을 개방한 어느 시골 간호사를 봤을 때도 동일한 현상이 일어났다. 간호사가 르네가 선물한 꽃박하, 마리조의 샐러리를 카메라 앞에서 소개하는 동안, 뒷배경에서 암탉이 마당을 지나갔다. *나의 진짜 삶*도 그렇게 다채로운 모양새를 취할 수 있다는 사실이 묘하게 때때로 나를 엄습하는 패

---

16) 이스라엘 방위군을 소재로 한 텔레비전 시리즈.

배감을 확고히 했다. 나는 늘 그러한 패배감을 합리화하는 것은 금기시했다. 사람은 자신의 낙담을 어디까지 믿을 수 있나? 두개골 안에서 일어나는 일, 뇌신경의 가지치기와 상호연결과 시냅스에 주목한다면 어떤 정신 상태는 순전히 전기화학적인 조합에서 기인한다고 봐도 터무니없지 않다.

모리스가 발작을 일으켰다. 물리치료사가 아침에 와서 침대를 들여다보니 가벼운 안면마비 증세가 보이더란다. 응급으로 달려온 의사는 뇌졸중 진단을 내렸다. 그녀는 환자에게 정맥주사를 놔주고 혈전방지제를 처방했다. 모리스는 잠시 실어증 상태에 놓였다가 알아들을 수 없는 아랍어 비슷한 말을 하기 시작하면서 오른쪽 다리를 쉴 새 없이 떨었다. 병세를 정확히 파악하려면 병원에 가서 스캐너를 찍어봐야해요, 하지만 100세 고령 환자분이기 때문에 이송은 하지않을 거예요, 라고 의사가 말했다. 모리스를 교대로 돌보는여자들은 불안해하면서 몇 마디 밀담을 주고받은 후 의사의의견을 따르기로 했다. 이상한 일도 아니지, 폴레트가 나에게 문을 열어주면서 말했다. 그 사람이 널 알아볼 거라는 기대는 하지 마. 폴레트는 방에 들어서서 (특유의 새된 목소리로)고함을 질렀다. 모리스, 장이야, 장이 보러 왔어!!! 귀가 안들리거든, 하고 폴레트가 넌지시 말해주었다. 상태가 저러니 보청기를 끼워줄 수도 없고, 뭘 바라겠어. 나는 침대 시트 위의 손을 보았다. 뼈밖에 없고 핏줄이 불거진 손. 충실한 여자친구 같은 손이 하릴없이 놓여 있었다. 나는 그 손을 잡았다. 모리스의 손은 차가웠다. 내 손으로 그의 손가락을 어루만져주었다. 부드러운 감촉의 뼈를 정답게 주물러주었다.

세르주랑 통화했어, 나나가 나에게 말했다. 지난번에 나와 통화하고 며칠 만이었다. 세르주와 통화했어, 라는 밋밋하면서도 끝에 바람이 약간 새는 것 같은 말투를 듣자마자 짜증이 올라왔다. 영 안 좋더라(속뜻: 세르주가 그렇게 말하진 않았지만 나는 알아). 발렌티나한테는 큰오빠가 정말 너무했어(번역: 언젠가 알게 되겠지만 세상에는 여자가 도저히 용납할 수 없는 일들이 있어). 돈을 구하는 모양이야(이해: 우리야 당연히 우리 코가 석 자니까 할 수 있는 게 없지. 하지만 작은오빠는? 작은오빠는 혹시?…) 그래도 큰오빠가 고마워. 빅토르 인턴십 건으로 발저의 주방장에게 일부러 메일을 다시 보내준 거 있지(새겨듣기: 큰오빠가 이런 와중에도 빅토르를 위해서 그렇게까지 해줘서 무척 감동했어. 큰오빠가 가족을 얼마나 챙기는지 굳이 말할 필요는 없겠지). 나는 왜 그런 얘기가 미치도록 짜증 났을까? 어째서? 나나의 말투, 새침하니 자제하는 그 말투 때문에? 아니면 그 애가 세상을 이해하는 그 진부한 시각 때문에? 나의 여동생은 사회 활동에 투신한 이후로 진즉에 남편에게 흡수합병된 정신이 한층 더 단순해졌다.

나는 나나를 바라볼 때 그 애의 아가씨 시절 모습을 찾으려 애쓴다. 나나의 눈, 몸놀림, 웃음, 심지어 머리칼까지, 한마디로 하나의 존재를 이루는 결합 전체에서 안 포퍼의 흔적을 찾는다. 오빠들이 특권을 과시하듯 찔끔찔끔 파티에 데려가 선보이곤 했던 마법의 꽃 같던 여동생은 어디 갔을까. 나는 아무 흔적도 찾지 못한다. 어떤 사람은 본성 자체가 변한다. 뭔가가 일어나는데 그건 삶의 여건과 무관하다. 노화나 신체 기관의 쇠락과도 무관하다. 과학을 벗어나는 시간의 흐름에 따라서 실체가 변하는 것이다. 나나는 아버지를 구워삶아 언어치료니 실내건축이니 하는 온갖 학교를 섭렵했다. 그 애는 매혹적이리만치 무기력하게 이거 배우다가 저거 배우다가 했는데, 법학도 전공하지 않았던가? 나나는 긴 머리를 한쪽으로 넘기고 괜히 뾰로통한 표정으로 기다란 미국산 담배를 빨곤 했다. 그 애는 유대인 사교모임에도 초대받았다. 우리 삼남매 중에서 청춘 시절에 작은 유대인 사회와 교류했던 유일한 인물이 바로 나나였다. 치과의사를 찾으러 가는 거지, 라고 세르주는 말하곤 했다. 아버지는 나나가 이스라엘 여군에 들어갔으면 더 좋아했겠지만 부자 남편을 만나는 것도 괜찮은 선택지였다. 그런데 예상 외 인물이 나타났다. 가족의 반대가 예상되기에 벌써부터 끌리는 인물이. 그렇게 예고도 없이 라모스 오초아가 나타났다. 가톨릭 노동자 집안 출신의 스페인 좌파. 고백하자면 처음에는 세르주와 나도 라모스를 응원까지는 하지 않았지만—아무렴, 응원은 아니다!—인정은 했다. 아니, 어쩌면 그 반다나 청년의 등장에(그 무렵 라모스는 머리에 반다나를 두르고 팔찌를 여러 개 겹쳐 차고 다녔다) 박수를 보냈는지도 모른다. 그는 나나에게 추파를 던지는 반듯한 유대인 도련님들과는 종자부터 다른 인간이었으니까. 초기의 라모스는 비교적 호감형이었다. 다소 재미없고 경직된 마오주의자의 면모도 사랑의 콩깍지에 다분히 가려져 있었다. 우리는 그에게 별 관심이 없었지만 이 연애로 드러난 혁신적 정신에는 열광했다. 나나가 라모스 오초아 같은 남자랑 사귈 만큼 배짱이 두둑한 여자였다니, 오히려 섹시하게 보였다. 우리 어머니는 라모스를 두 팔 벌려 맞이했다. 둘이서 투우사 이름을 줄줄이 주워섬길 만큼 죽이 잘 맞았다. 나의 아버지는 무너졌다. 처음에, 그 청년이 무해해 보였을 때는 아버지도 자기와 키가 똑같다면서(라모스도 키가 작다) 기분 좋게 악수를 나눴지만 진지한 관계가 될 수 있다고 생각한 때부터는 아예 그의 얼굴을 안 봤다. 이듬해에 아버지는 결장암 진단을 받았다. 수술을 받고 그럭저럭 괜찮아졌지만 여섯 달 후 암이 폐에 전이되어 다시 수술대에 올랐다. 다른 의사들이 쓸데없는 짓이라고 했던 두 번째 수술은 아버지의 붕괴를 앞당겼다. 3주의 요양을 마치고 퇴원한 남자는 아버지의 그림자에 불과했다. 부실한 다리는 비정상적으로 부풀어 오른 상체를 떠받치지 못했다. 아버지는 오른쪽으로 기울어진 몸으로 고개를 도리도리 흔들며 역마살이 낀 사람처럼 왔다 갔다 했다. 세르주와 나는 아버지를 집으로 모셔오면서 아버지를 차 안에서 응원하고, 엘리베이터에서 응원하고, 현관문이 열리는 순간에도 문지방만 넘으면 멋진 삶으로 돌아갈 수 있는 것처럼 응원을 아끼지 않았다. 어머니와 나나는 시체를 보고 탄성을 질렀다. 어머, 그렇게까지 안색이 나쁘진 않네요! 두고 봐요, 우리가 금방 원기를 회복시켜드릴 테니! 엄마와 여동생은 아버지를 격려하며 침실로 모셨다. 침실에는 깨끗한 잠옷, 깨끗한 침구, 꽃다발, 잘 괴어놓은 쿠션, 모든 것이 준비되어 있었다. 옷을 갈아입히고, 눕히고, 아무 말 없이 손을 잡거나 이마를 어루만지는 동안 아버지는 그 모든 격려에 조종당하는 꼭두각시 인형처럼 순순했다. 아버지가 침대에 누워 있을 때 오랫동안 하루 몇 시간씩 집안일을 도와주러 오던 수위 조라 제나케르가 문간에 나타났다. 얼굴이 누렇고 뼈밖에 안 남은 남자를 보고 조라는 소리를 질렀다. 오, 포퍼 씨! 아버지는 그녀를 쳐다보며 갑각류 같은 팔로 애원하듯 말했다. 오, 조라! 조라는 침대에 다가갔고 둘은 얼싸안고 울기 시작했다. 나의 귀여운 조라, 당신만 나를 이해해주는구려!

두 달 후 아버지는 돌아가셨다. 라모스 오초아의 유일한 반대파가 사라진 것이다. 병은 갈등의 불씨를 짓눌렀다. 나나는 라모스 오초아에 대해서는 어떤 얘기도 꺼내지 않았다. 라모스는 어둠 속에 웅크리고 있었지만 아버지는 아무것도 몰랐다. 아버지가 돌아가시자 추방당한 연인은 그사이 유니레버에 취직도 했겠다, 위로의 큰 문으로 돌아와 아무 장애물 없이 신혼의 양탄자를 펼칠 수 있었다.

우리 아버지가 옳았을까? 그 맹렬한 반대가 실은 직관과 깊은 통찰에서 우러난 것이었나? 나나가 저렇게 변한 게 오로지 라모스 오초아 탓일까? 나는 거의 그렇다고 단정한다. 배우자들은 상호작용을 한다. 그로 인한 상호변화는 둘 사이에서 태어나는 자식의 얼굴만큼이나 예측이 안 된다.

크라쿠프 공항에서 내가 렌터카 데스크에서 기다리고 있는 동안 세르주는 발저하우스 주방장의 메일을 받았다. 아, 드디어, 너무 잘됐어, 세르주가 소리를 질렀다. 나나, 나나! …봐, 됐어, 됐어! 빅토르가 올해 여름 발저에서 일하게 됐다고, 잘됐지!

"빅토르를 뽑았어?"

"봐라, 늙다리 큰오빠가 아직도 이렇게 쓸모가 있다."

"빅토르에게 전화해야 해."

"빅토르도 알아. 그 사람이 직접 메일을 보냈어. 나는 그 메일을 공유받은 거야."

"너무 잘됐다."

"너무 잘됐지. 그 어느 때보다 많이 배울 거야. 세계적으로 알아주는 식당이라고! 빅토르는 완전히 달라진 모습으로 돌아올 거야. 이력서가 아주 빵빵해질걸, 날 믿어."

나나가 세르주에게 뽀뽀를 했다.

"고마워, 큰오빠."

"아우슈비츠는 25도래요! 4월 초 날씨치고는 이상하네." 조제핀이 핸드폰을 들여다보며 말했다.

"내가 짐을 잘못 쌌네…." 나나가 말했다.

"미세플라스틱에 오염되지 않은 게 없어요." 조제핀이 계속 떠들었다. "뉴캐슬 대학의 최신 연구에 따르면 한 사람이 일주일에 5그램의 플라스틱을 먹는대요. 5그램이면 신용카드 한 장이에요."

"신경질 나는데 신용카드쯤이야 뚝딱 먹어 치울 수 있지. 렌터카 직원이 저렇게 화면만 들여다보고 있으면 내가 곧 그렇게 될 예정이야." 내가 말했다.

세르주가 말했다. 내가 역류성 식도염 약 먹을 시간은 있겠지.

렌터카는 포도주색 오펠 인시그니아였다. 내가 운전을 하고 세르주는 조수석에, 두 여자는 뒷좌석에 탔다.

"에어컨 좀 켜자." 세르주가 말했다.

"잠깐만!"

"우회전."

"주차장 나가는 법은 나도 알아."

"서리 제거 눌렀지. GPS 어디 있어? …출구! 좌회전! 야, 너 뭐해? 표지판이 뭐 이래. 너 손을 반대로 놔야지. 주차권을 화살표 밑에 넣고, 그렇지! 아니, 이 GPS는 어떻게 되는 거야? 작업 메뉴…."

"그만해, 알아서 할게."

"알아서 하긴 뭘 알아서 해. 내가 GPS 작동시킬 거야. 이 놈의 깡통, 왜 다 영어로 해놨지?"

"왜 이렇게 짜증을 내고 그래?"

"더워서 그래요." 조제핀이 말했다.

"더위랑은 상관없어. 나는 날씨 따위에 휘둘리지 않을 거야. 저 트럭 추월해!"

"조, 네가 앞에 탈래? 네 아버지가 조수석에 있으니까 아주 죽겠다!"

세르주가 볼썽사납게 GPS를 미친 듯이 두들겼다.

"이 깡통이 아우슈비츠를 못 알아먹네. 폴란드어로 뭐지? 어떻게 입력해?"

"오시비엥침(O-S-W-I-E-C-I-M)."

"카토비체 방향으로."

"나도 글자 읽을 줄 알아."

"뒷좌석은 얼어 죽겠어." 나나가 불평을 했다.

조제핀이 소리를 질렀다. 송풍은 꺼요!

"에어컨을 누구한테 맞추라는 거야."

"그냥 다 꺼. 나 배고파. 아무 식당이나 보이면 일단 세워."

고속도로에서 세르주는 우리에게 카틴 대학살에 관해 설명하기 시작했다. 창을 열고 있었기에 고래고래 소리를 지르면서.

"됐어! 어차피 바람 소리 때문에 하나도 안 들려!"

"너희가 에어컨 싫다고 했잖아!"

"장 삼촌이 진짜 힘들겠어요. 삼촌이 차창을 다 떼어버려도 이해할게요." 조제핀이 말했다.

숲과 나란히 뻗은 도로는 텅 비어 있었다. 빽빽하게 들어선 울창한 나무들을 보니 러시아 영화에서 본 숲이 생각났다. 안제이 바이다의 〈자작나무〉. 촘촘하고 한 치 앞이 보이지 않는 신비. 〈쇼아〉[17]에서 숲이 아름답게 물결치던 소비보르를 떠올렸다. 란츠만의 영화 속 이미지는 어떤 심리적 영토를, 두려움 없이 무성한 자연의 나라를 만들어냈다. 나는 그 나라에서 차를 몰고 있었다.

임페리얼 호텔은 세계의 어느 근교 언저리에서든 볼 수 있는, 옆으로 넓게 퍼진 사 층짜리 건물이었다. 반면, 몇 개 안 되는 호텔이 절멸수용소로 이어지는 철길에 접해 늘어서 있었다. 야트막한 연석 사이로 잡초에 뒤덮인 작은 철로 하나가 우리 방 바로 밑으로 보였다. 그 광경이 너무 어이가 없어서 세르주와 나는 호텔 데스크에 확인하러 가기까지 했다.

해가 떨어졌다. 나나의 '로드맵'에 따라 우리는 내일 수용소 I과 수용소 II를 순서대로 방문할 예정이었다. 저녁 시간 전에 나는 두 여자와 가볍게 산책을 했다. 우리는 다른 철길을 따라가다가 몇 채의 집과 낮고 알록달록한 건물이 흩어져 있는 작은 길로 접어들었다. 나나는 팔에 재킷을 걸고 티셔츠에 여행용 배낭 차림으로 느릿느릿 걸었다. 발에는 앵클부츠를 신었는데 통굽이 너무 높았다. 다리가 굵어지고, 전체적으로 몸집이 불어나 있었다. 유연하고 가냘픈 목

---

17) 클로드 란츠만 감독의 다큐멘터리 영화.

은 어디로 갔는지? 어울리지도 않게 젊은 사람 차림새로 옷을 입고 철조망을 따라가면서 땀을 흘리는 키 작은 아줌마가 내 여동생이었다. 내려앉은 몸뚱이, 내려앉은 영혼. 우리 앞에서 사자머리에 화장이 진한 조제핀이 앞장서 걷고 있었다. 조제핀도 부츠를 신었는데 그 카우보이 부츠에 새겨진 가짜 뱀이 그녀를 앞으로 미는 것 같다. 억센 체질을 타고난 그녀는 뭔가를 기다리듯 보도를 두리번거리고 울타리에 난 구멍 너머로 (뭔지 모를 것을) 찾고 있었다. 얼마 전에 나는 결혼식에 다녀왔다. 여자들이 춤을 추었다. 그 여자들은 힘이 세고 건장했다. 나는 생각했다, 저 여자들은 살아남고, 애 낳고, 역경에 시달리고, 버티기 위해서 태어났구나. 내 친구 장이브는 의자에 걸터앉은 그 여자들을 바라보았다. 산 송장이나 다름없는 아버지의 친구들은 그 모습을 보면서 낙담하는 것 같았다. 뭐가 있니? 나나가 물었다. 하지만 조제핀은 벌써 저 앞의 보도에서 다른 보도로 건너가면서 옹골찬 에너지를 뿜어내고 있었다. 나나는 조제핀이 들여다보았던 구멍이나 숲에 얼굴을 들이밀고는 실망한 듯 아무것도 없네, 라고 했다. 조용한 아우슈비츠 주변 구역에서 발견할 것이라곤 아무것도 없음을 나보고 알라는 듯이.

그는 주차장 옆 식당 차양 아래, 실외 좌석에 앉아 있었다. 핸드폰으로 통화를 하면서 크로크무슈를 먹고 있었다.
아빠, 한 시간 후면 저녁 먹을 건데! 조제핀이 소리를 질렀
다. 세르주는 통화를 방해하지 말라고 짜증스럽게 손짓했
다. 나나와 조제핀은 호텔 객실로 올라갔다. 잘하면 몽루주
쪽을 뚫을 수 있을 것 같아, 라고 세르주가 전화를 끊고 기
름진 크로크무슈를 삼키면서 말했다.

"식전에 크로크무슈는 왜 먹고 그래?"

"배고파서."

"한 시간 전에 샐러드 먹었잖아."

"크로크를 먹고 싶었어. 시슈포르티슈가 도시계획과 조사
부와 선이 닿을 것 같아."

"그 사람이 시장보다 세?"

"시장은 그 사람들이 하자는 대로 할 거야. 뭔 놈의 절차
가 5분마다 바뀐다니까. 그 지역이 국토계획 마스터플랜으
로 보호받지 않는다면 수직증축이 가능할지도. 그게 무슨
뜻인지는 묻지 마. 도시계획법이라는 게 엄청 골치 아파. 시
슈가 욕 좀 보고 있지. 빅토르 쪽은 아무 소식이 없네."

"전화해봤어?"

"너도 개한테 전화해봤잖아? 너는 개하고 바로 연락이 되
든? 한 번이라도 그런 적 있어? 개는 편지를 읽지도 않았어.
개는 신경도 안 써. 개가 어디 사는지도 모르고. 소스를 만

드느라 바쁜지, 문신을 하느라 바쁜지. 한쪽 팔에 또 문신을
한 것 같더라."

세르주는 이제 막 버스 한 대가 들어온 주차장을 바라보
았다. 장비 때문에 동작이 부자유한 사람들이 버스에서 겨
우 내렸다. 좁은 줄무늬 티셔츠가 형의 뱃살 굴곡을 그대로
드러냈다.

"셀리그만 집은 지낼 만해?"

"아니. 번지 수가 재수 없어. 27."

"그럼 어떡해?"

"괜찮아. 난 사층에서 지내. 2와 7은 따로따로 보면 나쁘
지 않아. 머릿속으로 늘 두 숫자를 분리해서 생각해. 2 더하
기 7 더하기 4는 13이야. 13은 행운을 가져다주는 숫자지."

"부동산 여자는?"

"아냐, 아냐, 아냐. 진짜 잠깐 그랬던 거야."

"바람피운 건 맞네."

"매력은 있는 여자야…."

"확실하군."

"그 여잔 내가 계속 발렌티나 집에 있는 줄 알아."

"당연하지."

"지비에츠 맥주 한잔 할래?"

"아니, 됐어."

나는 감히 발렌티나의 영역에까지 발을 들이지 않았다. 게다가 그래 봐야 무슨 소용이 있겠는가? 모든 것이 서글프게 얼어붙은 듯 보였다.

"유대인이 아닌 폴란드인 알아?" 형이 물었다.

"생각해보고 있어."

"난 지비에츠를 마실 때마다 폴란드인들과 가까워지는 것 같아…. 폴란드 사람다운 건 뭘까? 그는 음식을 씹지도 않고 메스껍게 먹어 치우지. 그는 자기가 누구인지를 찾아. 그는 악마의 힘으로 존재해. 그게 나야."

아우슈비츠, 혹은 현지어로 오시비엥침처럼 꽃이 만발한 마을은 평생 처음 봤다. 가로등마다 페티코트처럼 꽃이 늘어져 있었고 15미터마다 놓여 있는 대형 재배조에서도 꽃부리들이 흘러넘치고 있었다. 에스키모 모양으로 만든 꽃 무더기 조각상이 광장마다 놓여 있었고 소관목과 화분은 눈 닿는 데마다 있었다. 시장이 아주 작정했나 보다. 꽃으로 장식하라, 꽃으로, 꽃으로. 네 도시의 이름을 아우슈비츠라 할 것이다. 꽃으로 장식하라, 꽃을 심어라, 가지를 잘라라, 깨끗이 치워라, 색칠하라, 벽을 새로 칠하라! 너의 종탑이 터키석처럼 빛나게 하라. 너의 유대교회당을 광나게 갈고 닦아라, 너의 거리를 정원으로 바꾸어라! 건물의 파사드에 요한바오로 2세의 얼굴과 말풍선이 있었다. 말풍선 속에 'Antysemityzm jest grzechem przeciwko bogu i ludzkosci'라고 쓰여 있었다. 유대인은 선한 밑거름이다, 라고 세르주가 해석했다. 피트니스센터 앞에서 형은 허리에 손을 짚고 포즈를 취한 포스터 속 남자 흉내를 냈다. 반쯤 벗은 대머리 남자가 무시무시한 근육을 뽐내고 있었다. 그제야 형의 신발이 우리 눈에 띄었다. 아, 아빠, 오비외캉푀르 신발 신었네요!

"그럼."

해가 졌다. 식당에서 우리는 실외 테라스에 앉기로 했다. 실랑이가 없지는 않았다. 남자들은 실내가 답답하다고 했고 여자들은 실외는 모기 때문에 싫다고 했다. 포르토벨로는 임페리얼 호텔에서 아우슈비츠에서 제일 괜찮은 식당이라고 추천해준 곳이었다. 이탈리아 식당인데 파스타는 전혀 없고 대표 음식은 '폴리시 포크 미트 롤'이었다. 리소토, 닭고기 클럽샌드위치, 피자를 시킨 후(맥주는 맛을 보려고 넷 다 다른 종류를 주문했다), 조제핀은 우리에게 연애 문제를 털어놓았다. 조제핀은 일란 갈루아라는 남자를 좋아하지만 그가 너무 잔소리가 많다고 생각한다. 그는 이 여행 전에 조제핀에게 조증과 울증으로 기복이 심한 여자와는 행복할 수 없다고 선언했다. 그들은 당분간 보지 않기로 했다. 조제핀은 둘이 같이 보기 시작한 〈더 크라운〉 후속편을 볼 수 없다고 불평했다. 그 사람이 나 없이 〈더 크라운〉을 본다면 그건 끝을 내자는 뜻이에요, 라고 조제핀이 말했다. 그냥 마음 놓고 〈더 크라운〉을 봐, 네가 튀니지 남자랑 잘될 리 없어. 세르주가 말했다.

"왜요?"

"원래 그런 거야."

조제핀이 킬킬대고는 신발 이야기를 했다. 우리 중에 그 이야기를 모르는 사람은 없다. 하지만 다시 들어도 좋았다. 세르주가 카롤과 조제핀과 함께 살던 시절, 카롤과 푸에레 부부라는 친구들이 중앙 산악지대 여행을 계획했다. 다섯 명이 함께 오비외캉푀르에 등산화를 사러 갔다. 당연히 아빠가 먼저 신발을 골랐지요, 라고 조제핀이 말했다. 아빠는 평생 워킹화를 신어본 적이 없었어요.

"뭔 소리야, 나도 어릴 때는 늘 산에서 하는 여름 캠프에 갔어!"

"그래요, 그럼 어른이 되어서는 신어본 적이 없다고 해요. 아빠는 일곱 켤레인가 여덟 켤레를 내리 신어봤어요. 처음에 신어본 것들은 너무 무겁다, 다른 것들은 너무 뻣뻣하다, 색이 마음에 안 든다, 발가락 끝이 걸린다, 발볼이 너무 좁아서 꽉 죄는 것 같고 피도 안 통한다, 벌써 물집이 생긴 것 같다, 등등 불만을 잔뜩 늘어놓았지요."

"그래, 매장에서 신어봤을 때 편안한 게 중요해. 점원이 계속 신으면 부드러워진다, 가죽이 길이 들어야 한다,라고 아무리 말해도 믿으면 안 돼. 가죽이 길이 들긴, 개뿔. 매장에서 신어봤을 때 불편한 것은 결국 불편해서 못 신고 다녀. 그게 법칙이야."

"아빠는 새 신을 신어볼 때마다 신발창 밀착력을 확인한답시고 매장 안에 마련된 1미터 높이의 작은 언덕을 올라갔다 내려갔다 했어요. 그렇게 한 시간을 끌고서—여점원은 아마 자살하고 싶었을 텐데—오늘 우리가 감탄한 이 부드러운 산악 트레킹화를 고른 거예요. 아빠는 신발 구매를 끝냈고 십 년 감수한 여점원은 그제야 엄마와 니콜 푸에레의 신발을 봐줄 수 있었지요. 그런데 갑자기 우당탕 난리가 난 거예요. 한쪽 벽 선반이 주저앉으면서 거기 진열품들이 몽땅 떨어졌어요. 매장 안에서 비명이 일어났어요. 바닥에 나뒹구는 수십 켤레 신발 한복판에 아빠가 퍼질러 앉아 있었는데 내가 창피해 죽을 뻔했다니까요. 아빠 말로는 우리가 신발 고르는 걸 기다리면서 시간을 죽이느라 평소 시내에서 신는 모카신을 작은 언덕에서 테스트했다나요. 좁은 보폭으로 조심조심 올라갔지요. 정상에 올라 승리감에 취하자마자 굴러떨어지면서 벽면의 선반을 몽땅 쓸어버린 거예요."

우리는 그 얘기를 달달 외우다시피 하지만 들을 때마다 웃는다.

"나는 기다리는 데 재주가 없어." 세르주가 한숨을 내쉰다.

세르주도 그 얘기를 또 듣는 게 좋다. 그는 한심한 이야기의 주인공이 되기를 좋아한다. 남자들은 주인공이면 다 좋고, 어떤 이야기의 주인공이든 상관없다. 조제핀이 아빠를 끌어안고 뽀뽀를 한다. 그러고는 말한다, 우리 아부지! 세르주가 바보처럼 웃는다. 약간 얼굴을 붉히고 뻘쭘해하면서도 딸내미가 하는 대로 가만히 있다. 그는 이 주책맞은 만족감을 어떻게 다스려야 할지 모른다. 그래서 괜히 맥주 얘기를 꺼낸다. 레흐는 어때?

"맛있어."

"한입만 줘봐…. 괜찮네. 타트라는 맛이 약해."

"나는 내가 시킨 오코침이 마음에 들어." 나나가 말했다.

세르주가 말한다. 갈색 맥주도 하나 시켜서 맛을 볼까?

우리 주위의 탁자들은 미국인 아니면 폴란드인 들이 차지하고 있었다. 손님이 많지는 않았다. 포르토벨로가 버스들이 오가는 목 좋은 자리는 아닌가 보다. 잔을 부딪쳤다. 조제핀이 포퍼 가 삼남매의 사진을 찍어줬다. 나나가 오빠들 사이에서 포즈를 취했다. 우리는 즐거워 보였고 나이 들어 보였다.

내가 물었다. 그 푸에레 부부는 어떻게 됐어?

"곱게 늙어가고 있지. 일본 개 한 마리를 들였어. 처음에는 그 개의 작은 발 모양이 망가지면 안 된다고 수레에 태워서 모시고 다녔지."

"그 개 되게 귀여워." 조가 말했다.

"자기네가 그 개 아빠 엄마래. 엄마가 혼낼 거다, 아빠가 소파에는 올라가지 말랬지, 그런다니까."

"그럴 수 있지." 나나가 말했다.

"그렇고말고."

"사람들은 자기가 원하는 대로 살 권리가 있어."

"누가 아니래?"

저녁을 먹던 중에 세르주가 빅토르의 전화를 받았다.

"아, 드디어!… 빅토르!… 그래, 이제 봤냐?"

빅토르는 보지 못했다. 세르주가 몸짓으로 우리에게 그렇게 알려줬다. 형은 명랑한 얼굴로 희소식을 알리기 위해 뜸을 들였다.

"그래, 됐다, 우리 조카, 네가 이번 여름에 별 다섯 개 식당에서 일하게 됐어… 어, 그래!… 아, 네가 메일을 봤으면 내가 무슨 말 하는지 알 거다… 네가 엄마한테 발저에서 연락 못 받았다고 했다며, 그래서 이 삼촌이 직접 나섰지. 내가 옆구리를 좀 찔렀더니 그 친구가 널 받겠대! 이제 알았으니 서둘러 답장 쓰고 고맙다고 인사해. 뭐, 말 나온 김에 생각나면 이 삼촌한테도 고마움을 표시하고…. 폴란드야. 아우슈비츠…. 뭐라고?… 너 지금 뭐라는 거냐?"

자긴 이제 됐대! 세르주가 어이없다는 얼굴을 하고 우리에게, 특히 나나를 향해 지탄하듯 속삭였다.

"이제 됐다고?!… 이게 말이냐, 방귀냐? 지금 뭐라고 하는 거야, 빅토르!… 퓨전 패스트푸드? 그게 뭔데?… 난 모르겠다, 네가 하는 말 하나도 모르겠어. '바오bao'[18]인지 머시긴지 난 그런 거 몰라…. 독자적 프로젝트라! (형이 우리를 향해 다시 어이없다는 표정을 지었다.) 그게 도대체 무슨 계획인데? 넌 아직 코흘리개 어린애에 불과한데 독자적 프로젝트라니!… 앞날이 창창한데 독자적 삽질을 하겠다는 거냐? 네엄마가 쪼아대서 그러는 거야!… 내가 돌겠다, 내가 너한테 앞날을 열어줄 만한 일자리를 물어왔는데 넌 다른 계획이 있다고?"

"난 오빠를 쪼아댄 적 없어." 나나가 말했다.

"삼촌 말 들어, 빅토르! 이번 여름에 발저하우스에서 일하지 않을 거라면 너에게 삼촌은 없는 셈치고 살아라. 이제 어떤 식으로든 삼촌 도움을 받을 생각 하지 마, 알아들었

---

18) 대만식 찐빵을 가리킨다.

냐?… 그래, 알았다, 잘됐구나!"

세르주가 식탁에 핸드폰을 내던졌다. 나나가 얼른 받았다. 여보세요? 하지만 빅토르는 이미 전화를 끊었다.

"자긴 이제 됐대." 세르주가 음침하고 억양 없는 목소리로 말했다. "바오 페리구르딘[19]… 그런 말도 안 되는 패스트푸드로 이미 돈도 없는 아비를 거지꼴로 만들려고 하나?"

"난 오빠를 쪼아댄 적 없어."

"왜 없어. 너희는 날 쪼아댔어."

세르주가 잔을 비웠다. 그러자 불편한 침묵이 이어졌다.

"바보 같은 애새끼 때문에 입맛이 싹 달아났네. 나는 그렇게 용을 썼건만 자기는 그동안 독자적 프로젝트를 세웠어? 아니, 그럼 나한테 전화를 해서 알렸어야지. 세르주 삼촌, 내가 독자적 프로젝트를 세웠으니 이번 여름은 그렇게 하는 걸로 할까요?"

"퓨전 패스트푸드면 아이디어는 괜찮네요." 조가 말했다.

"얘도 뭘 아는 모양이네! 그럼 그 주방장한테 내 체면이 뭐가 되냐?"

"그 사람이 두 달이나 답을 안 했잖아." 나나가 용감하게

---

19) 페리구르딘은 프랑스 페리고르 지방의 전통 소스로 소고기 육수, 포도주, 송로버 섯을 이용해 만든다.

내뱉었다.

"당연하지! 그럼, 그 정도 요리사가 한가할 줄 알았어? 그렇게 생각해? 직접 메일을 보내준 것만도 엄청 친절한 거야!"

"오빠에게 한 번 더 말해보라고 하지 않았어야 했어. 그건 내 잘못이야."

"네 자식 싸고돌지 좀 마. 애새끼가 버릇이 없어. 다른 사람 생각은 눈곱만큼도 안 해. 그게 다야. 네 아들이 나한테 어떤 식으로 나왔는지 알아? '이미 다른 계획이 잡혀서요.' 아주 태평하더라. '죄송해요' 아니면 '애써주셔서 고마워요, 삼촌, 그렇지만…'이라고 해야 하는 거 아냐? 아니, 그런 말은 일절 없었어. *이미 다른 계획이 잡혀서요.* 아주 벼슬아치 나셨어."

"빅토르가 사과할 거야."

"필요 없어, 엄마가 시키는 대로 아바타처럼 하는 사과 따위는."

우리는 작은 탁자를 중간에 두고 나란히 놓여 있는 트윈 베드에 티셔츠와 맨다리 차림으로 늘어져 있었다. 텔레비전 리모컨은 내 손에 있었다. CNN, 볼소나로, 바르샤바 파업 소식, 폴란드판 '댄싱 위드 더 스타', 폴란드 일기예보….

"딴 데 틀어! 왜 저딴 걸 보고 있어?"

"여자가 예쁘잖아."

텔레비전 드라마, 버라이어티쇼, 축구 중계….

"우쯔 대 비알리스토크 경기를 뭐 하러 봐!"

"나도 관심 없어."

"리모컨 줘봐. 람보 Ⅲ, 뒤봐, 뒤봐!"

"이 영화 쓰레기야."

나는 텔레비전을 껐다.

"책이나 좀 읽을래."

"미니바에 니커스[20]가 있더라."

"시슈포르티슈를 믿어?"

"믿기는 개뿔. 뭐 읽어?"

"프리모 레비의《가라앉은 자와 구조된 자》."

"안 읽어봤는데."

"나도 아직 안 읽어봤어."

잠시 침묵이 감돌았다.

"우리가 적극적으로 질문하고 알아보려 했다고 할 순 없지." 세르주가 말했다.

"응."

---

20) 아이리시 크림 위스키.

"둘 중 누구에게도. 호기심 자체가 없었으니까."

"응."

"사실상 관심 끄고 살아왔던 거야."

나는 그 말을 잠시 곱씹어보고 "응"이라고 대꾸했다. 사실이 그랬다. 거추장스러운 가족사 따위를 알아야 한다고 생각한 적은 없었다. 다른 한편으로, 부모님 쪽에서도 그런 이야기를 삼가고 침묵을 고수하지 않았던가? 어차피 다 지나간 이야기를 누가 하고 싶어 한다고? 나는 말했다. 어쩌면 아빠는 우리가 관심을 보였다면 좋아했을지도 몰라.

"그랬을지도." 세르주가 말했다.

나는 이따금 아버지를 생각하면서 일종의 뭉클함을 느끼곤 했다. 그런 것도 자기 자신과 이미 흘러간 시간에 대한 노스탤지어일 수 있다. 〈쇼아〉를 보면서 어느 한 장면에서 특히 아버지 생각이 났다. 무거운 역사와 완전히 동떨어진 접근이지만. 그 장면에서 란츠만은 트레블린카 수용소에서 유대인 여자들을 가스실로 보내기 전에 그들의 머리를 잘라주고 안심시켜주는 일을 맡았던 미용사 아브라함 봄바를 인터뷰한다. 텔아비브의 자기 미용실에서 봄바는 쩌렁쩌렁한 음성으로 아주 천천히 그 과정을 꼼꼼하게 카메라 앞에서 술회한다. 그러는 동안에도 그는 예순 살 남짓한 남자 손님의 머리를 거의 한 올 한 올, 밀리미터를 다투며 마찬가지로 꼼꼼하게 다듬는다. 손님은 죄수처럼 턱까지 노란색 케이프를 두르고 움직이지 않으려 애쓴다(이 역할을 수락한 그 손님은 누굴까? 관객은 어느새 그 손님만 보게 된다). 봄바는 자기 마을 친구들이 가스실에 가기 전 머리를 자르러 왔을 때의 이야기가 나오자 더이상 말을 잇지 못한다. 그는 말없이 가위를 놀리다가 얼굴을, 눈시울을 닦는다…. 란츠만이 멈추면 안 된다고 말한다. 봄바는 못 하겠다고 말한다. 그만합시다, 제발요. 그는 이 말을 평소 말투로, 다시 말해 성량의 면에서 여전히 쩌렁쩌렁하게 뱉었다. 그제야 나는 봄바가 카메라와 마이크 때문에 일부러 목청을 돋우어 또랑또랑 말했다는 것을 알았다. 그는 녹화 기술을 믿지 않았다. 그런 면이 캐논 814 슈퍼 8을 어깨에 걸친 작은 가방에 담아서 집으로 돌아온 우리 아버지랑 참 비슷했다. 아버지는 라파예트 거리에 있는 아마추어 영화감독의 집에서 많은 시간을 보냈음에도 배우들이 계속 움직이고 최대한 목청을 돋우어 대사를 쳐야만 영화가 찍힌다고 생각했다. 나한테는 내 아버지를 닮은 아브라함 봄바의 순진함이 그의 이야기보다 더 마음에 와닿았다.

세르주가 몸을 일으켜 전등갓을 서랍장 쪽으로 돌렸다. 전등갓의 세로 솔기인지 이음새인지가 그의 시야에는 들어오지 않았을 것이다. 만약 봤다면 그러한 조화의 붕괴를 그

낭 넘겼을 리 없다. 세르주의 정신은 장소를 막론하고, 기발하거나 우스꽝스러움을 따지지 않고, 뭔가 수정을 가했다는 사실을 편안하게 받아들이지 못했다. 그는 잠시 후 가방을 뒤져서 아이작 싱어의 《신성모독자》를 좀 읽다가 잠이 들었다. 우리는 각자 유대인 역사의 한 조각을 들고 온 것이다.

한동안 세르주는 천장을 바라보더니 이렇게 말했다. 빅토르 그 녀석은 아무 데도 못 갈 거야.

청소년기 이후로 형과 같은 방에서 자본 적이 없다. 세르주는 욕실 쪽 벽을 보고 옆으로 누워 다리를 구부리고 잤다. 나는 소변을 보러 갔다 오면서 얼핏 그 옛날 코르볼 캠프에서처럼 형의 이불 속으로 들어가 몸을 꼭 붙이고 자고 싶은 충동이 들었다. 그때 그 도미토리에서는 혼자 자는 게 왜 그리 겁이 났는지. 형은 절대 깨지 않았고 우리는 연인들처럼 함께 돌아눕곤 했다. 인간들은 순식간에 늙고 순식간에 서로 멀어진다.

임페리얼 호텔의 적막함은 압도적이었다. 프리모 레비는 추위를 끊임없이 환기한다. 심지어 수용소에 대한 증언이 아니라 성찰을 담았다는 책에서조차 추위, 비, 눈은 가시지 않는다. 내일은 추위도 진창도 겨울도 없을 것이다. 나는 관광지를 최적의 조건에서 방문하지 못해 아쉬워하는 여행객처럼, 아우슈비츠가 춥지 않은 것을 아쉬워한다.

예상대로 날은 청명했다. 국기를 몸에 두른 이스라엘인들이 관광버스들 사이에서 일종의 원을 만들고 있었다.

아침 댓바람부터 수용소 I 입구에 인파와 함께 서 있던 우리는 벌써 입으로 험한 말을 뱉어내기 시작했다. 난 이 여행의 책임자가 아니야, 나나는 왜 줄을 서야 하느냐고 누가 뭐라고 할 때마다 짜증을 냈다. 오빠들이나 나나 똑같은 입장이거든?

"저 여자한테 로드맵 보여줘!"

하지만 모두들 예약을 했고 모두들 우선권이 있다고 생각해서 앞으로 가고 싶어 했다. 우리는 좀 더 잘 빠지는 줄로 갔다(1미터 50센티미터쯤 번 것 같다). 바리케이드, 여권, 안전바. 남자들은 대부분 반바지 차림이었고 여자들도 상당수가 반바지를 입었다. 그들은 자기 그룹을 찾고 있었다. 건물에서 빠져나가니 국기를 몸에 걸친 다른 이스라엘인들이 숲이 우거진 평지에서 왔다 갔다 하고 있었다. 조제핀이 키오스크에서 가이드투어 두 건을 구매했다. 우리는 좁은 길을 따라가면서 'Arbeit macht frei(노동이 그대를 자유롭게 하리라)'라는 문구를 보았다. 어린아이가 만든 것 같은 아치형 현관 아래에서 한 팀이 포즈를 취하고 있었고 다음 팀은 자기네가 사진 찍을 차례를 기다리고 있었다. 그 너머로 병영 같은 벽돌 건물들이 보였다. 거대한 나무들(언제부터 거기 있었을까?), 갓길에 우거진 잡초. 전신주, 철조망. 우리는 아우슈비츠에 와 있었다.

우리는 처음부터 뭔가 좀 적막하고 쓸쓸한 곳에 가보고 싶었다. 그래서 바로 가스실부터 찾았다. 희한하게 생긴, 야트막하고 음산한 건물이 따로 뚝 떨어져 있었다. 기가 꺾인 사람들이 입을 꾹 다물고 끝도 없이 나오고 있었다(왜 그런데도 발길이 닿지 않은 곳 같은 느낌이 들었을까?). 뒷길에서 오는 단체가 거기로 들어가고 있었다. 폐소공포증이 있는 세르주만 빼고 우리 모두 그 줄에 끼어들었다. 즉각적으로 숨이 막히는 기분이 들었다. 색색의 운동화, 반바지, 점프슈트, 꽃무늬 원피스처럼 해변에서나 걸칠 것 같은 가벼운 옷차림의 인파에 부대끼면서, 우리는 잰걸음으로 어두운 굴로 떠밀리듯 들어갔다. 낮은 천장 아래 죽음의 작업장으로 향했다. 굵은 철망 사이로 들어오는 희미한 햇살과 먼지 속에서, 가스실에서 나오는 사람들을 바라보며 서성거리다 등산화로 마른 땅을 툭툭 차고 있는 검은 양복 차림의 세르주가 보였다. 나나와 조제핀은 인파에 떠밀려갔는지 보이지 않았다.

우리는 손톱으로 긁은 자국이 벽에 선명하게 남아 있는

가스살포실을 지나갔다. 사람들은 저마다 벽 사진을 찍느라 난리였다. 화장장을 지나가는데 뒤쪽으로 원래 형태대로 복원해놓은 가마들과 철로, 금속 이동대가 보였다(이 설명은 출구에 붙어 있던 패널에서 읽었다). 우리는 햇빛과 울창한 나무들 천지로 빠져나왔다.

나나는 일그러진 얼굴로 세르주에게 말했다. 오빠도 들어갈 걸 그랬어.

"인파에 파묻히면 죽을 것 같아."

"벽에 손톱자국이 그대로 남아 있어. 말로 표현할 수 없어."

세르주가 담뱃불을 붙였다. 조제핀도 우리 곁으로 왔다.

"벽의 자국들, 너무 무섭지 않니?" 나나가 물었다.

"무섭죠." 조제핀은 그렇게 말하면서 화장장 외관을 카메라에 담았다.

두 여자는 가는 데마다 무섭다, 말로 표현할 수 없다, 소리를 해댈 작정인지? 나는 그들에게 너무 쉽사리 짜증을 내지 않겠다고 결심했다. 우리는 수용소 울타리 안으로 향했다.

이 여정의 핵심 발상은—나는 아직도 받아들이기 힘들지만—우리의 헝가리인 선조들이 돌아가신 곳을 우리 시대의 회한을 안고 찾아간다는 것이었다. 우리가 결코 알지 못했고 오늘까지 아무 얘기도 듣지 못했던 사람들. 그들의 불행이 우리 어머니의 삶을 흔들어놓았던 것 같지는 않다. 하지만 그들은 우리 '가족'이었고, 유대인이기 때문에 죽었다. 그들은 한 민족의 불운을 겪었다. 우리도 그 민족의 유산을 물려받았는데 기억이라는 단어에 취한 이 세상에서 나 몰라라 하는 것은 부끄러운 일 같았다. 어쨌든 나의 조카 조제핀이 갑자기 열의를 보인 이유는 그것 때문인 듯했다. 나는 조제핀이 내 어머니와 얼마나 가까웠는지 기억해내려고 애썼다. 어머니는 어떤 관계에서도 연결고리가 되지 않으려 신경을 썼던 반면, 파인애플 머리를 한 조제핀은 정반대의 바람을 품은 듯했다. 우리가 조제핀의 즉흥적인 충동을 제압하지 못한 채 24a 블록 앞을 지나가는데, 그녀가 여긴 너무 난장판이라면서 수용소 오케스트라에 대한 패널에 관해 뭐라고 했다. 내가 물었다. 넌 오늘도 속눈썹을 붙였니? 아뇨, 속눈썹 파마예요, 라고 조제핀이 말했다.

나무들이 나를 사로잡는다. 사방이 다 나무였다. 열을 맞춰 아주 잘 심어놨다. 풀도 왠지 마음에 걸렸다. 말끔하게 깎인 잔디밭도. 입구의 커다란 떡갈나무는 늘 거기 있었겠지. 이 수용소가 가동되던 시절에는 얼마나 큰 나무였을까? 다른 나무들, 저 다정하고 장식적인 나무들은 나중에 심었을 것이다. 누가 심었을까? 무슨 목적으로? 죽음의 수용소에 대한 상상과 우리가 지금 거니는 공간을 일치시키려면 상당한 심리적 노력이 필요했다. 나는 가장 좋아하는 그림을 책에서 발견할 때와 비슷한 실망감마저 느꼈다.

우리 넷은 여기저기 사잇길로 흩어져 돌아다녔다. 꽃무늬 반바지 차림의 두 여자가 앞서 걸어갔다. 포니테일로 묶은 머리채가 걸음마다 달랑거렸다. 국기를 토가처럼 두른 이스라엘 사람들보다는 저 두 여자가 더 가깝게 느껴진다고 생각했다. 그런 싸구려 민족주의를 보면 맥이 빠진다. 세르주를 박물관에 해당하는 블록 4와 5로 돌아가게 하느라 장황한 토론을 해야 했다. 인파가 장난 아니었다. 숨이 막혔고 진행 방향이 정해져 있는 복도에서 전진 자체가 불가능했다. 세르주는 두 번이나 진입을 시도했다가 실패했다. 조제핀이 입구 층계로 쫓아가서 잡아왔다. 아빠, 한 번 노력해봐요. 고작 산책이나 하려고 여기까지 온 거 아니잖아요.

"난 저 안에 못 들어간다."

"해보자고요, 아빠."

"난 다 아는 거야. 이미 다 봤다고."

"나랑 같이 들어가요, 제발요."

조제핀이 세르주의 팔을 잡아끌었다. 세르주는 질질 끌려서 선크림 냄새가 진동할 정도로 사람들이 다닥다닥 붙어 있는 대열로 돌아왔다. 그는 대열의 다른 쪽 끝에 있던 나나

근처까지 갔을 때 힘없이 중얼거렸다. 얘가 나한테 뭘 원하는 걸까? 나보고 어쩌라는 거야, 얘는?

저주받은 이들을 향해 땅속으로 뛰어드는 개들, 곤봉으로 무장한 무리, 기관총을 든 SS 요원. 비르케나우 화장장 미니어처에는 흰색 사람 모형 수백 개가 기다란 탈의실과 가스실에 쌓여 있었다. 우리는 말 없이(무슨 생각을 했을까?) 진열장 앞을 지나갔다. 부목, 코르셋, 안경, 물컵, 반합, 잔, 목이 긴 병, 알록달록 색칠한 조개껍데기, 짐가방, 신발(벌써 대용품을 가져다 놨네, 나나가 다른 신발들과 동떨어진 앵클부츠를 보고 말했다), 머리빗, 칫솔, 구두약 통, 그 밖에도 박물관 전시품이 될 줄은 몰랐을 말 없는 개인 물품들이 거기에 있었다. 그리고 우리는 유리 너머 공간을 전부 차지하고 있던 머리칼들 앞에서 멈추었다. 우리를 심란하게 한 것이 탈바꿈인지 거대함이었는지는 모르겠다. 과학자들이 모든 것을 흙으로 돌려보내지 않기 위해 지켜온 인간의 마지막 흔적. 이 소란스러운 잿빛 섬유 뭉치, 이 끝없는 둥지가 될 운명은 아니었을 것들.

세르주와 나는 블록 10의 계단에 접해있는 테두리 돌에 앉았다. 그 건물은 대중에게 공개되지 않는 곳이었다. 조제핀이 접이식 안내서를 보고 생체실험이 이루어졌던 건물이라고 읽어주었다. 세르주는 담배를 피웠다. 여자들은 화장실에 갔다. 조제핀이 화장실이 있는 건물이 헝가리관이라고 알려주었지만 다른 쪽으로 진입을 해야 했다. 조제핀은 프랑스 전시관은 바로 옆에 있다고 했다. 그러면서 프랑스 관련 전시와 헝가리 관련 전시 중 무엇을 먼저 보고 싶은지 물었다. 어쨌든 그 전에 블록 11의 감옥을 먼저 보고 와야 해요. 거기가 최악의 블록, 죽음의 블록이에요. 고문실과 처형의 벽이 거기 있거든요. 조제핀은 세르주에게 수용소 내에서 담배를 피우면 안 된다고, 아까 입구 로비에서 그런 안내문을 봤다고 말했다. 조가 말했다. 미쳤나 봐요, 화장실에 기저귀 교환대가 있더라고요! 아기를 데리고 여기 올 사람이 있을까요? 수많은 여성이 우리가 앉아 있는 이 블록에서 불임 연구 대상이 되었다고요. 1943년에 독일의 산부인과의 카를 클라우베르크는… 조제핀이 안내서를 읽어내렸다.

"그만! 조! 그만 좀 괴롭혀!"

"너 왜 그래? 우리, 사실 너 좀 피곤하다?"

"이왕 온 거, 씩씩하게 다녀보자고 하는 거예요."

"괜히 힘 빼지 마."

"이 남자들이 바보라서 그래." 나나가 말했다.

"울 아부지 그 양복 덥지 않아요?"

"더워. 하지만 아우슈비츠에서 그딴 걸로 불평하고 싶지
않아."

나 심근경색이 온다, 세르주가 처형의 벽 마당에서 나에
게 말했다. 가슴에 납덩이를 올려놓은 것 같고 어지러워 죽
겠어. 마당으로 사람이 끊임없이 들어왔다. 한 팀이 나가면
다른 팀이 나타났다. 모자를 쓰고 팔다리를 다 드러낸 사람
들이 블록 11의 옆문으로 계속 들어오고 나갔다. 끝나지 않
는 공격이었다. 블록 진입은 불가능했다. 저리로 나가자, 라
고 내가 말했다. 나는 형의 어깨를 안고 사람으로 꽉 찬 안
마당 밖으로 겨우 끌고 나갔다. 나나는 우리를 향해 감옥으
로 들어오라고 크게 손짓을 했다. 우리는 건물을 따라 빠르
게 걸음을 옮겼다. 붉은 벽, 채광 환기창에 바짝 붙어서. 사
실, 주머니를 뒤지면서 도망치듯 빠르게 걸어간 사람은 세
르주였다. 내가 말했다. 걸어가는 속도 보니 심근경색은 아
니네.
　"턱이 굳는 것 같은 기분이 들었어. 그게 전조야."
　"아니라니까."
　"몸이 저려와."
　"잠깐만 쉬어."
　"나 미칠 것 같아. 전에는 길을 건너가는데 마리노니 거리

135

가 거꾸로 보이더라."

"뭘 찾는 거야?"

"제노트란."

형은 약을 찾았다. 파란색 봉지 두 개를 입에 털어 넣었다. 손수건으로 입을 닦았다. 재킷 벗어, 계속 그러고 있으면 숨 막혀 죽어, 라고 내가 말했다.

"그럴 순 없어."

주위에 낮은 건축물로 둘러싸인 빈 공간이 있었다. 우리는 그늘진 구석, 거의 땅바닥에 가까운 테두리 돌에 앉았다. 새소리가 들렸다.

잠시 후 형이 말했다. 언젠가 내가 미치면 네가 날 죽여줘.

"그럴게."

"몸이 말을 안 듣게 되면 네가 날 죽여줘. 암이나 뇌졸중 오면 꼭 죽여줘."

"좋은 타이밍을 알려줘."

"그냥 즉시 죽여."

"심근경색이라는 인간이 담배를 피우냐?"

"닥쳐라."

우리 앞에는 통신 초소가 있었다. 초소 지붕 위에 가느다란 금속 바람개비가 달려 있었다. 끝나지 않는 기립 자세 대기, 누더기 차림으로 견뎌내는 얼음, 바람, 죽음의 밤 이야기가 생각났다. 그때는 아침도 밤이었으니. 안내판에는 간단하게 'During inclement weather(궂은 날씨에)'라고만 쓰여 있었다. 그 초소는 아무것도 아니었다. 숲속의 이상한 통나무집에 불과했다. 여름용 판초를 입고 바닷가에서 신는 구멍 뚫린 고무 샌들을 신은 동양 여자가 팀에서 따로 나와 셀카봉을 들고 포즈를 취했다. 그녀는 사랑스럽게 은근한 미소를 띠고 컷마다 표정을 조금씩 달리했다.

나는 생각했다. 저 초소는 아무것도 아니야. 그리고 석화된 해골들을 잔뜩 모아놓은 이 장소도 이제 아무것도 아니야.

내 휴대폰이 울렸다. 어디 있어? 나나가 물었다.

"어딘가에 있어."

"우리 감옥에서 나왔어. 너무 끔찍해."

"아, 그래."

"무덤들이야. 들어왔으면 질식했을걸. 어떻게 인간이 이런 짓을 저질렀을까? 상상도 못 하겠어."

"아니, 상상할 수 있는 일이야. 그런 일은 아직도 일어나고 있어."

"왜 그렇게 기분이 안 좋은데?"

"시리아나 파키스탄을 한 번 봐. 이제 어디로 갈 거야?"

"프랑스관. 블록 20이야."

"그리로 갈게."

세르주가 물었다. "어디로 간대?"

"프랑스관."

"참 분주하게도 돌아다닌다."

밤인가, 낮인가? 눈은 사방에, 철로 건널목에, 흙더미에 흔적을 남겼다. 눈이 거무스름한 지붕에 수백 개의 흰 점을 남긴 모습이 흡사 기하학적 레이스 같았다. 어두컴컴한 프랑스관 안에서 벽에 띄워진 영상은 비르케나우 정문의 사진이었다. 약간 붉은 기가 도는 그 흑백 사진은 수용소 내 철로 중간쯤에서 찍은 것이었다. 하늘과 투명창이 있는 초소가 보이는 공간을 전선과 철조망이 가로지르고 있다. 그 음울한 오선보를 따라 하얗게 빛나는 얼음 같은 글자들이 슬라이드처럼 지나갔다. *'Vernichtungslager*(절멸수용소)' *'넌 독일어 알지, 저게 무슨 뜻이야?'* *'절멸. 그러니까 아무것도 없다, 아무것도 남기지 않는다. 다시 말해 모두를 죽여 없애는 수용소라는 거예요.'* –샤를로트 델보, 1월 24일의 호송대 중에서.

절망의 알레고리는 단 하나의 이미지로 방문객에게 엄습한다. 이미지는 사실보다 힘이 세다. 사실이 사실로 남으려면 해석이 필요하다. 조제핀은 카메라 화면 안에 벽 전체를 담으려 애썼다.

세르주는 일부러 우리와 보조를 맞추지 않으려 했다. 우리는 프랑스인 수인들의 이름을 찾을 수 있는 컴퓨터 앞에서 세르주를 발견했다. 그는 아무도 찾지 못했다. 말코프스키라는 성을 가진 사람 중에 사샤는 없었고, 호프트는 리옹 출신이었으며, 자키의 할아버지 아르망 알캉은 찾을 수 없었다. 그는 말했다. 이 데이터베이스는 형편없네.

"마틸드 파리앙트 쳐봐." 나나가 부탁했다.

세르주는 컴퓨터를 두고 가버렸다.

"큰오빠 왜 저래? 나랑 원수졌어?"

"그런 거 아냐."

"아침부터 지금까지 나한테 한마디도 안 했어."

"나도 알아볼 사람 있어요." 조제핀이 끼어들었다.

그건 일종의 놀이다. 나도 내가 아는 유대계 프랑스인 이름을 쳐봤다. 그들을 찾았다. 하지만 거기 나온 이름들이 진짜 내가 아는 그들인지는 모르겠다. 나는 실망 비슷한 기분이 들었다.

기억하라, 패널에는 이렇게 쓰여 있었다. 기억하라, 프랑스에서만 약 7만5000명의 유대인이 수용소로 끌려갔는데 그중 1만1000여 명은 아이들이었다. 두 전시실 사이에서 희한한 기차 소리가 들렸다…(전시기획자들은 기차가 철로를 지나

가는 소리로 관람에 조심스레 극적인 효과를 더할 수 있다고 생각했을 것이다). 수십 장의 아이들 사진, 그들의 이름, 생몰연도, 그들의 사연이 다섯 줄로 나와 있었다. 마르타와 상타, 이지외의 딸들로 금빛 단추가 달린 외투를 입은 모습, 베르나르 에델슈타인, 생투앙 마티외 거리 37번지, 에디트 조나프, 리모주의 기숙사생, 시몽 아비르젤, 파리 19구 샤르벨 거리 15번지, 뤼시앵, 방데 부방에서 체포…. 형은 그들의 얼굴, 이름, 잘 손질된 머리 모양을 보았다. 그들의 모습에서 비극적 단명短命의 조짐은 전혀 찾아볼 수 없었다. 형은 호송 열차 번호를 읽었고, 감상에 빠졌다. 형은 나나가 그랬던 것처럼 말로 표현할 수 없다고 내뱉을 수도 있었을 것이다. 형은 그 어린 유령들에게 (인류의 나머지 인간들 대신) 용서를 구하면서 3분 동안은 더 나은 사람이 된 기분을 느끼겠지만 햇빛 아래 차로 돌아가서는 무엇을 기억할까? 그리고 기억을 한다 해도 뭐가 달라질까?

밖에 나와서 폴레트의 전화를 받았다. 모리스가 부활했단다. 어제는 저녁 당번 간호사의 생일 축하도 함께 해줬다나.

"욜란다의 서른 번째 생일을 축하해줬지. 알지, 그이가 엄청 예뻐하잖아. 마디(모리스의 세 번째 아내)도 참석했고 수위들도 올라왔어. 맞아, 믿을지 모르겠지만 모리스가 샴페인도 조금 마셨어. 연어샌드위치는 싫다고 했지만 양배추롤은 맛있다고 하더라고. 이제 연어가 싫대. 모리스, 당신 이제 연어가 싫댔지? 그래, 싫어. 입맛이 확 바뀌었나 봐. 전화 바꿔줄게. 직접 들어봐. 예전처럼 프랑스어를 유창하게 하진 못하지만 병세가 호전된 건 확실해. 장 바꿔줄게요!⋯ 장이라고, 장!" 폴레트가 소리를 질렀다.

"여보세요?"

"모리스?" 내가 말했다(아니, 소리를 질렀다).

"너냐?"

"네, 저예요, 모리스."

"아, 잘됐구나!⋯ (요란하게 가래 뱉는 소리)⋯ 집시들이 돌아왔는데⋯ 울리폴에⋯ 기억하냐?"

"'울리폴'[21]이라고요?"

"울리⋯ 그래, 울리볼쇼이⋯ 왜, 왜냐하면⋯ (그러고는 러시아어로 뭐라고 한 것 같다)⋯ 기억하냐?"

"네, 기억해요."

"그래. 나는 내 영혼을 보게 되리라 생각하지 않으니까."

"그럼요."

---

21) 잠재적 문학 실험장을 뜻하는 '울리포'를 잘못 말한 것으로 보인다. 이 대화에서 자주 환기되는 '너는 기억하느냐', '나는 기억한다'는 울리포의 대표 작가 중 한 사람인 조르주 페렉의 《나는 기억한다》를 연상시킨다.

"하하하."

"하하하."

"훨씬 좋아졌지?" 폴레트가 다시 전화를 받았다.

"그렇네요."

"다시 운전도 하고 싶대. 좋은 신호야."

"모두에게 좋진 않겠네요."

"그리고 이 사람이 전화 통화는 편치 않은가 봐. 보청기를 새로 해야겠어. 이제 이 물건이 이 사람한테 잘 안 맞나 봐. 선이 하나 빠졌는데… (투덜거리는 소리) 그래요, 모리스! 선이 늘어져 있잖아! 어휴, 잘 듣든지 말든지 난 이제 몰라!"

"러시아어를 하는 것 같던데요."

"그래. 러시아어를 해. 이 사람 모국어잖아, 뭘 바라겠어."

"그렇죠."

운전대를 잡은 모리스는 언제나 공공의 위험이었다. 한번은 내가 그런 얘기를 했더니, 세르주가 지금 너랑 차를 타고 가는 것도 조금 무섭다, 라고 했다.

"어, 진짜? 난 괜찮은데."

"넌 아니겠지. 모리스는 그렇댔어."

"아, 그래."

"모리스가 너는 굳이 그럴 필요도 없는데 신호등을 한두 번씩 무시하고 달린다고 하더라."

"난 평생 그랬어."

세르주가 나를 기다리고 있었다. 형은 말한다. 앞길이 구
만리인 애들을 저렇게 죽이다니, 아깝다, 아까워, 그러니까
유럽이 쇠락하지. 저들은 유럽의 살아 있는 영혼을 죽인 거
야. 살아남은 유대인들은 쓸모도 없어. 지금 설치고 다니는
머저리들을 봐.

"모리스가 고비를 넘겼대. 한번 만나러 가."

"그래, 그래, 네 말이 맞아. 그런데 너는 안 갈 거야? 나야
쓰레기 같은 놈인데."

"모리스는 항상 형의 안부를 물어봐."

"바보 같긴. 파리로 돌아가면 바로 만나러 갈게."

나는 세르주를 블록 18의 위층으로 끌고 갔다. 그곳에 마
련된 헝가리 전시관은 연출이 특히 음침했다. 사람은 거의
없었다. 구석에 남녀 한 쌍, 왔다 갔다 하는 사람 두셋이 다
였다. 나나와 조는 철로에 까는 자갈을 채운 플렉시글라스
스탠드를 열심히 들여다보고 있었다. 그 스탠드에서 유대계
헝가리인들의 역사를 읽을 수 있었다. 화강암 무더기와 투
명한 돌이 바닥에 널려 있고 정신없는 조합의 슬라이드가
타원형 프레임으로 벽에 영사되고 있었다. 이 무덤의 중심

에는 선팅 플렉시글라스로 제작된 수송차 한 대가 놓여 있었다. 수송차를 떠받치는 유리판 아래로 투명 크리스털 자갈이 깔린 철로가 보였다. 세르주는 전시실에 들어가자마자 막혀 있지 않은 몇 개 안 되는 창 하나로 다가갔다. 바로 그 옆에는 개새끼 오토 몰[22]의 초상이 원형 프레임으로 영사되고 있었다. 나는 한 바퀴 둘러보았다. 그래, 산부인과 의사 클라우베르크. 그래, 멩겔레와 헝가리 난쟁이들이구나. 그리고 SS 보좌관이었던 희대의 쌍년 마리아 만들. 아, 부다페스트 게토의 사람들! 손을 들고 일렬종대로 걸어가는 여자들. 보자, 이모? 어쩌면 사촌누이? 우리 어머니? 나는 그들의 얼굴을 살펴본다. 가족 같은 닮음새가 드러나는 것 같기도 하다. 지타 아주머니의 얼굴도 찾아본다. 지타 파이퍼는 로스에서 태어났는데 가족 모두를 수용소에서 잃었다. 어머니가 돌아가신 후로 우리는 아주머니에게 연락한 적이 없다. 혼란스러운 이미지의 난장판에서도 철로를 따라가는 죽음의 행렬은 여전히 빠지지 않았다. 등이 굽은 여자가 햇빛 아래에서 두툼한 외투와 숄을 두르고 굽이 납작한 레인부츠를 신고 걸어가고 있다. 나는 그 여자의 사진을 한참 들

---

22) 아우슈비츠에서 수많은 잔학 행위를 저지른 SS 요원으로, 1946년에 교수형을 당했다.

여다보았다. 우리가 어렸을 때 돌봐주던 내니 미로와 닮아 보였다. 당시에 우리는 그 아주머니에 대해 쥐라 출신이라는 것 말고는 아무것도 몰랐고, 사실 그 출신이 그녀에 대해서 뭔가를 더 알려주지도 않는다. 우리는 그냥 영국식으로 '내니'라고 불렀다. 고생을 많이 한 여자, 불어난 몸집. 아직도 외투의 두툼한 질감이 내 손가락에 남아 있는 것 같다.

조제핀과 나나는 모범생처럼 이 스탠드에서 저 스탠드로 이동하면서 적힌 내용을 숙지했다. 그런 건 파리에서도 다 읽을 수 있잖아, 라고 내가 한마디 했다.

"맞는 말이야, 게다가 여긴 다 영어로 써놨어." 나나가 말했다.

"아빠는 뭘 보고 있어요?"

"나무."

"전시는 안 봐요?"

"일절."

"그래도 관심을 좀 보일 수 있잖아." 나나가 말했다.

"왜?"

"오빠가 이러는 게 싫어. 오빠 때문에 신경 쓰여."

"이 사진들 좀 보세요, 아빠."

조제핀이 제 아빠의 팔을 잡고 전시실 한복판을 가로지르는 두 개의 대형 패널로 끌고 갔다. 부다페스트 출신의 포동포동한 젊은 여자가 무늬가 박힌 비키니를 입고 해수욕장을 배경으로 남편과 딸과 함께 포즈를 취하고 있었다. 다른 패널에서 그녀는 침대 창살에 기대어 간신히 서 있었다. 앙상한 몸으로 벌거벗은 그녀는 도저히 동일인으로 보이지 않았다. 머리도 군데군데 뭉텅이로 빠져 있었다. 안내판에는 그녀가 베르겐벨센 수용소에서 구출되었고 이름은 마르지 슈바르츠라고 나와 있었다. 두 사진은 불과 1년 간격으로 찍은 것이었다. 첫 번째 사진은 뭔가 비현실적이었다. 배경에 보이는 해수욕객, 변화무쌍한 모양새의 종려나무 가지가 왠지 배경막처럼 보였다. 세르주는 한참을 그 두 사진 앞에서 보냈다. 무슨 생각을 했을까? 그는 피로도 침묵의 본성이라는 것을 안다. 양복을 입은 형은 멋있었다. 그는 자신의 가장 좋은 옷을 입고 온 터였다. 심지어 오비외캉푀르 등 산화마저도 세련돼 보였다.

나는 누가 박물관에 저 사진들을 제공했을지 궁금했다. 마르지 슈바르츠 본인이 그랬을까? 나는 그녀와 딸은 살아남았다는 사실을 확인했다. 그러면 저 거무스름한 수영복을 입은 남편은 어떻게 됐을까? 그 남편에 대해서는 아무 기록도 찾을 수 없었다.

우리는 다시 수용소 구역 내 오솔길을 헤매고 다니기 시작했다. *기억하라*. 하지만 왜? 이런 일이 다시는 일어나지 않도록? 하지만 소용없을 것이다. 자기 자신과 내밀하게 이어지지 못한 지식은 헛것이다. 기억에는 아무것도 기대할 수 없다. 기억에 대한 페티시즘은 시늉에 불과하다. 대통령이 유난스럽게 '기억의 순회'[23] 운운했을 때 어떤 택시운전수가 나에게 한마디로 요약을 해줬다. "어제저녁에 베르덩 전투 취재 프로를 봤지요. 누가 이렇게 말합디다. 여러분 발밑에 1만5000명의 시체가 있습니다! 그러면 관광객들이 탄성을 내질러요. 자식을 데리고 온 사람들은 이렇게 말하지요. 네 할아버지가 여기서 너를 위해 싸우셨단다. 그랬더니 꼬마가 반문합디다. 날 위해서요? 할아버지가 나를 어떻게 아는데요?"

어디에서나 가지런히 열을 지어 우뚝 솟은 포플러들! 겨울에는 당연히 훨씬 메마른 모습을 보여줄 것이다. 구획이 나뉘어 있는 병영은 깨끗하게 관리되고 있었다. 거기는 일종의 박물관이었다. 지옥의 한 자락이 현대의 방문객을 위해 재건되었다. 숭고한 행동이 본질을 흐린다.

---

23) 2018년 11월 11일에 프랑스 대통령 에마뉘엘 마크롱이 제1차 세계대전 휴전 기념일 100주년 연설에서 사용한 표현.

가스실이 멈춘 지 75년이 지났네요. 1944년 11월이 마지막이었다니까. 조제핀이 말했다.

"잠깐 점심 먹는 동안에까지 그래야겠니."

임페리얼 호텔 주차장 차양 아래 테이블은 전부 만석이었다. 극성스러운 손님 무리는 폴란드인과 미국인이 대부분이었다. 어떤 여자가 우리에게 커피를 가져다주었다. 이쑤시개를 달라고 했더니 없다고 한다. 나나가 퍼석한 비스킷을 한 줌 챙겨서 자리로 돌아왔다. 난 가끔 치아 틈새를 다 메워버릴까 생각해. 세르주가 말했다.

"무슨 뜻이야?"

"운모대리석 같은 걸로 틀니를 맞추는 거야. 치아 틈새 없이, 통으로 붙어 있는 틀니를. 내 뒤에서 빽빽 소리 지르는 저놈, 죽여버릴까 봐."

"아빠, 긴장 좀 풀어요."

"나는 살인이 차라리 이로운 나이가 됐어. 삼지창으로 찌를까. 아니면 단검을 쓸까, 르벨 총검을 쓸까."

"어떻게 날씨가 이렇게 더울 수 있지. 지구온난화 때문인가? 헝가리 전시관은 실망스러웠어." 나나가 말했다.

"뭘 기대했는데?"

"철조망이 가짜인 거 못 봤어? 10년에 한 번씩 옛날 나치가 썼던 모델을 모방품으로 교체한대."

"그 가이드북 좀 내려놔."

"일부러 칙칙한 색으로 제작한 거예요…. 철탑은 옛날 그 대로이지만 녹이 슬어서…."

"조!"

"심하게 무지했던 세월을 보상하려고 저러는 게지." 세르 주가 말했다.

"갸륵하기도 해라."

"이제 아우슈비츠라고 제대로 말하잖아."

"아우슈비츠."

"잘했다, 이제 따라해봐. 마즈다네크, 소비보르…."

"마즈다네크, 소비보르."

"헤움노…."

"유대교에 대해서도 배울 거예요."

"우리도 그런 건 안 배웠다." 내가 말했다.

"아냐, 아주 좋은 생각이야. 장하다, 내 딸!"

나는 형의 귀에 대고 '치과의사도 찾아보고'라고 속삭였 다. 세르주가 웃음을 터뜨렸다.

"뭐야, 뭐야?" 나나가 물었다.

"아빠는 비스킷 먹지 마요."

"내 눈에 안 보이게 치워. 기껏 다이어트를 했는데 비스킷 을 가져오다니?"

나나가 피식 웃었다. 큰오빠가 다이어트를 했다고? 하하하.

"빅토르의 패스트푸드 사업은 누가 돈을 대냐? 너희 부부가?" 세르주가 물었다.

"나도 어떻게 된 일인지 몰라."

"라모스가 꼬불쳐놓은 비자금이라도 있나? 마루판 아래에 숨겨놨어?"

나는 웃음을 터뜨렸다(고개도 끄덕였다).

"라모스는 이 테이블에 있는 그 누구보다 열심히 일하고 있어." 나나의 목소리에서 찬바람이 일었다.

"누가 뭐래!"

"뭐가 그렇게 재미있다고 웃어?"

"라모스가 열심히 일하지, 그건 맞아. 보조금, 임시직 계약, 수당이 착착 맞아떨어지게 조율하는 게 보통 일이냐고…." "진짜 능력자일세!" 내가 말했다.

세르주가 저글링을 하는 시늉을 했다.

"아차차, 저소득층 특별 수당이 떨어졌네!"

세르주가 떨어진 물건을 주우려고 허리를 숙였다.

"하하하!"

"그게 아니면, 꼬불쳐둔 돈으로는 토레도스모레노 오두막 대출금을 갚나?"

"오두막 아니거든!" 나나가 소리를 질렀다.

우리는 모두 허심탄회하게 웃었다.

"생선 뼈가 여기저기 널려 있는 모래 위에 널판 세 개로 지은 오두막 아냐?" 세르주가 희희낙락했다.

"하하하!"

"그만 해요, 아빠. 바보 같아요."

웃지 않은 사람은 나나뿐이었다.

"인생의 교훈이나 말해봐. 큰오빠는 여기서 교훈깨나 얻었을 텐데."

"인생의 교훈 운운하기에 나처럼 어울리지 않는 사람이 있겠어. 뭐, 어쨌든 내가 네 아들의 사과를 기다린다는 점은 알아둬."

"어제저녁에는 사과 따위 필요 없다고 했잖아."

"입에 발린 사과는 필요 없지. 걔는 버르장머리를 고쳐줄 때가 됐어."

"조, 네 아버지에게 비스킷이나 다시 줘." 내가 말했다.

"이제 비르케나우로 가죠." 조제핀이 말했다.

나나는 혼자 방으로 올라갔다.

"나 빼고 가."

마리옹이 전화를 했다. 나는 개인 차량이 세워져 있는 임페리얼 호텔 주차장 가장자리를 서성이면서 통화를 했다.

어제저녁 텅 비어 있던 다른 쪽은 관광버스 10여 대로 꽉
차 있었다. 우리는 전부 흩어져 햇살 아래에서도 몰개성적
인 잿빛의 이 땅에 한 구역씩 차지하고 있었다. 이제 막 도
착한 이들은 챙 있는 모자나 밀짚모자를 쓰고 배낭과 여행
용 가방을 끌고 터덜터덜 걷고 있었다.

마리옹은 내가 뤼크의 학교 발표회에 가주기를 바랐다.
나는 그런 학교 행사가 싫다. 환희 어린 압박감이 꽉꽉 들어
찬 분위기. 나는 뤼크가 유치원 다닐 때 이미 발표회에 가봤
다. 빨간색 면 크레이프 덧옷을 입고

단상에 일렬로 늘어선 아이들이 동요를 불렀다. 다른 아
이들이 가사에 맞춘 율동을 하는 동안 뤼크는 맨 끝에 서서
허공을 보고 있었다. 이따금 자기도 노래에 끼려는 듯 가사
를 한마디씩 따라 했다. 전체와 어긋난 채 곡조 없이 들리는
"창밖으로"나 "문 열어주세요"가 더 튀었다. 그 애는 가끔 손
을 들어 토끼 귀를 하거나 다른 애들이 사슴뿔 동작을 하는
데 저 혼자 두 손으로 지붕을 만들어 보였다. 마리옹은 깔깔
댔다. 정말로 웃겨서 웃은 게 아니라 웃음이 가장 편리한 위
장이기 때문에 그랬다는 걸 안다. 하지만 나는 당장 뤼크를
그런 원숭이 놀음에서 끌어내어 멀리멀리 데려가고 싶은 마
음을 억누르느라 무던히 참아야 했다. 발표회가 언젠데? 아
직 많이 남았어, 6월이야. 미리 알려두는 거야. 나는 이번에

는 뤼크가 뭘 하는 거냐고 물었다. 마리옹도 모른다고 했다. 나는 가겠다고 했다. 그러고는 괴로움을 자초하고 싶은 유혹에 못 이겨 왜 그 아르헨티나 남자와 가지 않느냐고 물었다. 그녀가 말했다. 아르헨티나 사람 아니야. 그러고는 덧붙였다. 그 사람 짜증 나.

"짜증 난다고?"

"전화로 그 얘기는 하고 싶지 않아. 아우슈비츠는 어때?"

"왜 그 친구가 짜증 나는데?"

"별일 아니야. 지금 어디야?"

"주차장."

"잘 지내지?"

"잘 지내."

마리옹이 그 남자가 짜증 난다고 했다! 나는 오펠의 운전대를 잡고 경적을 울려 나의 일행을 불러들였다.

비르케나우는 '자작나무가 무성한 초지'라는 뜻이라고 주차장을 빠져나갈 때 조제핀이 말해주었다. 그다음부터는 아무도 입을 열지 않았다. 수용소 II를 가리키는 안내판은 보이지 않았다. 나는 철로를 따라갔다. 큰길을 벗어나 거의 쓰지 않는 듯한 좁은 도로로 들어갔다. 넓게 퍼진 늪 너머 철로의 철탑들이 간간이 보였다. 우리는 같은 길을 뱅뱅 돌았다. 쥐새끼 한 마리 보이지 않았다. 세르주는 차가 흔들리면 흔들리는 대로 무감각하게 몸을 맡기고 있었고, 나나는 차창에 코를 갖다 대고 풍경만 바라보고 있었다. 길을 잃을까 봐 마음 쓰는 사람은 조제핀뿐이었다. 비르케나우로 가는 길을 이렇게 놨을 리 없어요! 나는 유턴을 했다. 우리는 좀 더 나무가 우거진 지대를 가로질러 빈터에 도착했다.

탁 트인 철로 위에 수송 열차 두 대가 길을 잃은 듯 놓여 있었다. 나무와 쇠로 연결된 두 차량은 가축을 실어 나르는 용도처럼 문이 가로대들로 막혀 있었고 정상적으로 타고 내리기에는 지면에서 너무 높아 보였다. 오늘날과 비교하면 너무 초라한 옛날의 수송차는 흡사 스위스 장난감 기차처럼 바퀴 위에 무척 부실하게 자리 잡고 있었다. 나는 차를 세웠다. 조제핀과 내가 먼저 내렸고, 나나도 따라서 내렸다. 그 딱한 열차들과 마찬가지로 우리도 덩그러니 우리뿐이었다. 우리는 철로를 따라 걸었다. 몇 개의 초가 늘어져 있었고 추모패들도 보였다. 어두운색 돌판 위에 흰 조약돌 하나, 누군가가 거기에 'Past or Future?(과거 혹은 미래?)'라고 사인펜으로 써놓은 게 보였다. 하늘은 폭우가 쏟아질 것처럼 군데군데 먹구름에 뒤덮여 있었다. 아빠, 와서 봐요, 조제핀이 소리를 질렀다. 숲 저 너머에서 화물열차 지나가는 소리가 들렸다. 들판의 부드러운 침묵 속에서 들리는 옛날의 소리. 하지만 어느 옛날을 말하는 건가? 정신은 허깨비 같은 우연의 일치들을 만들어낸다. 이곳이 플랫폼으로 쓰이던 시절에는 침묵은커녕 혼돈과 악다구니가 가득했을 것이다. 장소들은 배신한다. 사물들이 그렇듯이. 아빠, 와서 봐요! 이게 유덴 람프(Judenrampe, 유대인 하역장)예요!

맞은편에 길을 따라 건물이 늘어서 있었다. 그중 하나는 황토색 벽에 지붕은 빨간색이었다. 그곳의 거대한 정원에는 놀이기구와 미니어처가 잔뜩 있었다. 가로 기둥, 그네, 미끄 럼틀, 통나무집, 꽃, 크리스마스트리 크기의 전나무, 나무 풍 차, 난간에 붙어 있는 색색의 바람개비. 누구라도 감탄할 만 한 작은 네버랜드. 거기 사는 것으로 추정되는 아이들에게 는 낮고 무해한 철책 너머로 철로와 미래에서 길을 잃은 두 개의 수송차가 벽에 늘어뜨린 꽃장식처럼 잘 보일 것이다.

차에서 나와요, 아빠, 유덴람프예요!

"나 좀 내버려 둬라."

"50만 유대인이 여기 도착했었다고요!"

"관심 없다."

"세계에서 가장 추악한 장소가 여기라니까요, 아빠!"

"네 아비는 짐승이 잡아갔다."

"제발요, 나오세요!"

"싫어."

"아빠가 나랑 같이 봤으면 좋겠어요."

"나는 차에 있을 거다."

"내버려 둬! 차에 틀어박혀 있고 싶으면 그러라고 해. 난 네가 왜 네 아빠랑 같이 오고 싶어 했는지 모르겠다. 네 아빠가 우리의 하루를, 우리의 여행을 망치고 있어. 그런데 여기 온 사람이 우리밖에 없다니, 믿기지 않네. 왜 다른 사람들은 여기까지 오지 않는 거지?" 나나가 말했다.

"잘됐지, 뭐." 내가 말했다.

"맞아, 그래도 그렇지."

저 황토색 집에는 누가 살까? 어째서 저 집은 울타리를 치거나 난간 옆에 나무들을 심어서 수용소가 보이지 않게 할 생각을 안 했을까?

조제핀은 차 문을 열고 억지로 자기 아빠를 끌어내려 했다. 그 애는 등을 구부리고 세르주를 잡아당겼다. 형은 저항했다. 조제핀은 힘이 셌다. 형도 버티느라 힘깨나 썼을 것이다. 그는 껄껄대고 웃기 시작했다.

아빠, 도대체 왜 그래요?! 조제핀이 소리를 질렀다. 그녀는 파인애플 머리가 얼굴을 다 가리도록 몸을 반으로 접다시피 하고 낑낑댔다. 결국 세르주를 끌어내지 못하고 손을 놓아버렸다. 나나가 달려왔다. 조제핀은 얼굴이 벌게지고 부풀어 올랐다. 그 애는 울면서 말했다. 아빠 미워! 아빠 정말 미워요! 세르주는 차 안에서 문을 쾅 소리 나게 다시 닫았다. 나나가 조제핀을 자기 품에 안아주려 했다. 조제핀은 고모를 뿌리치고 콧물을 삼키면서 거의 무너진 벽(나중에 알고 보니 부서진 감자 창고의 잔해였다) 쪽으로 달려갔다. 이 못난 인간, 참 못났다! 나나가 자동차 차창을 두들기면서 고함을 질렀다.

나는 차로 돌아와 운전석에 앉았다. 세르주는 담배를 피웠다. 내가 말했다. 여긴 유덴람프야.

"유덴람프가 뭔데? 왜 다들 유덴람프 때문에 나한테 지랄이야?"

"유대인 대다수가 떼로 실려 온 곳."

"그래, 보여. 차에 앉아서도 다 볼 수 있어."

"나도 그렇다고 봐."

"저 두 여자는 불행을 집어삼키고 싶어 안달이 났나."

"조한테 좀 더 잘해줄 수 있잖아."

"쟤, 저거 병이야. 어제까지만 해도 눈썹 손질이나 배우던 애가 오늘은 유대인 학살에 꽂혀서 난리를 치네. 자기 미친 짓은 자기가 알아서 하고 살라고 해. 그것도 그렇고, 쟤는 돈 필요하다, 집 필요하다, 할 때가 아니면 생전 연락도 없어."

"그만해."

"그 튀니지 애송이 일란 갈루아도 내 딸이 겁났을걸. 나는

157

그 녀석이 이해가 가."

"아파트 구하는 건 어떻게 됐어?"

"망했지. 난 개털인데 염치가 있지, 이제 와 발렌티나에게
어떻게 보증을 서달라고 해."

저만치서 나나가 핸드폰으로 통화를 하고 있었다. 그 애
는 철로를 따라 왔다 갔다 했다. 차창 너머로 그 광경을 보
고 있자니 나나가 의미도 없고 짜임새도 없는 존재처럼 느
껴졌다. 그렇지만 우리가 이 여행을 마치고 돌아가면 나는
기억할 것이다. 다른 모든 이미지에 저 이미지가 덧입혀질
것이다. 넓적한 통굽 앵클부츠를 신고 빨간 가방을 가슴을
가로질러 맨 나의 여동생이 핸드폰을 들고 고개를 숙이고
어깨를 움츠린 채 아무 데도 가지 못하는 두 대의 객차 앞에
서 서성대는 저 모습이. 연결재 양 끝의 갈고리, 수레바퀴와
큰 바퀴가 내 눈에 선할 것이다. 뒤에 보이는 나무들, 자갈,
아무도 없는 길. 책을 읽다가 '유덴람프'라는 단어가 나오면
전화를 들고 혼자서 낡은 나무 객차와 철로 앞에 서 있는 나
나가 떠오를 것이다.

여기 눌러살 거야? 어떤 미친놈이 저 집을 지었을까? 세
르주가 말한다.

나는 조제핀을 데리러 갔다. 그 애도 핸드폰을 붙들고 있
다. 조제핀은 시무룩한 얼굴로 나를 따라왔다. 그 애는 폐허

를 사진 찍었다(그때까지만 해도 그게 수용소 II의 부서진 성벽쯤 된다고 생각했으므로). 그리고 (한 백번쯤) 수송차를 찍고 황토색 건물도 찍었다. 조제핀은 아침부터 쉴 새 없이 닥치는 대로 사진을 찍었다. 그걸 다 찍어 뭐 하려고 그러니? 조제핀은 어깨만 으쓱했다.

비르케나우 수용소는 넓었다. 현기증이 날 정도로 넓었다. 정문 너머는 죽음에 바친 장소였다. 그러한 성격이 눈에 확 들어왔다. 그래서 현기증이 난다. 아닌 척하는 것조차 없었다. 철로는 죽음으로 직행한다. 모든 길은 조만간 죽음에 이르게 되어 있다. 비르케나우에서 절멸이라는 기업적 계획은 노골적이다. 거기에서 일어나는 모든 인간 활동과 그 활동에 제공된 모든 공간은 살해를 목적으로 한다.

비르케나우에선 걷는 것 말고 할 일이 없다. 우리는 언덕 앞까지 걸어갔다. 아직도 햇살이 내리비치고 있었다. 경사로에서 어떤 남자가 아이를 허공에 번쩍 들어 올리며 놀아주고 있었다.

이따금 전동휠을 탄 안전요원이 지나갔다. 안전요원은 하늘색 반팔셔츠 차림의 오뚝이 같은 모습으로 철망이 드리워진 문을 지나 건물 안으로 사라졌다.

우리는 철로를 따라 걸었다. 헝가리 유대인들을 맞아들

이기 위해 건설한 철로를. 그들은 열차에서 내리자마자 모두 줄지어 가스실로 직행해야 했다. 나는 그들이 보았을 것을 보려고 애썼다. 하지만 아무것도 보이지 않았다. 가없이 펼쳐진 잡초 천지도, 잔해도, 유령 같은 말끔한 가건물들도. 어디선가 잔디 깎는 소리가 들렸다. 폭우를 몰고 올 성싶은 바람이 산 내음을 전해주었다.

우리는 어느 시대에도 속하지 않는 길을 걸었다. 무엇이 우리를 이 길로 이끌었는지는 우리 자신도 모른다. 형의 몸을 본다. 제일 좋은 양복과 회색이 된 머리. 예전처럼 튼튼해 보이지 않는다. 약간 절뚝거리며 걷는 것 같다. 어깨 패드가 과하게 들어가고 너무 펄럭대는 재킷을 입은 형은 메생 거리에서의 아버지 모습과 똑 닮았다. 아버지가 돌아가시기 두 달 전에, 코생 병원에 모셔다드린 적이 있다. 모튤사의 높은 사람이 한 다리 건너 소개해준 의사는 암의 전이를 확인해주었을 뿐이고, 사실상 그 진료는 아무 도움도 안 됐다. 아버지는 좋은 인상을 주려고 성질을 죽였다. 병원 건물은 출입이 통제되었는데, 그 이유는 미테랑 대통령이 그곳에서 수술을 받은 직후였기 때문이다. 병원에서 나오는데 밖에서 죽치고 있던 기자들이 마이크를 들이밀고 우리를 포위했다. 괜찮으십니다, 아버지는 질문을 받기도 전에 다 안다는 듯 말했다. '환자분'은 괜찮으십니다. 안녕히들 가십시

오. 그러고는 특별 방문객으로서의 자부심에 취한 듯 기자들에게 싹싹하면서도 선 긋는 태도를 취하며 그 자리를 벗어났다. 아버지는 품이 큰 양복 자락을 휘날리면서 메생 거리를 걸어갔다. 또랑또랑 자기 목소리를 냈다는 기쁨에 취했고, 죽음을 잠시 누그러뜨리고 대통령과 각별한 사이가 된 듯한 기분에 취했다. 나는 형이 절뚝거릴 뿐만 아니라 발을 옮길 때마다 보이지 않는 짐에 짓눌리듯 몸이 한쪽으로 심하게 기울어진다는 말을 차마 할 수 없을 것이다. 혼자 앞장서서 걸어가는 나나를 본다. 빨간색 가방끈이 그 애의 등을 가로지르고 있다. 나는 그 늙어가는 키 작은 여자를 향해 달려갔다. 나는 거의 나나를 놀래줄 것처럼 달려가서는 그 애의 목을 껴안았다. 굴뚝과 죽은 돌 사이의 이 길에서 나는 우리를, 형과 여동생과 나를 본다. 어쩌다 우리는, 같은 생을 산다고까진 할 수 없어도, 한집의 남매로 태어나 살게 됐을까. 조제핀은 뒤에서 열광적으로 사진을 찍어대면서 따라오고 있었다. 나는 생각했다. 만약 내가 마리옹과 결혼한다면 어떨까. 어째서 진중한 교육을 오초아 가의 전유물로 남겨뒀을까? 마리옹이 몇 살이더라? 마흔이다. 잘하면 아직도 애를 더 낳을 수 있다. 뤼크를 위해 반려견을 들일 테다. 털 짧은 똥개를. 개와 동생이 생기면 뤼크도 재미있게 놀 수 있겠지. 집에 들어가면 환호성과 개 짖는 소리가 나를 반겨주

리라. 그러면 나도 옷가지가 아무렇게나 널브러진 소파에
재킷부터 홱 벗어 던지겠지.

우리는 아무 데로도 가지 않는 길을 걷는다. 우리는 폐허
를, 추악하고 짓눌린 폐허를 봄 내음 속에서 볼 것이다. 유
령은 우리를 따라오지 않는다. 앞에서 사람들이 어슬렁어슬
렁 걸어간다. 활기찬 박자 따위는 없으니 우리도 남들처럼
어슬렁어슬렁 걷는다. 세르주가 담뱃불을 붙이려고 멈춰 선
다. 맞바람을 피하려고 돌아선다.

드디어 폐허가 나왔다. 가스실과 화장장을 폭파하고 남
은 잔해. 무너져내린 덩어리들에는 제초제를 뿌렸을 것이
다. 바로 옆에 희생자 위령비가 있다. 거대한 석재와 포석으
로 이루어진 위령비에 비문이 몇 개국 언어로 새겨져 있었
다. 세르주가 나에게 핸드폰을 쓱 내민다. 빅토르의 메시지
가 와 있었다.

세르주 삼촌, 주방장이 보낸 메일 봤습니다. 어제 아침에 도
착한 메일인데, 다들 알다시피 저는 밤낮으로 핸드폰을 붙잡고
사는 사람이 아니고 메일도 평소 한 달에 한 통 받을까 말까 해
서 확인이 늦었습니다. 하지만 삼촌은요? 삼촌은 그 메일 읽어
보셨어요? 진짜 읽어보시기는 했나요? 안 읽으셨을 거라 생각

하고요, 한번 읽어보시길 바랍니다. 그 사람이 저에게 제안한 건 2주짜리 주방보조 실습이고요, 저는 '요리사'로서 한 시즌 내내 팀원으로 일하고 싶다고 지원한 겁니다(말이 난 김에, 제가 지난번에 일한 곳은 '셰 트뢰프'였어요. 거기서 차게 내는 요리 파트 막내에서 구이요리 파트 조리장까지 (겨우 넉 달 만에) 올라가는 눈부신 발전을 보였고요. 그래서 적어도 파트 부조리장은 해야겠다 생각했어요. 그렇기 때문에 이 제안을 거절하면서 아쉬움은 없어요. 일전에 전화로 말했지만 제가 메일을 보냈는데 한참 동안 답이 없었어요. 그사이에 다른 새로운 기회들이 주어졌고요. 저는 그 주방장에게 다시 한번 말해달라고 부탁한 적 없어요. 저는 어머니가 하라는 대로 하는 사람이 아니고 어머니가 삼촌에게 부탁했다는 것도 몰랐습니다. 삼촌이니까 저한테 그러실 수도 있겠지요. 하지만 지난 몇 년간 우리 관계를 돌아볼 때 저의 삼촌이라기보다는 제 어머니의 오빠일 뿐이라고 생각합니다. 안타깝지만 삼촌은 어차피 저에게 관심도 없고 그게 어제 오늘 일도 아니지요. 이제 저에 대한 권위적이고 거만한 태도를 철회해주시기 바랍니다. 그러한 태도는 정당하지 않으니까요. 제 아버지도 아니고, 제 고용주도 아니고, 어떤 종류의 '스승' 또한 아니니까요. 저는 삼촌에게 신세 진 적 없습니다. 삼촌의 위협은 가당찮을 뿐 아니라 저에게 아무 위력이 없습니다. 저를 그 스위스호텔에 넣어주려고 애쓰신 점은 감사합니다만 저는 삼촌의 도움이 필요 없습니다. 그냥 가족다운 가족을 필요로 할 뿐입니다. 빅토르.

이런 돼먹지 못한 애새끼가 있나. 세르주가 말했다.

"젊잖아."

"돼먹지 못한 애새끼."

"걔도 좀 있으면 진정될 거야."

"이놈 말투 봐. 뭐가 그리 잘났어. 이제 막 졸업한 애송이 주제에."

"자기 아버지 말투를 보고 배워서 그래."

"가족다운 가족을 필요로 한다고? 누가 가족을 필요로 하는데? 토 나오네."

"그것도 자기 아빠 닮아서 그래."

"여기서 왜 이러고 있는 거야? 가자, 장. 인류에게 말을 거는 저 안내판들! 저 흉측한 포석들!"

나는 세르주를 끌어안았다. 형은 머리를 내 머리에 기대고 중얼거렸다. 나는 이런 거 다 싫어.

햇살은 어찌나 좋던지. 우리 뒤로 작은 초목이 우거진 숲이 있었다. 큰 나무들 사이로 분홍색 띠 같은 것들이 늘어져 있었다. 그 띠들이 울타리와 평화로운 망루를 따라 퍼져 있었다. 스베틀라나 알렉시예비치의《체르노빌의 목소리: 미래의 연대기》에서처럼 사람 발길이 미치지 않는 지대의 상공에서 새들은 즐거워했고 *파란 하늘은 티 없이 맑았다.*

나나와 조가 우리 옆으로 왔다. 내가 말했다. 이제 충분히 보지 않았어? 가도 될까?

"아, 안 돼요. 사우나를 봐야 해요!" 조제핀이 말했다.

"사우나가 뭐야?" 세르주가 말했다.

"소독과 등록 업무가 이루어지던 건물이에요."

"난 안 간다."

나나가 버럭했다.

"가스실도 안 간다, 유덴람프도 안 보겠다, 헝가리 전시관도 보이콧으로 경의를 표시하고, 이젠 사우나도 안 간다! 가끔은 그놈의 자기를 조금 내려놓고 살면, 단 하루만이라도 딸을 기쁘게 해주기 위해 단체생활에 협조하면 얼마나 좋을까!"

나는 여동생의 어깨를 가볍게 쓰다듬으려 했지만 내 몸짓은 불난 데 부채질하는 꼴밖에 되지 않았다.

"오빠가 그냥 겸허하게 봐도 됐잖아. 아니, 오빠는 항상 따로 놀아야 하는 사람이지. 뭘 증명하고 싶어서 그래? 오빠는 이미 다 아는 내용이라고? 오빠는 일개 관광객이 아니라고? 우린 오빠가 뒷걸음질하고 몸을 사려도 이해했어. 오빠가 매 순간 그렇게 별나게 굴 필요는 없어. 나도 후회돼.

이 많은 사람을 끔찍하게 죽인 장소를 보겠다고 크라쿠프행 비행기를 타다니. 우리와 혈통으로 이어져 있을 수도 있는 사람들인데. 세르주 포퍼가 끔찍함에서 그나마 교훈을 얻었으면 됐어, 그건 잘된 일이야. 하지만 나는? 오빠 딸은? 장은 모르겠네, 작은오빠는 늘 큰오빠를 신봉하니까. 응, 그래, 작은오빠는 따까리야!"

"무슨 교훈? 여기서 얻을 교훈은 아무것도 없어!" 세르주가 말했다.

"계속 그딴 식으로 말해봐."

"가! 가라고, 사우나로 가!"

"그만해요, 아빠! 아빠가 사사건건 부정적으로 구는 건 사실이잖아!"

"내가 다른 사람 못 가게 했어? 다들 가서 겸허하게 사우나를 보라고! 내가 막았어?"

"웃기지도 않아. 가자, 조." 나나가 말했다.

"네."

"가라, 조. 고모랑 수용소를 탐색하러 가. 빅토르는 우리가 여기서 하는 일에 하등 관심이 없어."

"빅토르 얘기를 갑자기 왜 해?"

"방금 메시지를 보냈더라."

"그래서?"

"사우나나 보러 가."

"사우나 얘기로 돌리지 마. 빅토르가 뭐라고 했는데?"

"나는 이해할 수 없는 못된 소리를 하더라. 내가 자기 삼촌도 아니니까 신경 쓰지 말고 꺼지래."

"보여줘."

"그리고 자기가 숙련된 요리사라더라! 실수하지 말고 알아모셔라!"

"빅토르는 요리사야."

"누가 뭐래."

나나가 세르주의 재킷을 붙잡고 주머니의 휴대폰을 꺼냈다. 조제핀이 아무렇지도 않게 비밀번호를 입력하고 잠금을 풀어줬다. 두 여자가 함께 빅토르의 메시지를 읽었다. 마침내 조가 내뱉었다. 빅토르도 별나다.

"2주 실습! 걔가 고작 그딴 걸로 좋다고 할 줄 알았어?" 나나가 탄식했다.

"넌 아우슈비츠에 있는 사람한테 이런 메시지를 보내는 게 정상이라고 생각하나?"

"그게 무슨 상관이야?"

"무슨 상관이냐고?"

"지금이 히틀러 시대야? 줄무늬 죄수복 입고 사는 것도 아니잖아."

"발저하우스 같은 곳이면 2주 실습도 고마워할 애들이 널리고 널렸어."

"에밀 푸아요 졸업생한테는 아니지! 월급을 받으면서 한 시즌 일하는 조건을 원한 거잖아!"

"주방장은 에밀 푸아요가 어디인지도 모르더라."

"촌놈! 에밀 푸아요는 모두가 알아주는 학교야! 메일은 읽어봤어? 읽지도 않았지!"

"내가 식당 주방에 대해서 뭘 알아! 내가 연결해주면 그다음은 알아서 헤쳐나가야지! 빅토르 오초아가 지구상에서 핸드폰을 들여다보지 않는 유일한 젊은이인 게 내 잘못이냐?"

"그 애가 세기의 제안을 거절하기라도 한 것처럼 윽박질렀잖아!"

"윽박지르다니! 내가 윽박지른 게 아니라 걔가 약해빠진 거야!"

"전화에 대고 거의 위협을 했잖아. 애한테 그렇게 수모를 주고는."

"이제 누군가는 걔하고 남자 대 남자로 이야기할 때가 됐어! 빅토르는 배워먹지 못했어. 일관성 없는 아비하고 너 때문에 애새끼가 사내구실도 못 하겠어!"

"아빠!"

"뭐 어때서!"

세르주는 팔을 늘어뜨린 채 몇 발을 떼었다.

"군 복무 폐지는 완전히 잘못된 거야."

"이제 아빠 입에서 그 소리 나오겠네요. 나는 육군 상사로 전역했다, 부하들은 나를 따르고 좋아했다." 조제핀이 말했다.

"엄연한 사실이다."

"한 가지만 확실히 해줄 수 있을까." 나나가 갑자기 울음을 터뜨릴 것 같은 음성으로 치고 들어왔다. "큰오빠, 그리고 작은오빠도, 두 사람의 악담에 라모스를 들먹이는 건 이제 그만해! 라모스에 대해서 아무 말도 하지 마! 오빠들 입에서 그 사람 이름이 나오는 것도—절대로—듣고 싶지 않아!"

조제핀은 우리를 경멸하듯 바라보면서 나나를 두 팔로 안아주었다.

"약속할게. 네 말이 맞아." 내가 말했다.

(나는 그 약속을 지키지 못할 것을 알고 있었다.) 분위기를 풀기 위해 이 말도 덧붙였다. 이 숲을 좀 볼까? 사우나도 이쪽으로 가나?

나는 세르주의 등을 토닥이면서 잡아끌었다. 우리는 말 없이 움직였다. 나는 그 숲이 어디인지 알았다. 남자들은 서서 얘기를 나누고 여자와 아이들은 나무 아래 앉아 있었던 곳. 바로 이 자작나무 숲에서 헝가리 유대인들은 가스실로 끌려갈 때까지 대기했다. 그들은 임박한 운명에 대해 아무것도 몰랐다. 그 사진들을 바로 오늘 아침에 봤다. 아침에 본 사진 중 하나에서 아주 어린 아이가 자기보다 조금 큰 아이에게 민들레꽃을 내밀고 있었다.

우리 외에는 아무도 없었다. 바닥은 고르지 않고 작은 수풀들이 널려 있었다. 굽 높은 신발을 신은 나나의 몸이 앞뒤로 흔들렸다. 그 애가 갑자기 뒤를 돌아보더니 몇 미터 뒤에서 걸어오고 있던 세르주에게 말했다. 큰오빠가 살아오면서 작은 거라도 성공한 게 있나 모르겠어.

세르주는 걸음을 멈추고 담배를 물면서 대꾸했다. 내가 봐도 그래.

"큰오빠는 항상 남을 깔보고 다녀. 여기 와 있는 것도 우리를 무척 배려했다는 식이야. 자기는 되게 거창하게 사는 것처럼 남들의 인생을 판단해대며 세월을 보내지."

"내가 언제!"

"어제저녁에 푸에레 부부에 대해서 한 말도 그래. 오빠는 늘 비웃고 조롱을 해야 직성이 풀리지. 그 사람들이 개를 수레에 태워 다녔다는 둥, 개한테 아빠 엄마 행세를 한다는 둥! 자기들이 아빠 엄마 하겠다는데 그게 뭐 어때서? 차라리 개를 자식처럼 키우는 게 남의 약점을 물어뜯을 기회만 노리는 것보다는 덜 청승맞아! 오빠 인생에서 감탄할 만한 게 뭐 있어? 골칫거리만 찾는 인생. 오빠도 이제 예순이야. 오빠가 집이 있어, 뭐가 있어. 사업은 죽 쑤고 매니저라는 인간까지 사기를 치고…."

"그 사람 덕에 사는 데라도 있는 거야."

"불행 중 다행이네. 오빠가 왜 자기가 잘났다고 생각하는지 모르겠어. 세르주 포퍼 씨는 평생 단 한 번이라도 누군가를 위해 뭐라도 해본 적 있어? 10년 내내 응원을 해도 안 되는 건가? 나는 매일 정말로 열악한 여건에 있고 사방에서 위협을 느끼는 사람들을 만나. 그런 집 애들은 산에 가본 적도 없고 바다를 본 적도 없어. 난 말할 수 있어, 골칫거리만 찾는 오빠 인생도 엄청난 사치라고! 그런 얼굴 하지 마! 내가 내 일에 대해서 말할 때마다 얼마나 자제하는지 알아? 오빠들의 머저리 같은 조롱을 참느라? 오빠들이 싫어해도 할 수 없어, 나는 남들을 돕는 게 행복해. 책임 있는 사회의 일원으로서 연대한다는 자부심이 있어. 자기만 위해서 사는게 무슨 의미가 있어. 오빠는 언젠가 쥐처럼 혼자 죽을 거야. 오빠가 괜찮은 여자를 놓쳤으니까. 그 여자가 오빠를 내쫓았으니까. 어떻게 발렌티나 같은 여자한테 그럴 수가 있는지 이해가 안 가!"

"네가 상관할 일 아니야."

"오빠가 라모스를 비웃어대는 건 오빠가 상관할 일이야?

큰오빠와 큰오빠 똥구멍이라도 핥으라면 핥는 작은오빠는 늘 우리 그이가 일을 안 한다, 실업수당 빼먹는 선수다, 라고 은근히 비꼬고 그이가 좋은 아버지가 못 된다고 하지만 라모스만큼 자기 자식에게 끔찍이 마음 쓰는 사람은 없어…."

"나치도 자기 자식들한테는 끔찍했어. 슈탕글은 좋은 아버지였고 괴벨스도 좋은 아버지였다잖아. 부정이 깊다고 덕이 있는 건 아니야. 그런 건 아무 가치도 없어. 가족애도 마찬가지고."

"잘났어, 조가 듣고 참 기분 좋아하겠다."

조제핀은 어깨를 으쓱했다. 그 애는 원경, 나무들 사이, 화장장 III의 폐허를 열심히 사진 찍었다.

"큰오빠 눈에 가치 있는 게 있기는 한지 모르겠네. 솔직히, 아무것도 없는 것 같아. 슬픈 일이야. 나도 한 개비 줘봐."

"고모는 담배 안 피우잖아요. 왜 담배를 피우려고 해요?" 조제핀이 끼어들었다.

"오늘은 피울 거니까!"

나나가 입술을 비죽 내밀고 담배를 피웠다. 비가 오기 시작했다. 분홍색 띠들이 사라지고 저 멀리서 천둥소리가 들렸다. 나나가 외쳤다. 이런, 젠장! 사우나는 여기서 멀어, 조?

두 여자는 키 작은 숲으로 뛰어 들어갔다. 우리도 서둘러 쫓아갔다. 내리꽂히는 빗줄기가 초자연적이었다. 시끄럽고 못된 굵은 비. 비는 사방에서, 하늘에서, 나무에서, 어쩌면 다른 장소에서 왔다. 비는 무섭게 쏟아졌고 우리는 나뭇가지에 긁히고 눈도 못 뜨고 그 난리 속에서 무작정 느낌으로만 달렸다. 발이 푹푹 빠졌다. 바닥이 벌써 질퍽거렸다. 진창! 책마다 빠지지 않고 언급됐던 그 진창, 그 더러운 똥물. 진창은 사람을 빨아들이고 집어삼킨다. 그 냄새가 올라올 때, 진창이 철퍼덕철퍼덕 소리를 내고 나를 더럽힐 때의 그 흥분이란. 나는 그 토속적 감정이 부끄럽고 또 부끄러웠다. 여자들이 나무들 사이로 비틀거리며 뛰어가면서 날카로운 비명을 질렀다.

큰키나무 숲 언저리에 늪지가 펼쳐져 있었다. 그 끝에서 특징 없는 건물 하나가 애처롭게 소낙비를 맞고 있었다. 우리는 흠뻑 젖은 채 마당으로 달려갔다. 지프차 한 대가 서 있었다. 건물은 휑했고 문이 다 닫혀 있었다. 격자 창살 사이로 텅 빈 복도가 보였다. 이게 그 사우나인가? 이 낮고 쪼그라든 느낌의 건물이 생존자들이 말하는 '중앙 사우나Zentral Sauna', 그 지옥의 입구라고?

조제핀이 문을 쾅쾅 두드리며 외쳤다. 아무도 없어요? 우리는 말 그대로 돌풍에 후려 맞고 있었다. 주위에는 웅덩이가 널려 있어 늪을 방불케 했고 직사각형으로 펼쳐진 토탄은 돌덩이와 다 죽어가는 갈대에 둘러싸여 있었다. 혹시 입구가 보일까 해서 벽을 따라 걷는 동안 나는 마르고의 철학 교사가 생각났다. 비극에 미친 사람처럼 두툼한 파카 차림으로 매년 죽은 자들의 광야를 밟으러 오는 그 도도한 세레조 선생 말이다. 나는 그가 옳다고 생각했다. 수용소에서 죽은 자들에게 바치는 애도는 광적이어야 한다. 실패할 수밖에 없는 시도를 꿋꿋이 거듭했던 그 선생에게 갑자기 연민이 솟구쳤다.

조금 멀리 어떤 문에서 사람이 나오면서 거센 바람에 감당이 안 되는 우산을 펼치는 모습이 보였다. 우리는 사우나에 입장하기 위해 그쪽으로 뛰어갔다.

침울한 귀환.

저녁에 크라쿠프 방향으로 달리다가 들판에 세워져 있는 소형 쌍발기 한 대를 보았다.

"안토노프." 세르주가 들릴락말락하게 말했다.

"아, 그렇네!"

"안토노프 2호기. 일명 툰드라의 지프."

형이 크라쿠프에 도착할 때까지 한 말은 그게 다였다. 광고판들이 많아서 시골 풍경도 변해 있었다.

"아빠는 햇빛에 많이 탔네요. 얼굴이 벌게요."

"선크림을 발랐어야지." 내가 말했다.

조제핀이 작위적으로 콧노래를 흥얼대기 시작했다.

"턱수염도 태양광선을 막아주는 효과가 있는 거 알아?"

"흥미롭네."

"차 안에서 다들 좀 이상해요."

조제핀은 다시 핸드폰으로 고개를 처박았다.

우리는 철로를 따라갔다. 아마도 작은 언덕을 타 넘어 도로와 연결되는 듯한 철로를. 평소에 철로에 신경을 쓰기는 하나?

침묵이 감도는 차 안에서 조제핀이 입을 열었다. 산 정상의 만년설이 20년 전보다 일곱 배나 빨리 녹고 있대요.

"종말을 향해 달려가는 거지." 나나가 말했다.

"극지방 온난화 때문에 거미 개체 수가 급증하고 있대요."

"핸드폰 좀 그만 봐라."

"이건 핸드폰이 아니라 세상이에요. 머리가 젖어서 추워 죽겠어요. 히터 좀 틀어줘요, 장 삼촌. 그리고 빗물에도 미세플라스틱이 잔뜩 있다는 거 알아두세요."

푸에레 부부는 반려견을 들였다. 유별난 일도 아니다. 그들은 노년에 자기들을 맞춰나가는 부부일 뿐이다. 혼란스러운 세월을 보내고 나서 마침내 그들은 손잡고 여행도 가고,

개도 키우고, 때때로 어딘가에 집을 빌려 지내기도 하는 것이다. 니콜은 평생 장루이 아닌 다른 남자를 만나기 원했고, 그들은 늘 부부싸움 아니면 서로 모욕적인 언사를 주고받기 일쑤였다. 그러다가 어느 시점에 그들은 살 날이 많지 않음을 깨닫고 무기를 내려놓았다. 미래가 있는 한 삶은 고독 비슷한 것임을 받아들인 것이다.

나는 공통의 관심사로 실존적 소망을 말소해버린 사람들을 많이 안다. 심지어 그 우울한 승리가 부러울 때도 있다.

무슨 추모를 하러 왔는지 모자와 모피를 두르고 이곳을 다시 찾았던 생존자들도 이제는 고인이 되었다. 몸이 파묻히도록 방한복으로 둘둘 싸매고 너무 큰 외투를 걸친 특수한 노인 족속, 다시는 볼 수 없을 다른 시대의 사람들. 그들이 없으면 이 장소도 존재하지 않을 것이다. 버팀목, 잔디 깎는 기계, 벽돌과 기와와 대들보가 그들보다 오래 간들 무슨 소용 있으랴? 그들이 죽으면 한 세기와 한 대륙이 함께 죽는다.

인터마켓, 아우토코미스. 브리코. 광고판들. 낯선 느낌이라고는 없다. 국도 양쪽 골짜기에 해가 아직 걸려 있다. 문득 (가본 적도 없는) 마이애미가 그리워진다. 어느 발코니,

1950년대의 13층 발코니라고 하자. 밤. 공기는 후덥지근하고 늪지의 식물 냄새, 기름 냄새가 떠돈다. 나는 난간에서 마천루의 햇빛을 바라본다. 나는 플라스틱 의자에 앉는다. 삶은 흘러간다. 바다. 교통 소음. 나는 노인이었다. 나는 플라스틱 의자와 초라한 화분 속의 바나나나무 때문에 우울했다.

무엇이었을까.

지타는 남편 셋과 아들 하나를 저세상으로 먼저 보냈다. 파이퍼는 가장 사랑했던 세 번째 남편의 성이다. 젊었을 때 지타는 여배우 글로리아 스완슨을 빼다 박았다. 입술도 똑같고, 길고 뾰족한 코도 똑같고, 사내아이 같은 머리 모양까지 똑같았다. 그녀는 담배를 홀더에 끼워서 피웠고 립스틱 바른 입술 사이로 치아를 드러내며 웃었다. 우리 어머니는 말하곤 했다. 지타는 남자를 좋아해. 그러면 아버지는―아, 얼마나 신중했던지!―고개를 끄덕거렸다. 지타의 아들은 스위스 알프스의 벼랑 끝에서 산딸기를 따려다가 죽었다. 지타는 헝가리어 액센트나 자주 헷갈리는 관사의 성性을 그냥 내키는 대로 썼다. 여성형인 '한숟가락cuillerée'에는 남성형 부정관사 un을 붙이고 남성형인 '쪽머리chignon'에는 여성형 부정관사 une을 붙이는 식이었다. 지타는 얼굴에 자바쌀 파우더를 분첩으로 두들겨 발랐다(연두색 곽에 자바라고 쓰

177

여 있었다). 우리는 그 향긋한 냄새에 마음을 빼앗겼다.

미술품 거래 일을 하던 두 번째 남편과 살던 시절, 모리스는 지타의 연인이었다. 남편이 출장을 가면 지타는 모리스를 집으로 불렀다. 일곱 갈래의 촛대 두 개에 불을 다 밝혀놓은 집은 중세 분위기였지만 지타는 미국식으로 진 리키 한잔을 건네며 모리스를 맞이했다. 그녀는 음란한 계집아이 같은 포즈로 낮은 의자에 다리를 벌리고 앉아 있고 모리스는 그녀의 허벅지 사이를 흘끔거리면서 칵테일을 들이켰다. 이건 다 모리스에게 들은 얘기다. 모리스가 좀 윤색을 했겠지만 지타의 절친이었던 우리 어머니도 대체로 맞는 이야기라고 인정했다. 그러다 잠시 후 지타는 팜파스에서 가져왔다는 가우초의 채찍을 벽에서 내리고 애원했다. 자국이 남도록 때려줘요! 때로는 스위스 도끼를 모리스의 손에 쥐어주고 자기 목을 도끼날에 내밀며 외쳤단다. 당신 비둘기의 목을 따요! 내 피를 마셔요, 모리츠! 두 사람은 실컷 재미를 보았다. 어떤 날은 훨씬 예민한 기분이었다. 모리스는 지타의 치아에 약했다. 귀여운 비버, 날 물어뜯어줘, 라고 모리스는 말하곤 했다. 그러면 지타는 코를 찡긋거리면서 눈부신 송곳니를 드러내고 그를 살살 깨물기 시작했다.

막스 파이퍼가 두 사람의 난봉 행각에 종지부를 찍었다. 그는 모피상이었고, 정결한 코셔 음식만 먹었다. 배는 갑충처럼 단단했고, 한쪽 눈은 반쯤 감겨 있었다. 그는 키가 작고 아주 재미있는 사람이었다. 우리는 그 아저씨를 좋아했다. 막스 파이퍼는 가지색 머리칼을 터키모자처럼 빗어 올리고 하얀 구레나룻을 길렀다. 하루는 우리 어머니가 지타 아주머니에게 막스한테 염색 좀 덜 튀는 색으로 하라고 해봐, 라고 했더니 아주머니는 되레 이렇게 물었다. 우리 남편이 염색을 해?

막스는 죽었다. 모리스와 지타는 각자의 집에 틀어박혀 자기 차례가 오기를 기다렸다. 둘은 아마 서로를 잊었을 것이다. 하지만 있었던 일이 없었던 일이 되지는 않는다고, 나는 생각했다.

크라쿠프 래디슨 호텔 욕실에서 우리는 카운터의 단지에서 집어 온 박하사탕들을 게걸스레 먹어 치웠다. 나는 거품 푼 욕조에 들어갔고 세르주는 변기 뚜껑 위에 앉았다. 십분 전에 세르주의 핸드폰이 울렸다. 발렌티나 델라바테. 발렌티나! 발렌티나가 나한테 전화를 했어! …여보세요? 형은 방으로 들어갔다. 나한테는 간간이 속삭이는 목소리밖에 들리지 않았다. 그러고는 돌아와 변기 뚜껑에 앉은 거다. 형이 사탕 껍데기를 벗겼다. 쓰레기통은 이미 투명한 껍데기로 꽉 차 있었다. 형은 튀어나온 눈으로 욕조의 거품을 응시하

면서 사탕을 빨았다. 드디어 그의 입이 열렸다. 마르치오가
생일날 나를 보고 싶어 한대.

"착하네."

"마르치오, 아니면 발렌티나?"

"둘 다."

"단지 아들을 기쁘게 해주려고 부르는 것 같아? 아님, 발
렌티나도 원해서 부르는 걸까?"

"원해서 부르는 거지."

"그럼, 핑계일 뿐인가?"

"그건 아니지. 그냥 기회가 생긴 거지."

"꼬맹이가 내가 가면 좋아할까?"

"당연하지."

"내가 마르치오랑 사이가 좋아."

"알아."

"네 생각에는 이게… 내가 보고 싶어서 그러는 것 같아?"

"꼬맹이가?"

"발렌티나가."

"발렌티나가 정말로 형이 보기 싫다면 전화하지도 않았
을걸."

"재결합을 바라는 것 같아?"

"난 몰라. 통화해보니 어땠어?"

세르주는 생각에 잠겼다. 마흔여덟 번째 사탕을 입에 욱여넣으면서.

"쌀쌀맞던데."

"어쨌든, 발렌티나 쪽에서 한발 다가온 거야."

"그렇게 생각해?"

"응."

"내가 여자랑 다시 해볼 마음이 있긴 한가? 혼자 살아도 괜찮은데."

"괜찮고말고. 안 오노레하고는 요즘도 봐?"

"아니, 그 여자 남편이 무서워. 마르티니크 사람이야."

"왜?"

"폭력적인 사람이야. 섬사람들이 원래 그렇지. 일본인을 봐. 오스트레일리아 사람은 어떻고! 그들은 애버리진을 보고 식칼을 꺼냈지. 유형수들의 후손이라서 그래. 페기는 가끔 봐. 그 욕조에서 언제 나오냐. 나 똥 좀 누자."

"알았어."

"다른 여자들도 만나. 그 여자들이 내 거지 굴로 와. 두 번에 한 번은 별 소득 없이 끝나. 절반의 확률로 제로라고. 음, 문제는 일을 치른 다음이지. 잠든 척하는 게 비결이지 싶네. 운이 따르면 여자가 옷을 다시 입는 소리가 들릴 거야. 여자가 알아들을 수 없는 말을 하고, 문 닫히는 소리가 조용히 들려. 완벽한 저녁이야. 여자가 간 다음에 일어나서 냉장고를 열어. 그리고 생각하지, 멋진 여자야. 그녀가 비록 다림질조차 할 시간이 없었더라도 좋아. 나 십자말풀이 좀 줄래?"

나는 신문을 가져다주었다. 객실에서 커튼을 걷고 호텔 앞 공원을 외국에서 온 것처럼 바라보았다.

세르주는 한 손에는 오비외캉푀르 신발을 들고 다른 손에는 호텔의 헤어드라이어를 들고 래디슨 호텔의 부드러운 흰색 가운 차림으로 침대에 몸을 뻗고 있었다. 세르주는 뒹굴기 천재다. 아무도 세르주만큼 뒹굴거릴 수 없었다. 헤어드라이어가 시끄럽게 돌아가다가 멈추기를 반복했다. 드라이어 몸체를 신발 안에 쑤셔 넣었기 때문이다. 형이 물었다. 내 인생이 완전히 실패라고 생각해?

"왜 그런 소리를 해?"

"나나가 내 인생에서 아주 작은 성공도 찾아볼 수 없다잖아."

"화가 나서 한 말이지."

"나나 말이 맞아."

"라모스는 건드리면 안 되는 거 알잖아. 아들내미도 그렇고."

"빌어먹을 집구석."

"그 소리 좀 안 나게 해줘. 못 참겠어."

"드라이어 껐어."

"옷 입어."

"나나는 이제 가난과 비참에 대해서라면 마더 테레사도 뺨치게 잘 알잖아. 그놈의 사회복지 일 시작하고서부터 말투가 재수 없어졌어. 미덕으로 무장한 인간들 구역질 나. 그 딴 인간들 때문에 프랑스가 후진국이 되어가는 거야."

맞은편 보도에서 이스라엘 사람들 한 무리가 공원을 따라 걸어가고 있었다. 다들 자라Zara 아니면 H&M 쇼핑백을 들고 있었다.

"우리는 호의, 자기보존, 연대 염불을 바탕으로 하는 화해 무드를 위해서 권력의 매개들을 모두 버렸어. 지난번에 나나가 그러더라, *시민 행동을 드높일 수 있다는 것에 압도되었다나.* 문자로 그렇게 썼어. 나한테. 상대를 잘 골랐지."

세르주는 드라이어를 내려놓고 담배를 피웠다. 담뱃재가 가운에 떨어졌다. 내가 재떨이를 내밀었다.

"그리고 요리! 잊고 있었네! 요즘은 주방장급 요리사가 노벨상 수상자보다 잘났나 봐! 그집에서 그나마 유일하게 가능성이 있는 사람은 마르고야. 그 애가 앞으로 어떻게 되는지 보자고."

"그만 성질내. 일어나."

"내 안의 모든 호전성은 딱딱하게 굳었어."

"깨끗한 셔츠를 입을까, 어제 입었던 티셔츠를 입을까?"

"전에는 그냥 들이받았고 실컷 비웃었어. 지금은 큰소리 안 나게 피할 생각밖에 안 들어. 아우슈비츠에서 24시간을 보내는 동안 나는 '무젤만Muselmann'[24]이었을 거야. 계속 살아야 할 이유는 하나도 못 찾겠더라고."

"셔츠를 입자."

"룸서비스 카탈로그 줘봐."

"좀 걷자. 아름다운 크라쿠프를 구경해야지."

"나나랑 같이 다니기 싫어. 두 번 다시 같이 다니고 싶지 않아. 비르케나우에 같이 갔던 것만으로 벅차."

내 핸드폰이 울렸다. 폴레트였다. 전화를 받는데 말보다 웃음소리가 먼저 들렸다. 모리스가 오늘 저녁에 뭘 요청했는지 아니? 전동휠체어를 준비해달래!

"재미있네요."

"내 말 알아들었어? 내 말은, 모리스가 말하는 전동휠체어가 뭔지 알아? 소형 자동차! 하하하!"

---

24) 원래는 '이슬람교도'를 뜻하는 말이었으나 나치 수용소 수감자를 가리키는 은어로 쓰였다. 영양실조로 몸을 제대로 가누지 못하는 모습이 마치 이슬람교도들이 코란을 암송하면서 몸을 흔드는 모습과 비슷하다고 해서 '무젤만'이라고 부르기 시작했다고 한다.

"하하하!"

"생각해봐, 농담을 하더라니까! 이제 샴페인도 좀 마시고 그런단다. 아직도 아우슈비츠니?"

"크라쿠프예요."

"그래, 재미있게 놀다 오렴!"

"고마워요, 폴레트."

라이스케이크! 세르주가 외쳤다. 나 라이스케이크 주문 할까?

"짜증나게 굴지 마. 일어나."

"나 라이스케이크 좋아한단 말이야. 라이스케이크 못 먹은 지 10년은 됐어."

"나가서 식당에서 먹자."

"내가 아이작 싱어를 왜 좋아하는지 알아? 사람들이 먹는 그런 자질구레한 음식들을 중요하게 다루기 때문이야. 인물의 직업은 말하지 않아도 인물이 무엇을 먹는지는 말한단 말이야. 다진 간, 블린츠[25], 치즈케이크라든가 파스타케이크라든가…. 한번은 싱어가 뉴욕의 카페테리아에서 폴란드 친구들을 만나. 그들은 이스라엘과 기타 등등에 대해 얘기를 나누는데—가만 있어봐, 내가 그 부분 읽어줄게—, *지난번*

---

25) 치즈, 잼 따위를 넣은 팬케이크.

내가 거기 갔을 때 라이스케이크와 말린 자두를 먹었던 이들은 그 후로 고인이 되었다. 지난번 내가 거기 갔을 때 라이스케이크와 말린 자두를 먹었던 이들, 그리고 그 후로 고인이 된 사람들. 나는 이 문장을 매일 생각해. 나한테는 탈무드의 금언과도 같은 문장이야."

크라쿠프의 거대한 광장에 나가보니 재앙의 규모가 눈에 확 들어왔다. 일종의 봄 축제인지 음악 축제인지가 벌어지고 있었다. 요즘은 관광으로 먹고사는 도시는 일 년 내내 축제 중인가? 거창한 마켓플레이스에 나가보니 아침에 아우슈비츠에서 보았던 것과 똑같은 광경이 펼쳐지고 있었다. 맥없이, 의지도 없이, 배낭을 메고 생수병을 들고 몰려다니는 관광객들. 단체로 온 수녀들, 단체로 온 티베트 승려들, 반半창녀가 담배를 입에 물고 로데오 복장으로 몰고 다니는 흰색 관광용 사륜마차들. 아케이드와 나란히 놓여 있는 무대 위에서는 어떤 록 그룹이 스피커가 터지도록 소음을 만들어내고 있었다. 인근 거리들에도 열성만 앞서고 소란스러운 사람들이 넘쳐나고 있었다. 그 밥에 그 나물 같은 사람들이 재밋거리를 찾아다녔다. 나는 몇 년 전에 크라쿠프에 온 적이 있다. 그때는 눈부시면서도 비밀스러운 도시라는 느낌을 받았다. 깊이 없는 전 지구적 공략에 부자연스럽게 변해

버린 지금의 이 도시와는 아예 딴 도시였다. 그럼, 너는? 기념품 상점들밖에 보이지 않는 혼잡한 도시에서 '현지' 식당을 찾는 중에, 나 자신에게 물었다. 너는 뭐 다른 수종樹種이라도 돼? 너 역시 저가 항공으로 경망스럽게 지구를 누비고 있잖아. 너도 똑같은 코스를 따라다니고 있으면서 뭐가 다르다는 거야? 한데 묶이고 싶어 하지 않지만 그러한 주저함, 그러한 오만의 마지막 시도는 그저 네가 별나게 구는 것일 뿐이야. 어차피 다른 세계는 없고 너의 불만도 말이 안 된다는 것을 너도 잘 알잖아.

라라 파비앙이 우리의 저녁 식사를 망쳤다. 지하에 위치한 식당에서 우리는 돌벽 바로 옆자리에 앉았는데 처음에는 조용한 분위기였다. 그렇지만 차차 주위의 자리가 차기 시작했고 우리 머리 바로 위에 달린 스피커에서 읊조리듯 시작된 노래가 울부짖음으로 변했다. 라라 파비앙이네요, 조제핀이 말했다.

나는 조제핀의 삶에 관심을 좀 가져보기로 결심한 터였다. 조제핀은 내가 던지는 질문에 열심히 답했지만 얼굴은 계속 자기 아빠에게 향해 있었다. 나는 그 애가 말하는 모든 것이 자기 아빠에게 잘 보이기 위해서라는 것을 알 수 있었다. 조제핀이 메이크업을 해주는 대상은 주로 카메라 앞에 나서기 직전의 기자들, 혹은 게스트 출연진들이다. 래퍼 캇세의 메이크업을 해준 적도 있다나. 누군지 알아요, 아빠? 모르겠죠, 아빠는 록밖에 안 듣잖아요! 조제핀은 9주를 기준으로 스케줄을 짰다. 2주는 낮에 일하고 2주는 반대로 일했다. 그녀는 프리랜서로 일한다. 함께 일하는 수석 메이크업 아티스트는 소속이 있지만 그녀는 행정적인 일이나 메이크업제품을 공급자에게 주문하는 일을 맡는다…. 세르주는 테이블 정리에 몰두하고 있었다. 포도주, 소금, 후추, 피클. 그는 조제핀의 이야기에 고개를 끄덕이지만 지루해하는 기색을 숨기지 못했다. 그러다 이 말을 꺼냈다. 눈썹 공부는?

"마이크로블레이딩[26]이에요, 아빠. 그게 아주 전망이 밝아요."

"그 짓거리에 내 돈 3000유로가 들어갔다."

"세르주!" 나나가 성질을 냈다.

"내 숍을 차리게 되면 그 돈 갚을게요." 조가 기죽지 않고 미소 지으며 말했다.

세르주는 스피커를 쳐다보고 말했다. 저 돼지 멱따는 소리 좀 끌 수 없나?

나나가 종업원을 불렀다.

---

26) 반영구화장 기법 중 하나.

"저기요, 죄송하지만 음량을 좀 낮춰주시겠어요?" 나나가 멀리서 영어로 말하면서 손을 아래로 차분하게 낮추는 몸짓을 해 보였다.

"꺼달라고 해! 소음공해도 어지간해야지." 세르주는 나나를 쳐다보지도 않고 말했다.

호텔에서 나온 후로 형은 내처 나나를 투명인간 취급하고 있었다.

"직접 말하시지." 나나가 대꾸했다.

"저 사람들이 우리를 위해 음악을 끄진 않을 거예요."

"음악 좀 꺼주겠소?" 세르주가 영어로 소리를 질렀다.

모두의 시선이 우리 자리로 쏠렸다. 연두색 튀튀처럼 넓게 펼쳐진 전통적 치마를 입은 여자가 달려왔다. 그녀는 딱하게도 음악은 식당 운영의 일부라서 어쩔 수 없다, 자기도 음량을 좀 낮추고 싶지만 우리가 운 나쁘게 스피커 바로 밑에 앉아서 그렇지 음악 소리가 그렇게 큰 건 아니다, 라고 설득하려 했다.

"음악이 아니라 소음이오!" 세르주가 몇 번째인지도 모를 보드카 잔을 비우고 자기주장에 힘을 실으려는 듯 말을 덧붙였다. 우린 이 여자 알아요. 프랑스 가수니까.

여자는 예의상 웃음을 짓고 치마를 빙글 돌리고는 카시스 주를 무료로 제공하겠다고 했다. 복장 한번 대단하네요,

라고 세르주가 이를 악물고 대꾸했다. 나는 영수증을 달라고 했지만 세르주는 기다렸다가 라이스케이크를 먹고 가겠다고 했다. 드디어 라이스케이크가 나오자 너무 달고 너무 바닐라 향이 강하고 너무 물렁하다고 불평을 해댔다.

조제핀은 저쪽에서 어떤 미국인 청년과 얘기를 나누고 있었다. 나나와 나는 조셉 콘라드 벤치에 앉아 있었고 세르주는 오솔길 저쪽 스베틀라나 알렉시예비치 벤치(나는 이 이름을 폴란드식으로 썼다)에 앉아 있었다. 공원 안의 모든 벤치에 작가 이름이 붙어 있다. 어떤 작가는 폴란드와 아무 관련도 없다. 어둠이 내려앉았다. 행인 몇 사람이 지나갔다. 공원에서 할 일은 아무것도 없었다. 나는 나나에게 말했다. 네가 그렇게 열렬히 남편을 변호하는 걸 보니 감동적이더라. 나나는 어깨를 으쓱했다. 나나는 미리 사놓은 폴란드 담배를 입을 비죽 내밀고 피웠다. 세르주도 자기 벤치에서 담배를 피우고 있었다. 나나가 물었다. 큰오빠는 언제까지 나한테 삐쳐 있을 거래?

"네가 형에게 상처를 줬어."

"자기밖에 모르잖아."

"네가 형 입장이라고 생각해봐."

"나만 큰오빠 입장에서 생각하는 것 지겨워. 큰오빠는 남의 입장 생각도 안 하는데 왜 나만? 돌아가자마자 경비 계산해서 보낼게. 작은오빠 혼자 이 여행 비용을 다 부담해야 할 이유가 어디 있어."

"그냥 둬."

"내 몫은 낼게."

"마음대로 해."

"큰오빠는 자기 자신에게서 못 빠져나와. 절대 행복해질 수 없어. 아주 잠시라도."

"행복해지기에 적합한 장소는 아니지."

"그만해!"

"나 다람쥐를 본 것 같아."

"이번 발저하우스 일만 해도 그래. 나는 백 퍼센트 우리 아들 편이야. 아니, 백오십 퍼센트!"

조제핀과 미국인 청년은 벤치에 앉아 있었다. 나는 멀리서 조제핀에게 손짓을 보냈다.

"큰오빠는 스위스에서 보낸 메일을 읽지도 않았어. 그런 주제에 빅토르에게 내가 인생을 좀 가르쳐주마 식의 말투로 윽박질렀다고! 내가 저녁 먹기 전에 빅토르에게 말했어. 아무 경험도 없는 풋내기처럼 무급 주방보조를 하라고 하다니, 걔한테 얼마나 굴욕적이었겠어! 도대체 큰오빠가 우리 아들을 어떻게 소개했기에 그러냐고. 자기 잘난 맛에 남의 일에 끼어드는 사람들보다 더 고약한 건 없어. 빅토르가 대응을 정말 잘한 거야. 게다가 개 프로젝트는 훌륭해. 이제 이 집안에도 고개 꼿꼿이 들고 세르주를 상대할 사람이 있어야 할 때가 됐어."

나는 웃었다. 나는 나나를 안아주려 했지만 그 애는 나를 뿌리쳤다.

"라모스 얘기만 나오면 오빠들 둘이서 죽이 맞아 희희낙락하는데 정말 유치해서 못 봐주겠어. 왕짜증이야. 내가 왜 담배를 피우지? 토할 것 같아."

나나는 담배꽁초를 바닥에 버리고 발로 짓이겼다가 환경 생각이 퍼뜩 났는지 도로 주워서 쓰레기통에 버리러 갔다. 나나가 벤치로 돌아와 다리를 쩍 벌리고 앉았다.

"그래도 아우슈비츠를 봐서 좋았어."

세르주가 스베틀라나 알렉시예비치 벤치에서 구시렁댔다. 유럽 최고의 요리학교, 요식업계의 하버드에서 3년이나 공부해놓고 패스트푸드라니!

큰오빠가 다 들었나? 나나가 나에게 속삭였다.

"다 들었다. 그렇게 속살대는 소리도 다 들린다!" 세르주가 말했다.

"그런 생각을 하다니 참 못났네! 진짜 바보 같아!" 나나가 조용한 공원에서 냅다 소리를 질렀다. "큰오빠는 날이 갈수록 믿을 수가 없어. 나는 큰오빠가 그래도 자기 바닥에서는 잘하고 있는 줄 알았어. 실패해도 운이 없어서 그랬다고 생각했지. 그런데 그 바닥에서조차 큰오빠가 아무것도 모른다는 걸 이제 알았네! 큰오빠는 알지도 못하면서 떠든 거였어!"

조제핀과 미국인 청년이 놀라서 우리 쪽을 돌아보았다.

"내가 들은 거라곤 큰오빠의 씁쓸한 목소리뿐이야. 자기가 원한과 악의로 똘똘 뭉친 걸, 왜 이제 겨우 스무 살 조카에게 풀어? 걔가 앞날이 창창하고 어쩌면 큰오빠가 완전히 실패한 일을 멋지게 해낼 것 같아서 그러겠지! '패스트푸드'가 뭔지나 알아? 세르주, '패스트푸드'는 '빠르게 서비스하는' 음식이야. 버거킹이나 뭐 그런 너절한 먹거리만 패스트푸드가 아니라고. 신속하게 준비해서 신속하게 손님에게 내는 음식이 패스트푸드일 뿐, 형편없는 음식이라는 의미가 아니야. 오히려 그 반대지. 요즘은 고급 요리나 흔히 맛보기 어려운 별미도 종이상자에 포장해서 줘, 그게 대유행이야. 요리학교 3년을 이수하고 패스트푸드를 하는 건 자기자금이 넉넉지 않아도 해볼 만해서야. 패스트푸드는 소규모 자영업, 소자본, 소규모 팀, 낮은 임대료, 작은 리스크, 하여간 모든 면에서 작지만 실현 가능성이 있는 사업이야. 그런 게 잘되면, 똑똑히 알아둬. 어지간한 식당 하나 운영하는 것보다 수익이 더 많아. 패스트푸드는 큰물로 가기 위한 작은 물이고, 나는 똑똑하게 구는 우리 아들이 자랑스러워. 우리 중에서 빅토르가 제일 야심이 클걸? 걔는 머리로만 꿈을 꾸고 뜬구름 잡는 애가 아니야. 걔는 진정한 성공의 수단을 자기 손으로 거머쥘 거야. 결국 큰오빠는 가족 중에 진짜로 사업 감각이 있는 사람을 보는 게 괴롭겠지. 어쩌면 질투가 날 거야. 참 안됐어. 심술쟁이 노인네처럼 악의를 퍼뜨리기보다는 박수를 보내고 격려해주는 편이 좋을 텐데. 그래야 큰오빠도 자기가 처박혀 있는, 다른 사람까지 끌어들이는 그 구제 불능의 자기중심주의에서 벗어날 거야. 왜 이런 말을 하냐면, 이제 정말 마지막이거든. 내 평생 다시는 큰오빠의 그 변덕스러운 성질을 참아주지 않을 거야. 큰오빠가 호텔 방에서 나올 때까지 20분은 기다렸고, 단단히 삐친 인간을 데리고 관광객으로 인산인해인 거리를 그놈의 라이스케이크가 있는 식당을 찾느라 한 시간 동안이나 땀을 뻘뻘 흘리면서 헤맸어. 라이스케이크를 자기 외에 누가 먹는다고!"

"큰물로 가기 전에 노는 작은 물? 그거 너 머리에서 나온 생각이냐?" 나는 그렇게 묻고는 막말의 분위기를 풀어주는 효과를 믿고 이 말을 덧붙였다. "네 남편이 그랬겠지."

나나가 나를 때렸다. 가벼운 주먹질이 아니었다. 나는 두들겨 맞았다. 등, 머리, 팔, 닥치는 대로.

조제핀이 뛰어왔다.

"무슨 일이에요?"

나나가 벌건 얼굴로 콧구멍을 벌름대고 씩씩대면서 일어났다.

"난 네 아빠를 도저히 못 봐주겠어! 그리고 이 인간도!" 나나가 나를 홱 밀면서 소리 질렀다. "다 꼴 보기 싫어, 다 미워 죽겠어!"

세르주가 조에게 말했다. 네가 아우슈비츠 순례를 제안하는 바람에 우리가 어떻게 됐나 봐라.

나나는 가방을 들고 성큼성큼 걸어갔다. 어디 가는 거야? 너 어디 가? 래디슨 호텔은 반대 방향이야! 내가 소리 질렀다. 나나가 뒤돌아섰다. 그 애가 씩씩대면서 우리 앞을 지나쳐갈 때 내가 물었다. 우리, 내일 아침 몇 시 출발이지?

대답은 없었다.

"나나!"

멀리서 이 말이 들린 것 같았다. 너희가 알아서 해.

세르주가 래디슨 호텔 로비의 푹신한 의자에 몸을 묻은 채 말했다. 너 유대인은 길에서 걸인을 만나면 반드시 적선을 해야 한다는 거 알아? '반드시'. 일종의 '미츠바'거든. 따라야만 하는 명령이라고. 왜 '반드시' 그래야 하는지 알아?

자비나 친절의 문제가 아니야. 걸인에게 한 끼라도 먹이기 위해서도 아니야. 걸인을 그냥 지나치고 몇 미터 갔다가 아이고, 저 사람에게 동전 서 푼이라도 줄 걸 그랬네, 라고 후회하지 않기 위해서. 만약 적선을 했다면 나 괜찮은 사람이구나, 라고 생각하지 말아야 해. 왜 자기가 괜찮은 사람이라고 생각하면 안 되는지 알아? 가톨릭에선 교만의 죄라고 하지만 그런 이유가 아니야. 그런 생각은 다 시간 낭비거든. 부수적인 생각에 거치적거리지 않기 위해 '반드시' 의무적으로 적선을 하는 거야. 하느냐 마느냐, 라는 문제는 제기할 필요도 없어. 코스가 다 짜여 있으니까 두뇌는 그런 바보 같은 고민으로 시간 낭비하지 않아도 돼. 유대인들은 천재라니까.

우리는 바에서 마지막 잔을 마셨다. 마지막이 여러 잔째였다. 조제핀은 미국 시애틀에서 왔다는 청년과 시내 구경을 나갔다. 우리 위 벽 전체를 차지한 스크린에서 CNN이 무음으로 나오고 있었다. 트럼프의 머리칼이 가르마 반대 방향으로 두피에서 붕 떠 있었다. 나는 트럼프의 미용사도 바비리스를 쓸지 궁금했다. 전에 마리옹이 그걸 써서 머리에 컬을 만드는 모습을 한참 구경한 적이 있다.

"형은 적선을 해?" 내가 물었다.

"시기에 따라서는. 하지만 난 적선을 하고 나면 스스로 괜찮은 사람이라는 생각을 안 할 수가 없더라."

형이 감자 칩을 한 움큼 집었다.

"정언명령. 선택의 여지 없이. 그게 내 삶의 이상이야. 내가 잘 알고 믿는 호구에게 카센터를 팔아넘기는 건 아닌가? 록 라이브러리를 파는 건 아닌가? 정기검진을 받는가? 발렌티나와 다시 합치려는 노력을 하고 있나? 나나와 그 집안 식구들과 완전히 틀어질 것인가, 아니면 그들을 용서할 것인가? 여전히 조의 아파트를 사기 위해 빚을 내야 하는가?…"

"정기검진은 왜?"

"그럴 나이잖아. 내 나이면 정기검진이 필요해."

"호구는 누구야?"

"자키의 매제."

"재매각이 최선인 것 같아?"

"그건 가스공장이야. 전반적 협의 없이는 정부위원이 관여하지 않을걸. 말이 좋아 전반적 협의지, 그 일은 텄어. 시슈는 자기가 바라는 걸 나에게 말할 수 있지. 시의원들, 땅주인들, 환경단체, 도청, 시청을 기다려야 한다고…. 엿먹으라고 해! 그래도 재건축 가능성에 대한 감정서는 여전히 유효하니까 일단은 좀 미뤄놓고 생각해도 돼."

바에서 생강 보드카를 추천해줬다.

세르주는 전등갓을 돌려놓았다.

"큰물에서 놀기 전에 작은 물에서 논다, 라모스가 그랬을 거야." 내가 말했다.

"당연하지. 네가 그 말을 하니까 나나가 정곡을 찔려서 홱 돌았던 거야. 게다가 딱 라모스의 화법이잖아."

"큰물로 가기 위한 작은 물….."

"하하하!"

"식구들끼리 말을 맞추려고 회의라도 했나….."

"그러게!"

"…혜엄을 쳐보지 않은 사람은 처음부터 큰물에 뛰어드는 게 아니다….."

"너 흠씬 두들겨 맞더라! 하하하!"

형은 술잔을 내려놓고 주머니에서 인상 쓰는 얼굴이 그려진 밤톨을 꺼냈다.

"그걸 가지고 다녀?! 여기까지 가져왔어?"

"항상 가지고 다녀."

나는 말도 안 되게 감동했다.

"뤼크에게 말해줄게."

형은 이미 껍질이 갈라지기 시작한 밤톨을 엄지로 어루 만졌다.

새벽 한 시, 형은 안절부절못하며 조에게 전화를 해댔다. 왜 음성메시지로 연결되는데! 얘 뭐 하는 거야? 이놈의 딸내미 때문에 오늘 잠자긴 글렀군! …여보세요? 아빠다. 너 지금 어디 있니, 조? 메시지 듣는 대로 전화해라.

나는 조제핀은 이미 독립한 성인이고 그 애가 원하는 대로 산 지 오래라고 말해주었다.

"모르는 남자하고 밤을 보내? 그 남자애가 누구인지도 모르잖아!"

"밤을 보내긴! 이제 막 한 시가 됐을 뿐이야."

"왜 핸드폰을 안 받고 메시지로 돌려놔? 여기 외국이잖아! 얘는 머리에 뭐가 들었는지 모르겠어."

"바보 같아."

"조가 어디 있는지 알아내기 전까진 잠들 수 없어."

"메시지를 보내. 왓츠앱[27]으로. 내일 아침 7시에 호텔에서 나가야 한다고 해. 10시 비행기를 타야 한다고."

"알았어…."

나는 일어났다.

"올라가자. 여기 있어봤자 할 일도 없어."

"가, 너는 가 있어. 나는 조금만 더 기다릴게. 네가 스탠드

---

27) 유럽에서 가장 많이 사용되는 메신저앱.

건드렸어, 제대로 놔. 전등갓 말이야! 반대 방향으로, 반대 방향으로!"

"뭐가 그렇게 불안해?"

"그 미국인 남자애가 감이 안 와. 시애틀에서 온 유대계 미국인이라고? 시애틀은 마약의 도시잖아!"

"사람이 무던해 보이던데."

"그런 게 최악이야. 흉악범들도 아주 순해 보여."

"가자, 형."

"아우슈비츠에 꼭 왔어야 했을까? 솔직하게 말해봐. 우리 넷이 이렇게 올 필요가 있었을까? 만약 그렇다면 비극으로 끝날 운명을 위해서였을까."

세르주가 파란색 알약을 꺼내서 꿀꺽 삼켰다.

"하루에 몇 알이나 먹는 거야? 자, 가자, 나 더이상 못 기다려."

세르주는 마지못해 일어났다. 바의 직원이 우리가 나가기만 기다렸다는 듯 불을 껐다. 몇 걸음 못 가 엘리베이터 앞에서 세르주가 말했다. 잠깐 밖만 보고 오자. 우리는 나갔다. 거리는 적막했고 불빛이라고는 공원 쪽의 가로등밖에 없었다. 형이 담뱃불을 붙였다. 사거리에서 실루엣 하나가 나타났다. 조제핀이다! 세르주가 그쪽으로 들이받을 것처럼 달려갔다. 하지만 상대는 육십 대로 보이는 왜소한 체격의 남자였다. 반팔 셔츠를 주름 잡힌 버뮤다 팬츠 안으로 넣어서 입은, 오스트리아 주변 지역에서만 볼 수 있는 그런 남자. 가까이서 보니 그는 목에 커다란 메달이 달린 리본을 두르고 있었다. 그는 폴란드어로 우리에게 인사를 하고 자기 가던 길을 계속 갔다. 어떻게 저 사람을 조로 잘못 볼 수 있어?

"내가 제정신이 아니야."

사람 없는 호텔 로비에서 형은 알록달록한 안락의자에 털썩 주저앉았다. 나도 다른 의자에 앉았다. 야간 경비가 나타났다가 카운터 뒤쪽 작은 문으로 들어갔다. 조도를 낮춘 천장의 네온등 때문에 모든 사물이 초록빛이 감도는 것처럼 보였다. 이따금 기다란 등이 깜박거렸다. 철로만 따라 다닌 하루. 여느 철로와 다를 것 하나 없는 철로. 세상 어디서나 그렇듯 시골을 몇 킬로미터씩 가로지르는 철로. 더이상 쓰이지 않는 철로, 부스러진 돌 사이로 걷잡을 수 없이 자라는 잡초. 원래는 잡초도 뽑고 강철 레일과 침목을 관리해줘야 하건만. 철로 철도 기찻길. 빨간 가방을 둘러매고 버려진 플랫폼에 서 있는 나나. 외투 차림으로 비르케나우 철로를 따라가는 내니 미로. 내가 오랫동안 생각한 적도 없건만 한 장의 이미지와 함께 불현듯 떠오른 내니 미로. 내가 여덟 살이 될 때까지 우리 어머니는 일주일에 네 번 출근했다. 어머니는 생토노레 거리의 마르틴&벨에서 접수계 직원으로 일했다. 그 당시 나이가 이미 꽤 든 여자분이 우리를 돌봐주러 왔다. 회색 머리를 늘 머리쓰개로 고정한 그 보모는 통통하고 다정했으며 매일 버스로 출퇴근을 했다. 우리는 보모에 대해 아무것도 몰랐다. 어떻게 사는지, 어디에서 사는지, 남편이나 자식은 있는지. 그냥 쥐라 출신이라는 것만 알았다. 내니는 소박하고 헌신적이었으며 우리를 즐겁게 돌보았다. 지금까지도 내 마음을 보듬어주는 그 소박함을 나는 정말 소중하게 생각한다. 내니는 늘 흐물흐물한 가방에 우리에게 줄 사탕이나 예쁜 그림 같은 것을 넣어 다녔다. 우리가 아주 어렸을 때는 내니가 진짜 엄마였다. 어느 날 우리는 더이상 내니를 볼 수 없게 됐다. 여름 휴가에서 돌아왔더니 부모님이 내니는 자기 고향으로 돌아갔다고 했다. 나는 쥐라라는 단어를 생각하면 삭막한 풍경 속에 드문드문 고립된 건물들과 무너진 요새의 폐허가 떠오른다. 나는 쥐라에서 나무를 보지 못했다. 우리는 내니 미로가 어떻게 됐는지 모른다. 우리는 그 보모의 이름밖에 모른다. 제르멘 미로는 우연한 운명과 척박한 언덕의 길 사이로 빨려 들어가 영영 사라졌다.

아우슈비츠와 비르케나우, 이 우주적 이름을 지닌 장소들에서 나는 정서적으로 어떻게 해야 할지 난감했다. 나는 냉정함과 감동 짜내기 사이에서 왔다 갔다 했다. 온당하게 처신하고 있음을 확인하고 싶었다. 그리고 이렇게 생각했다.

기억하라, 기억하라, 기억에 대한 이 맹렬한 요구도 사태를
깔끔하게 정리해 역사에 거리낌 없이 편입시키려는 구실 아
닌가? 세레조 선생 만세!

새벽 두 시쯤 조제핀이 호텔의 통유리 회전문에 나타났
다. 그 애는 우리가 음울한 빛 속에서 걸인처럼 주저앉아 있
는 꼴을 보았다. 아빠랑 삼촌이랑 여기서 뭐 하는 거예요?

"네가 어떻게 됐을까 봐 네 아빠가 난리도 아니었다."

"조! 우리 딸 왔구나! 감사합니다, 신이시여, 감사합니다!
이리 와라, 조제프, 아빠한테 와! 아빠 품에 안기렴!"

조가 가서 세르주의 무릎에 앉았다. 세르주는 흐느끼면서
딸을 껴안았다. 조가 놀라서 나를 쳐다보았다. 그러고는 가
만히 있었다. 자기 머리를 아빠의 어깨에 기댄 채. 큰 몸집
이 희한하게 넘쳐흘렀다. 한참 있다가 조제핀이 말했다. 울
아부지, 라라 파비앙은 프랑스 사람 아니에요. 벨기에인이
라고요.

나는 객실에 자러 올라갈 기운도 없었다.

파리에서 지타가 자기 집에서 초록색 누빔 잠옷 차림에
위스키잔을 손에 들고 나를 기다리고 있었다. 지타는 전화
로 갑상선 문제는 말할 것도 없고 두 번의 대퇴부 골절에 골

다공증으로도 모자라 림프암까지 생겼다고 했다. 이게 처방이야, 라면서 지타는 체스터필드에 불을 붙였다. 내가 그렇게 처방해달라고 했어. 이것 봐, 저녁에는 브랜디 한 잔. 내가 브랜디라고 해서 브랜디라고 한 거야. 스카치위스키여도 상관은 없어. 의사가 날 좋아해. 의사도 편애하는 환자가 있거든. 의사가 나한테 목발을 짚고라도 걸어 다녀야 한대. 봐, 읽어보라고. *빵집까지 왕복 한 번*(그 사람도 내가 그 빵집 양귀비 케이크를 좋아하는 걸 알아). 그는 늘 꿈을 꿀 수 있어. 의사 양반, 목발 짚고 한 바퀴요? 요강에 손 넣는 소리 하지말고 꿈 깨시구려. 이건 헝가리어에 있는 관용 표현이야. 네엄마한테는 의사가 자전거를 타라고 했다면서, 쯧쯧. 자전거라니! 이제 곧 무덤에 들어갈 사람들한테 운동은 왜 시키는 거야? 그래도 내 의사는 날 이해하더라고. 내가 말했거든, 의사 양반, 아프지만 않게 해줘요. 죽어도 되는데 너무괴롭지만 않게. 너는 가엾은 내 남편 막스가 병석에서 똥오줌도 못 가리고 괴로워하던 것 기억하지? 잘난 척하는 마을의사가 모르핀을 안 줘서 그 고생을 했잖아. 말해봐, 머리가덥수룩하니까 나 미친 여자 같니? 안토니노스는 은퇴했어. 성품은 좋은데 솜씨는 별로였어. 지금은 베트남 여자에게머리를 맡겨. 젊은 사람이라서 요즘 감각을 알고 손톱 손질도 잘해. 통합유대인재단에 회비도 내. 거기 회장의 손과 손톱을 손질해줬는데 그 사람이 그랬대. 올해 회비 냈어요, 안 다오? 아주 수단 방법을 안 가리고 회비를 긁어모은다니까. 막스가 죽고 나서 나는 루마니아 고아들, 암, 다발성 경화증, 기근 퇴치 운동, 그 외 기타 등등을 키워왔지. 유대인 단체들은 일절 안 키워. 그것들은 사람을 아주 달달 볶아, 피빨아먹는 거머리처럼 착 달라붙지. 캘커타의 유대교 회당은 막스 덕택에 대리석으로 도배를 했지. 대리석 판 육십 개로. 알아, 그 사람은 날 원망할 거야. 네 아버지의 경우는 이스라엘이었어. 네 아버지는 이스라엘에 돈깨나 털렸지. 이스라엘 군대에도 기부하고 관개 사업이라든가 뭔지 모를 일에도 기부했단다. 네 아버지가 죽고 나서 마르타가 다 끊어버렸지만. 하지만 마르타는 네 아버지 때문에 계속 죄책감을 느꼈어. 네 아버지가 꿈에 나타나서 왜 야드바셈 기부를 끊었느냐고 물어봤다나. 아주 언짢은 얼굴을 하고 있어서 잠에서 깬 후 죄책감을 느꼈대. 노인네와 이렇게 시간을 보내주다니 너도 참 귀엽구나. 너는 뭐 하니? 지금도 계속…? 네가 무슨 일 한다고 했는지 까먹었다, 얘.

"전도성 재료 전문가예요."

"아, 그래! 넌 늘 공부 도사였지!"

"무슨, 아니에요!"

"이렇게 집에 처박혀 사는 것도 그렇게 불편하진 않아. 오히려 그 반대야. 귀찮은 인간들 안 보고 사니 좋다. 이미 아는 고통 외에는 다른 고통도 없어. 밤에 창을 열면 사람 사는 소리가 들려. 젊은 애들이 지나가는 소리. 마르타가 결혼한 남자는 나이가 들수록 성질이 골치 아파졌지. 나이 들면서 이상해지는 사람들이 많아. 유대인들이 특히 그래. 지금은 말할 수 있어. 에드가르는 골치 아프고 재미없는 인간이었어. 마르타는 앙드레 퐁숑과 잠깐 사귀었지."

"앙드레 퐁숑!"

"너도 여자가 어느 순간 넘어가는 거 알지."

"하지만 앙드레 퐁숑은!"

"그래. 원래 그렇게 붙잡는 사람에게 넘어가는 거야. 성격 음침한 남편에 딸린 자식은 셋. 그냥 걸리는 대로 취하는 거야. 그 일을 되돌아보진 말자. 이제 다 죽어서 땅에 묻혔는데 무슨 상관이야. 모리스 얘기 좀 해보련? 모리스 소식을 알려다오. 그 사람한테 나 사는 꼴 얘기는 하지 말고. 그냥 내가 외출도 하고 연주회도 가고 재미나게 산다고 말해줘. 여전히 하이힐을 신고 멋을 내고 다닌다고. 내가 루비 팔라티노의 팔짱을 끼고 가는 걸 봤다고 해줘, 하하하. 아니, 그 사람은 안 믿을 거야. 게다가 루비도 죽었어. 행여 아직 안 죽었나 몰라. 난 멀쩡한 사람도 묻어버리지. 하지만 안 죽었다고 해도 나이가 몇이겠어?"

"루비가 누군데요?"

"루비 팔라티노, 포르피리오 루비로사[28]의 닮은꼴, 여자들은 다 그 남자에게 미쳤었지. 어떤 고객의 남편이 프로방스 거리에 있던 그 사람 피혁공장에 사냥총을 들고 와서 죽이겠다고 난리를 쳤지. 나는 네 엄마처럼 화장당하고 싶진 않아. 그건 싫다. 그 무시무시한 생쥐굴 같은 지하실에서 관 속에 누운 마르타와 단둘이 있어 보니 생각이 바뀌더라. 나는 야외에서 떠나고 싶어. 바뇌에서 간단한 야외 장례로 끝. 막스의 딸이 나에게 자기네 랍비가 와도 되느냐고 묻더라. 막스네 집안은 바르 미츠바, 사내아이들의 할례, 매장 풍습을 지켰지. 랍비를 오게 하는 게 막스를 기쁘게 하는 일이라면, 그렇게 해야지. 그런다고 뭐가 달라지나?

동일한 사실에 근거한 판단의 가역성은 우려스러울 만큼 흔한 현상이다. 육 개월 전만 해도 가짜 아르헨티나인은 대단한 상남자, 심지어 현대적인 상남자였다. 남자가 호텔비나 밥값을 내야 한다는 고리타분한 생각은 꿈에도 하지 않는, 여자의 정성과 선물을 편하게 받아들이는 쾌남이었다. 자유로운 남자, 라고 마리옹은 말했었다. 나는 이해할 수 없

---

28) 페라리의 대표적 레이싱 선수로, 잘생긴 외모와 실력으로 큰 인기를 누렸다.

는 접근이었다. 이제, 주부의 차림새로 산더미 같은 옷가지를 다림질하면서 그녀는 말한다. 소름 끼쳐, 오십이 다 된 남자가 애인한테 보트 한 번 태워줄 돈도 없대. 도메닐 호수에서 내가 지갑을 찾으려고 가방을 뒤지는데 그 인간은 벌써 보트에 턱 하니 앉아서 소매를 걷어붙이고 노를 잡고 있더라고! 사람이 품위라는 게 없어. 꽃 한 송이 준 적도 없고. 작은 관심도 보여준 적 없어. 쥐새끼 같은 놈. 그의 아내가 불쌍해! 여자가 이혼하자고 할 만하지."

"너는 그 사람 남자답다고 했잖아."

"다른 면에선 그랬어."

"아니, 아니야. 사랑에 빠진 여자는 콩깍지가 씌어서 그런 사람을 대단히 남자답다고 하는 거지."

"남자는 안 그래?"

"여자만큼은 아니야."

마리옹이 하늘을 쳐다보았다. 나는 마리옹이 화를 낼 때가 좋다. 다리미가 스팀을 뿜을 때 그녀가 말했다. 이제 그 남자가 한심해.

"헤어질 거야?"

마리옹은 잠시 생각에 잠겼다가 다리미로 골치 아픈 시트를 공략하기 시작했다.

"한심한 남자를 계속 만나선 안 돼, 마리옹."

"한심하지 않은 남자를 소개해주든가."

뤼크는 아파트에서 그림자처럼 왔다 갔다 했다. 그 애는 숨어 있는 적을 잡으려고 벽에 딱 붙어 이동했다. 나 있잖아, 라고 말하기가 망설여졌다. 나를 추천하는 건 너무 바보 같았다.

"나 있잖아." 내가 말했다.

"당신!" 마리옹이 소리 내어 웃었다.

"웃기는 소리라는 거, 나도 인정해."

"당신이랑 있으면 난 불행해져. 그리고 당신이 날 떠났잖아. 당신도 한심해."

뤼크가 자기 존재를 알려선 안 된다는 듯 나를 보고 입술에 손가락을 갖다 댔다. 나는 위험이 도사린 장소로 그럴싸하게 생각되는 주방을 살그머니 가리켰다. 뤼크가 경계 태세를 취했다.

"뤼크는 발표회 때 뭐 해?"

"이탈리아 뭔데. 축구 응원단인지 곤돌라 뱃사공인지 아직 잘 모르겠어."

"곤돌라 뱃사공은 베네치아에서 봤잖아."

"내가 결정할 수 있는 게 아니야. 당신은 내 가슴이 좋아?"

"아주 좋아."

"가슴 리프팅을 받아야 할 것 같지 않아?"

"왜 그런 미친 생각을 해? 바보야?"

"가슴이 처졌어."

뤼크가 풀쩍 뛰어 주방 문턱으로 가서는 어깨를 문틀에 딱 붙였다. 나는 마리옹에게 말했다. 우리 공원에나 갈까? 이제 비 안 와.

"당신 보기에도 내 가슴 처졌지!"

"전혀! 설령 좀 처지면 어때, 섹시하기만 한데. 젊은 여자 가슴 같을 필요는 없어."

"좋아, 공원에 가자."

베그 공원은 원래 수문보존소 자리였다. 오래된 나무 벤치들이 경사면에 늘어선 신비로운 장소다.

뤼크는 나무와 수풀 사이를 지그재그로 달려갔다. 그 애는 작은 목소리로 동맹군에게 암호를 보내고 있었다.

갈매기 한 떼가 출입이 금지된 잔디밭의 백조를 부둥켜 안은 레다 조각상을 바라보고 있었다. 빨간색 멜빵바지를 입은 아이가 나타나 갈매기들을 향해 달려갔다. 갈매기들은 일제히 날아올라 저 멀리 가서 앉았다. 금지나 명령이 안중에 없는 아이는 갈매기들을 다시 공격했다.

마리옹이 직장 동료가 고양이 크로켓을 인터넷에서 구매하고 고객센터와 통화한 얘기를 들려주었다. 크로켓이 별로

예요, 그걸 먹고 나서 고양이가 목이 말라 고생했어요, 라고 그 직장 동료가 불만을 표했다.

"맛이 어땠나요?" 고객센터 직원이 물었다.

"그건 모르겠어요." 직장 동료가 대답했다.

"크로켓 맛이 평소와 같았나요?"

"이보세요, 제가 직접 크로켓을 먹진 않잖아요."

"제품을 반송해주시겠어요?"

"네."

"박스는 뜯지 않은 상태라야 합니다."

"아, 네, 제가 다시 잘 포장해서 보낼게요."

"아뇨, 아예 개봉하지 않은 제품만 반품 가능하다고요."

우리는 킬킬대고 웃었다. 날씨가 좋았다. 나는 그녀에게 키스했다. 그녀가 말했다. 어쩌면 뤼크를 위해 반려동물을 들여야 할까 봐. 집에서 키울 수 있는 토끼라든가, 앵무새라든가.

"개나 고양이는 안 돼?"

"난 고양이가 무서워. 그리고 개는 누가 산책시켜?"

우리는 네모난 연못 주위를 걸었다. 뤼크는 두 팔을 벌리고 뛰어다녔다.

마리옹이 말했다. 가끔은, 우리 셋이 같이 살아야 할 것 같은 생각이 들어.

뭔가 결정적인 말을 해야 하는 순간이었다. 그러나 아무 말도 나오지 않았다. 말이 떠오르지 않았는지, 생각이 불안에 사로잡혀 막혀버렸는지, 아니면 나도 모를 내 안의 무엇인가가 꺼져버렸는지 나도 잘 모르겠다.

나도 한심한 남자라는 마리옹의 판단이 옳은 것 같다.

나나와 세르주는 아우슈비츠에서 돌아온 후로 다시는 서로 말도 안 섞겠다는 공통의 결정을 별도의 협의 없이 내렸다. 나는 둘의 푸념을 따로따로 들어줘야 했다. 둘 다 상대를 '객관적으로' 상종 못 할 인간으로 정의하고 오빠(여동생) 아니었으면 얼굴 볼 일도 없었을 부류라고 결론 내렸다. 두 사람은 서로 나를 자기편으로 끌어들이려 했다. 화해를 시키려는 내 입장은 그들을 자극하기만 했고 나한테 비난이 쏟아졌다. 비겁하다, 평생 자식을 안 낳고 살아서 뭘 몰라도 너무 모른다, 남의 말만 듣는다, 물러터졌다, 어리석은 가족애를 옹호한다….

이상해 보일 수도 있겠으나 마지막 지적은 근거가 없지 않다. 부모님의 서가에는 책이 얼마 없었고 새로운 책이 추가되는 일도 거의 없었다. 서가라고 해봤자 파뇰 거리 집 현관 벽 한 면에 불과했지만. 정체불명의 이론서, 체스 잡지, 이스라엘과 그 나라의 위업에 대한 잡탕 저작물, 골다 메이어[29]나 메나헴 베긴[30] 같은 인물들의 전기, 사이언톨로지 창시자 론 허바드의 《다이어네틱스》 같은 알쏭달쏭한 책들이 대부분이었지만 소설도 몇 권 있었다. 나는 사춘기 전까지는 만화책만 읽었던 것 같다. 그래도 나는 늘 책을 구경하고 만지기를 좋아했다. 나는 책 제목들을 보고 있는 게 좋았다. 제목이면 충분했다. 비록 나의 착각일지라도, 제목만으로 세상을 엿볼 수 있었다. 내가 서가에서 슬픔을 구할 때 가장 선호했던 책은 엑토르 말로의 《집 없는 아이》와 알퐁스 도데의 《하찮은 것》이었다. 그리고 어느 정도는—이 책을 다른 책들과 한데 묶어도 될지 잘 모르겠기에—로베르트 무질의 《소년 퇴를레스의 혼란》도 그랬다. 그 책들은 불행을 다루었다. 하지만 불행에도 종류가 있다. 그 책들은 버림받은 사람, 고아를 다룬다. 나는 가족이 없다는 것과 세상에 혼자라는 것은 결국 같은 얘기라고, 그거야말로 가장 살아가기 힘든 조건이라고 생각했다. 아직도 조금은 그런 걸까? 어떻게든 둘을 화해시키려는 나의 노력이 그 어릴 적 사고방식과 관련이 있을까?

---

29) 1898~1978. 이스라엘을 건국한 정치인 중 한 사람으로 신생 이스라엘 공화국의 노동부 장관, 외무부 장관을 거쳐 역대 네 번째 총리를 지냈다.

30) 1913~1992. 시오니즘 운동가로 이스라엘의 여섯 번째 총리를 지냈으며 이집트와의 화평 교섭에 힘쓴 공로로 노벨평화상을 받았다.

사클레 대학교에서 강의를 마치고 나오는데 전화가 왔다. 그의 오만 가지 결점에 이 전화질로 쌓은 악업惡業도 추가해야 한다. 그가 전화로 쌓을 수 있는 선업善業이 어떤 것일지는 나도 모르겠다만. 버스가 왔다. 그는 만나자고 했다. 나는 통화를 짧게 마치려고 그날 저녁 우리 집 근처 카페로 오라고 했다. 전화를 끊자마자 후회했다. 집으로 가는 국철 안에서 약속을 미루자고 다시 전화를 할 뻔했다. 무슨 소용이 있다고? 어차피 만나야 한다면 뭐 하러 미뤄? 아니, 그런데 왜 나는 이 징벌을 피할 수 없다고 생각하는 걸까? 왜 지금은 정신적 여유가 없다든가, 아우슈비츠에 다녀온 후로 우울해졌다든가 하는 이유를 들어 거절하지 못했을까? 그래, 어쩌면 지금 말해도 되지 않나? 아니다, 쓸데없이 일만 복잡해질걸! 시간 낭비지! 이런 경우도 일종의 정언명령이 작용하나? 라모스 오초아와 관련된 '미츠바'라도 있는 건가?

라모스가 내 앞에 있다. 축 처진 어깨와 일그러진 얼굴로. 머리가 길었는데 곱슬곱슬한 새치가 말을 안 듣는지 유독 뻗쳐 있다. 벌써 좀 마셨나? 라모스는 샤르도네를 주문했다. 나는 레몬을 곁들인 페리에를 주문했다. 라모스가 노란 액체에 입술을 담갔다가 핥는다. 나는 레몬 껍질을 썰어서 물에 담갔다. 그는 손수건을 꺼내 요란하게 코를 풀었다. 꽃가루 때문에요, 라면서. 그는 내게 이번 여행으로 뭘 좀 얻은

게 있느냐고 물었다. 이 표현은 라모스의 입에서 나온 것이다. 나는 그가 운을 떼자마자 긴장했다고 해도 과언이 아니다. 나는 이번 여행에 딱히 기대한 것이 없었다고, 그가 왜 이렇게 나서는지 잘 모르겠다고 대답했다. 라모스가 대답했다. 나나가 완전히 속이 상해서 돌아왔던데요. 나는 고개를 끄덕였다. 하고 싶은 대로 말하게 내버려 두자. 하지만 나는 내 상대가 누구인지 잊었던 게다! 라모스는 서두르지 않았다. 그는 마침내 유리알 같은 눈을 들고 이렇게 말했다. 형님들은 나나를 학대했어요. 왜 그랬습니까?

"나나가 매제한테 뭐라고 했기에!" 나는 생각 없이 그 자리에서 발끈했다.

"전부 다 들었어요. 형님들이 나에 대해서 한 얘기도."

"우리가 짓궂게 군 것뿐이야!" 내가 웃으면서 대꾸했다.

"난 공무원이 아닙니다. 내 삶은 위험에 노출되어 있죠."

"누가 뭐래."

"연봉제 일자리를 줘봐요, 나도 그런 자리면 일합니다."

"매제, 나나보다는 현명하게 굴어야지! 우리가 농담한 거야. 매제가 우리를 몰라?"

"네, 알죠, 그럼요, 하지만 그게 중요한가요." 그는 무시무시하게 침착하고 평온한 동굴 저음으로 응수했다.

나는 최근에 라모스가 자기 집 밑에 사는 부랑자들을 위

215

해서 샌드위치를 만들어줬다는 얘기를 들었다.

"좋아. 그래도 설마 그 일 때문에 날 보자고 한 건 아니지?"

라모스가 잔을 흔들었다. 머리도 가볍게 흔들었다. 그가 화제가 너무 빨리 바뀌어 아쉬워하는 느낌이 들었다.

"일단," 라모스는 고역스럽게 시간을 끌고는 마침내 입을 열었다. "빅토르의 퓨전 패스트푸드 프로젝트가 꽤 괜찮은 사업이라는 것 알아두세요. 이건 내 판단이 아닙니다."

"알았어."

"사업계획을 유명한 요리사에게 보여줬거든요. 말이 난 김에, 프랑스 조리기능장대회 우승자라는 것도 알아두세요. 길게 말 안 하고, 네가 이거 하면 난 투자한다, 그럽디다. 그 옆에 있던 제과 조리장이 자기도 전적으로 같은 생각이라고 했어요. 경영관리 교수님도 실현 가능성이 충분한 사업이라고 하네요."

"잘됐네."

이제는 라모스가 나를 만나서 마신 게 첫 잔이 아닐 거라는 확신이 들었다.

"우리 아들이 배워먹지 못했는지는 몰라도…."

"그만해, 라모스…."

"그래도 나는 사업가 한 명을 키운 겁니다. 우리 아들은 사업가예요. 남의 돈 받고 일하는 사람 아니고요."

"그래."

"그 나이 때는 나도 날개가 있었더랬어요. 하지만 나는 대인관계 능력이 부족했죠."

"으흠."

라모스는 샤르도네를 단숨에 들이켜고 한 잔 더 달라는 신호를 보냈다. 나는 코트뒤론을 주문했다.

"아들이 욕을 먹는데 가만히 듣고만 있을 어미는 없어요. 억울하게 욕먹는 거라면 더욱더 그렇죠. 심지어 욕을 하는 사람이 자기 친오빠예요. 어미에게 그런 상황을 참으라고 요구할 순 없어요."

"나나는 참지 않았어. 빅토르 편에서 하고 싶은 말 다 했다고. 호락호락 당하고 있지 않았어."

"그러느라 사람이 무너졌군요."

"과장하지 마."

"나나는 잠도 못 자고 괴로워해요. 신경이 바늘처럼 곤두서 있다고요. 어제는 내가 상추를 너무 느리게 씻는다고 사람을 두들겨 패더니 파스타 냄비를 음식물쓰레기 통에 버리고는 갑자기 주저앉아 통곡을 하더군요."

"매제가 상추를 너무 느리게 씻었겠지…."

"나나가 이상해졌고 너무 힘들어해요."

"내가 뭘 해줄 수 있을까?"

"세르주 형님이 나나에게 사과하도록 설득해주시죠."

"라모스, 지금 시점에서는 오히려 세르주 형이 빅토르의 사과를 기다리고 있어."

"빅토르는 사과하지 않을 겁니다. 걔가 사과해야 할 건 하나도 없어요." 라모스가 지나치게 큰 소리로 말했다.

"그럼, 우리는 끼어들지 말자고."

"나나 말이 맞네요. 작은형님은 큰형님한테 충성한다더니."

이 발언에 담긴 전대미문의 가족애, (그리고 불손함)을 깊이 생각할 겨를도 없이, 핸드폰이 울렸다. 모리스! 아, 미안, 모리스 전화라서. 여보세요! 모리스?… 러시아 집시 민요 〈검은 눈동자Otchi tchiornyie〉를 부르는 남자 목소리, 이어서 전화기에 대고 고함을 지르는 듯한 폴레트의 음성. 들리니? 이 사람이 샴페인을 한 잔 마시더니 이제 노래를 다 한다!… 네, 네, 들려요!…

나는 라모스도 들으라고 통화를 스피커폰으로 돌렸다. 모리스의 가늘어진 목소리에서 노인들만 낼 수 있는 열성적인 억양과 단호함이 느껴졌다. Otchi jgoutchie, otchi strastnyïe(파멸로 이끄는 눈, 열정이 가득한 눈)….

라모스는 놀라워하는 표정으로 휴대전화를 바라보았다. 모리스는 그 노래를 완창했다. 노래가 끝나자 나는 박수를 보냈다. 대단해요! 캑캑대고 목청을 고르는 소리가 들렸다.

자, 이제 그만 끊는다. 폴레트가 큰소리로 외쳤다.

라모스가 묻는다. 모리스는 괜찮아요?

"침대에만 누워서 지내."

그는 망연자실해서는 고개를 주억거렸다.

"우리도 머잖아 그렇게 되겠죠."

라모스는 코를 풀고 눈을 비볐다. 눈 밑이 축 늘어져 있었다. 그의 눈 아래가 그렇게 주머니처럼 축 처졌다는 걸 지금껏 몰랐다. 내 속에서 연민이 솟아올랐다. 사람이 우울증의 징후를 보일 때 우리에게 오는 그런 유의 매우 의심스러운 연민 말이다. 어쩌면 라모스도 선량한 인간 아닐까?

삶의 고삐를 어떻게든 잡고 가려고 애쓰는 선량한 부적응자.

"어떻게 할까요? 서로 물어뜯고 싸우면서 시간을 흘려보낼까요? 우리도 늙었어요. 이런 실랑이를 할 나이는 지났죠." 라모스가 말했다.

그러면 그렇지! 게다가 이 머저리는 나를 초죽음으로 만들 수도 있단 말이지.

나는 말했다. 내가 만나는 사람들은 전부 죽을 때까지 서로 물어뜯고 실랑이하고 그렇게들 살아. 심지어 죽고 나서도.

라모스가 고개를 끄덕였다.

"여동생이잖아요…." 그가 술잔을 들이켜면서 말했다.

"왜 매제가 직접 세르주 형에게 전화하지 않는 거야? 왜 나를 거쳐?"

"작은형님은 정상이니까요."

"반가운 소리라고 해야 하나!"

"안정되게 사는 사람은 작은형님뿐이지요."

"매제도 이제 분별력이 없구먼."

반박의 여지가 없는 사실이다. 까마귀, 작은 까마귀, 비둘기, 어쩌면 오리까지도 그레즈 거리를 좋아한다. 이 거리에는 조류가 널렸다. 오노레팽 모퉁이 현관 위에, 지붕들 위에, 안전을 위한 가로대와 난간 위에, 낮은 담 위에, 프랑스어문화권센터에서 자라는 나무들 틈에. 새들은 보도에서 수다를 떨다가 행인들에게 자리를 내어주기 위해 거만하게 날아간다. 주민들은 특별회의를 소집하고 견적도 내보지만 대개 답은 안 나온다. 그리하여 오늘 아침에는 이런 메일을 받았다.

비둘기 똥으로 인한 불편을 호소한 뤼페스코 부인의 자택을 방문하고 두 가지로 견적을 내보았으니 첨부파일을 확인 바랍니다. 첫 번째 안은 부인의 집 창살을 개조하는 것인데 이 안으로는 문제의 일부밖에 해결되지 않습니다. 비둘기가 주로 덧창의 창턱에 앉는데 이 부분에 대해서는 저희가 손을 쓸 도리가 없기 때문입니다. 완전한 해결 방법은 기존 덧창을 창턱 없는 블라인드나 폴딩도어로 바꾸는 것입니다. 두 번째 안은 주차장의 함석지붕 교체 건입니다. 뤼페스코 부인 자택을 방문했을 때 조합위원회에서 나오신 다른 여자분도 뵈었는데 두 분 다 지붕에 뾰족 돌기를 설치해서 비둘기들이 앉지 못하게 하려면 비용이 얼마나 드는지 물어보셨습니다. 저희는 그 방법은 비닐봉지, 낙엽, 넝마 따위가 돌기에 걸리거나 중간에 쌓여서 기물이 금세 더러워지고 추후 지붕 공사를 할 때 일이 더 번거로워지기 때문에 추천하지 않는다고 말씀드렸습니다. 더욱이 일부입주민은 창문을 열면 바로 그 뾰족 돌기들이 정면으로 보이기 때문에 찬성하지 않을 겁니다. 감사합니다.

안토니오 산체스. 쥐, 해충 제거 및 살균 전문업체 KAKOR.

나도 그 일부 입주민이다. 뾰족한 침들을 코앞에 두고 살순 없지. 새들이 그레즈 거리에서 자기들 하고 싶은 대로 하는 걸 어쩌라고. 새들은 어쩌면 그렇게 진득함이 없는지 그게 놀랍다. 새들은 새로운 관찰 장소가 늘 아쉬운지 끊임없이 움직인다. 새로운 장소가 아니라 새로운 활동을 찾는다고 생각하고 싶지만 새들은 대개 다른 곳에 앉고, 이쪽 난간에서 반대편 건물 난간으로 건너가고, 굴뚝에서 보도로 내려오고, 하수구를 따라가고, 굴뚝으로 올라갔다가 다시 하수구로 내려올 뿐이다. 어떤 논리도 없고, 휴식도 없다. 멈추면 안 된다는 강박. 시간을 헛되이 보낸다는 두려움. 토마스 베른하르트가 생각난다. 그는 빈을 극복하기 위해 나탈로 떠났고 나탈로부터 치유되기 위해 다시 빈으로 돌아갔다. 그 왕복의 리듬이 점점 짧아졌고 전도유망한 이름의 다른 도시들로 일시적 도주가 있기도 했다. 이 작가는 자신을 "도착한 사람들 중 가장 불행한 이"라는 유명한 표현으로 정의했다. 나는 그를 생각하면 늘 세르주가 생각났다. 살아 있는 동안 '자기 자신을 구원해야' 한다면서 어느 한 곳에 만족하지 못하고 금세 그곳을 떠나고 싶어 하는 나의 형. 아버지는 늘 말씀하셨다. 쟤는 역마살이 끼어서 늘 다른 곳이 좋아 보이지! 그런 꼴이 아버지에게 곱게 보였을 리 없다. 아버지는 형이 허세 때문에 한 가지를 진득하게 붙잡지 못한다고, 그게 다 미친 짓 아니면 병이라고 생각했다. 나는 늘 그게 단순한 부산스러움은 아니라고 생각했다. 새들은 정신이 나가서, 혹은 부산 떠는 병에 걸려서 그렇게 움직이는 게 아니다. 새들은 더 나은 곳을 찾는데 찾지 못하는 것뿐이다. 모두가 더 나은 곳이 있다고 믿는다.

샹드마르스의 가구 딸린 셋집에 왔다. 터키석 색깔의 호피 무늬 쿠션 따위로 힘을 좀 준, 일반적 구조의 두 칸짜리 집. 셸리그만이 인테리어도 한 거야? 내가 물었다.

"몰라."

침대 머리 탁자의 작은 잔에 담긴 가네샤상 파편들과 이미 뜯은 알약 판, 책 몇 권을 제외하면 세르주의 흔적은 없었다. 주공간에는 버팀목 대신 처마장식 아래에 고리로 달아 회색 PVC 관으로 지지해놓은 식물이 창을 타고 천장 아래까지 뻗어 있었다. 별 모양의 흰 꽃이 방사형으로 퍼져 있어서 마치 땅에 떨어진 시럽이 사방으로 튀는 듯한 인상을 주었다. 이 식물 보기 싫어, 라고 내가 말했다.

"아, 젠장, 물 주는 걸 깜박했네!"

세르주가 주방으로 달려가 분홍색 플라스틱 물뿌리개를 들고 왔다. 그러고는 마룻바닥에 물이 떨어져 생긴 얼룩을 스펀지로 훔쳤다. 왜 안 버려? 너무 보기 싫어.

"그럴 수 없어."

"왜?"

"수호물이야."

"아, 그래?… 어디서 난 건데?"

"파트릭. 파트릭은 없애고 싶어 했지만 저 식물이 자기가 남아야 한다는 걸 알려줬지."

세르주가 주걱으로 화분의 흙을 고르는 동안 나는 파트릭 셀리그만이 2000년대 초반에 메탈 음악 손님이었던 뤼시 라피오베르와 살림을 차렸다는 얘기를 들었다. 뤼시의 부모님은 인심이 후했는데 이 화분도 그분들의 선물 중 하나였다. 그들이 그분들의 신발 가게에서 싹이 돋고 자라는 걸 보았던 화분. 파트릭은 그 화분이 처음부터 싫었지만 뤼시는 부모님의 성의를 생각해 간직하고 싶어 했다. 파트릭은 식물에 자벨수를 뿌려서 서서히 죽이기로 결심했다. 처음에는 자벨수 냄새를 들킬까 봐 찔끔찔끔 주었다. 그 식물은 끄떡없는 것 같았다. 파트릭은 마음을 독하게 먹었다. 세탁세제와 표백제를 들이부었다. 식물은 되레 무럭무럭 뻗어갔고 결국 뤼시의 부모님이 드릴과 연장을 가져와 식물이 벽을 타고 올라갈 수 있게 버팀대를 마련하기에 이르렀다. 파트릭은 뿌리를 죽이기로 결심했다. 거사를 치를 때가 되어, 연마제에 손이 상할까 봐 주방용 고무장갑을 끼고 굵은 뿌리를 처단하기 위한 주방용 가위도 준비했다. 식물은 마법에라도 걸린 것처럼 건강했다. 그는 끓는 물을 부었다. 김이 올라왔을 뿐, 아무렇지도 않았다. 주술에 대해서 잘 아는 여자친구가 화분 밑에 쪽마늘을 넣어두라고 했다. 셀리그만의 엄마 같았으면 펄쩍 뛰었을 것이다. 마늘은 아니지, 그건 자양강장제잖아! 뤼시는 사이클선수와 사랑에 빠져 자기 삶을 전부 내팽개치고 페르피냥으로 떠났다. 이쯤 되니 파트릭은 더이상 그 화분이 예전처럼 보이지 않았다. 그 사악한 영혼을 더이상 공격하면 안 될 것 같았다. 그의 내면에서 어떤 목소리가 그 식물을 버리는 것도 안 된다고 말했다. 파트릭은 샹드마르스의 가구 딸린 셋집으로 그 식물을 옮겼다. 그리고 세르주에게 이 집을 내어주면서 이러한 사연을 가장 좋은 버전으로 전달하고 '사악한 영'을 '수호물'로 둔갑시켰다.

아무튼 그런 얘기였다. 적어도, 세르주의 서술을 내가 해독한 바로는 그렇다.

나는 말했다. 셀리그만도 이상한 점으로는 형 못지않네. 둘이 아주 잘 만났어.

"나만큼은 아니지."

세르주가 밤색 소파에 앉았다. 그는 호피 무늬 쿠션 하나를 무릎에 올려놓고 두들기다가 손바닥으로 쓸다가 하는 동작을 반복했다.

"음," 한참 침묵을 지키던 형이 그 희한한 동작을 계속하면서 입을 열었다. "아우슈비츠에서 돌아와서 심장내과에 갔어. 페달 검사는 정상, 심전도도 정상이야. 초음파가 문제였어. 대동맥 잡음, 대동맥 확장이 있대. 의사가 잡음은 심하지 않은데 대동맥 확장은 심각한 문제일 수 있다고 하더라고. 게다가 위치가 수술도 까다로운 대동맥궁 쪽이래. 수

술? 아니, 아니, 아직 그 단계는 아니야. 확장이 많이 일어나 진 않았지만 어느 선을 넘어가면 파열되기 때문에 정밀검 사를 해야 한대. 대동맥 파열되면 죽음이지. (형은 다시 쿠션 을 두들기기 시작했다.) 대동맥을 보려면 초음파보다 스캐너가 더 정확하다고 해서 그걸 찍었어. 영상의학과 의사는 대동 맥 뿌리가 47밀리미터로 확장되었다면서 심장내과의랑 동 일한 소견을 보였지."

"그놈의 쿠션 좀 가만히 둬!"

"알았어. 그러니까 대동맥 확장은 확인된 사실이야. 그리 고 의사가 폐에 무슨 점이 보인대. 석 달 후에 다시 찍어서 점이 이동하는지 확인해야 한대. 자, 이게 보고 내용이야. (형이 쿠션을 좌우로 흔들었다.) 이제 다 왔어. 난 아무것도 없는 데 세 가지는 있어. 잡음, 확장, 그리고 폐의 작은 결절."

침묵이 흘렀다.

"스캐너 찍은 후에도 의사를 만났어?"

"폐질환 전문의를 봤지. 같은 얘기를 하더라고. 아무것도 아닐 수도 있고 최악의 사태일 수도 있다. 석 달은 봐야 안 다. 진료 예약은 해놓고 왔어."

"고용량 제노트란 투여 요법도 있나?" 나는 농담이랍시고 그렇게 말했다(실은 나도 한 알 달라고 말하기 일보 직전이었다).

"정상일 뿐이야. 반면에, 새로운 푸닥거리 방법이 있지.

식물과 대화하기라고 말이야."

"식물하고 말을 해?"

"그럼."

"난 저 식물을 못 믿겠어."

"어제저녁 초콜릿 한 판을 다 먹었어. 딱 두 칸만 잘라서 냉장고에 도로 넣어놨는데 너 먹을래?"

"아니."

"나는 천하무적이었지. 모든 것이 망가졌어."

이렇게 숨이 막힐 것 같은 기분은 정말 오랜만이었다. 이 음침한 굴에서는 음침한 보도가 내려다보였다. 살아 움직이는 것은 아무것도 없고 거대한 밤나무들 때문에 묘지 분위기가 났다. 나는 갑자기 죽을 것 같았다.

세르주는 일어나더니 크고 네모난 상자를 가지고 돌아왔다. 미국 도시를 배경으로 한 노란색 기중기, 그 옆에 '슈퍼크레인, 슈퍼 파워풀'이라는 글자가 보였다.

"마르치오 선물로 산 전기 원격제어 크레인이야! 높이가 1미터나 돼. 리모컨으로 작동하지. 장난감 전문점에서 할인 판매 하기에 100유로에 샀어."

마르치오도 세르주 자신이 좋아하는 것만큼 좋아하려나, 라는 생각이 들었다.

"이걸 선물 포장을 해야 할까?"

"그러면 더 좋지. 100유로라고?"

"응, 바보 같지. 하지만 쪼들리는 티를 내고 싶지 않았어, 이해하지? 변변찮은 선물을 들고 가긴 싫어."

"서로 얘기는 해?"

"문자를 주고받지. 지금 걱정되는 건, 발렌티나가 이 장난감이 너무 거치적거린다고 뭐라고 할 거라는 거야. 그 여자는 정리 강박증이 있거든."

세르주가 담뱃불을 붙였다.

그는 성냥과 함께 뤼크의 밤을 꺼냈다. 밤은 도로 주머니에 넣었다.

"생일은 11일 토요일이야. 마르치오의 방은 좁아. 분명히 이놈의 크레인이 공간을 너무 많이 차지한다고 툴툴대겠지, 내가 그 여자를 알지."

"내가 생각한 게 있는데 말이야. 형이 들어보고 내 생각이 어떤지 말해줘. 뤼크가 마르치오랑 동갑이야. 나는 그 둘을 만나게 해도 될까 생각해봤어…."

"만나면 어때서."

"응…. 그런데 뤼크는 자기 세상에 빠져 있거든. 애가 되게 내성적이야. 친구도 없어. 썩 좋은 생각이 아닐지도 모르지만 마르치오의 생일날 한번 만나게 하면 어떨까 싶어."

"발렌티나에게 전화해. 틀림없이 데려오라고 할 거야."

"어떻게 생각해? 그러면 나도 가겠다는 소리가 되는데. 애가 너무 낯을 가려서 혼자 보낼 순 없어."

"와! 너도 와! 나도 지금 그 생일 생각만 하면 심장이 오그라드는 것 같아. 네가 오면 나는 훨씬 든든하지."

"발렌티나가 형이랑 헤어진 후로 난 한 번도 전화한 적 없어…. 아냐, 됐어, 그만둘래. 잊어버려."

"안 돼! 그 애를 꼭 데려와야 해! 내가 전화할게."

"조금이라도 망설여지면 그러지 않아도 돼. 그냥 잠깐 내 머리를 스치고 간 생각일 뿐이야."

"당연하지."

우리는 입을 다물었다. 형은 터키색 잔에 담배를 끄고 새 담배를 꺼내어 손가락으로 잡고 흔들었다. 상판이 두 개인 낮은 나무 탁자 위에는 그 잔과 거대한 장난감 상자뿐이었다.

"포장해달라고 할걸. 줄서기가 너무 귀찮아서 그냥 왔지. 오초아 가 소식은?"

없어, 라고 내가 말했다.

"멍청이는 패스트푸드 하고 있대?"

"아마 그렇겠지."

"조제핀은 튀니지 남자한테 차였어. 잘됐지 뭐."

"형, 담배 피워도 되는 거야?"

"응."

나는 그 집의 식물이 새로운 액운을 방울방울 떨어뜨리는 것만 같았다.

원래는 지타에게 들은 앙드레 퐁숑에 대한 이야기를 형에게 하려고 했었다. 과거에는 아무것도 아니었던 사람이 그렇게 과거에서 튀어나올 줄이야. 형에게 얘기할 생각에 신이 났었다. 하지만 이제 그럴 엄두가 안 났다. 형 앞에서 밝은 척할 기운이 없었다. 앙드레 퐁숑은 자기가 나온 곳으로 돌아가면 된다. 회색 모래처럼 무너지는 윤곽 없는 형태로.

새벽 여섯 시도 안 됐는데 핸드폰이 울렸다. 나는 밤이면 핸드폰을 끄거나 비행기 모드로 돌려놓고 잔다. 그런데 어젯밤은 그러지 않았다. 망각인가, 징조인가. 폴레트였다. 모리스가 죽었다. 폴레트는 묘하게 침착했고 거의 냉정한 음성으로 말했다. 기침 발작이 있었단다. 숨을 못 쉬어 죽었어. 뭘 바라겠니.

"옆에 계셨어요?"

"아니. 야간 당번 여자랑 있었지. (폴레트가 목소리를 낮추었다.) 뚱뚱한 안틸레스 여자 두 명 중 하나."

"지금 어디 계세요?"

"모리스 옆에. 그 여자가 전화를 했더라. (목소리를 또 낮추며) 소콜로프 씨께서 사망하셨습니다, 라고 무기력한 목소리로 말하는데 난 알아듣지도 못했어."

"폴레트, 저는 오늘 인도에서 오는 고객들을 현장에서 만나야 해요. 거기는 오늘 저녁이나 되어야 가겠네요."

"그 사람 아들이 왔다."

"보스턴에서요?"

"텔아비브에서. (갑자기 신음을 내며) 아직도 아기 같아! 여전히 요람에서 못 벗어났다! 기다리면 언젠가는 철이 들 줄 알았건만, 뭘 바라겠어…."

"네, 무슨 말인지 알아요, 폴레트. 힘내세요. 저녁에 뵐게요."

요컨대, 이제 세상에는 모리스가 없다.

내 눈이 바라보는 세상, 블라인드 사이로 벌써 희미한 새벽빛이 스며드는 나의 침실, 그레즈 거리, 라페 거리, 이스라엘, 러시아, 하늘, 오늘의 세상에는 더이상 사촌 모리스가 없다. 모리스 소콜로프는 요람에서 무덤까지 한 바퀴 여행을 마쳤다. 그 여행의 목적은 아무도, 그 자신도 모른다. *피조물은 무슨 이유로 살아왔는가? 무슨 이유로 죽었는가?* 어릴 적 나는 러시아 작가 숄렘 알레이켐이 그의 가장 가슴 아픈 이야기에서 읊조렸던 이 말을 되뇌곤 했다. 피조물은 죽었다. 더는 기쁨도, 여름도 없다. *산다는 게 뭘까? 죽는다는 건 또 뭘까?* 그가 달리든, 노래하든, 친구들과 강물에 몸을

담그든, 피조물은 무슨 이유로 살아왔는가? 무슨 이유로 죽었는가?

내 기억의 심연 속으로 완전히 사라진 줄 알았던 모리스의 평생 친구 세르주 마코프스키가 문득 생각났다. 이미 오래전에 죽은 그 친구분은 유흥과 익살의 거인이었지만 결국은 어떤 약으로도 치료할 수 없는 불안과 우울에 외로이 시달리다가 눈을 감았다. 면도도 하지 않은 얼굴로 식당에 나타났던 그분의 러시아 악센트가 지금도 들리는 듯하다. 내가 그때 열다섯 살이었나. 나는 아침·점심·저녁이 다 우울해. 우울, 우울, 우우우우울. 그 후로 몇 년 동안 그 거구의 입에서 울려 나오는 무서운 소리, 그 몸과 부서진 사물들이 빚어낸 이미지가 내 기억 속에서 떠오르곤 했다. 나는 우울해. 우우우우울. 우우우우울.

그리하여, 나는 이제 모리스가 존재하지 않는 새로운 세상에서 몸을 일으켰다. 욕실로 터덜터덜 걸어가 물을 틀어놓고 생각했다. 이제 핸드폰에서 그의 이름이 사라지겠구나, 라페 거리가 사라지겠구나. 샴페인 한 잔도, 안달하는 발구르기도. 아스트라한 모자도, 여름 벙거지모자도, 셰라톤 호텔도, 래플스 호텔도, 밤중에 방문을 두들기는 정신 나간 여자들도.

죽음의 덫에 빠지셨네요, 모리스. 백 살을 채우진 못했어요.

그가 쪼그라든 건 사실이다. 그 모습 역시 우리가 본 적 없는 또 하나의 모리스였다. 분홍 잠옷 차림에 하반신을 이불로 덮고 머리를 곱게 뒤로 넘겨 빗은 채 누워 있는 모리스. 사후 단장 때문에 노인은 키만 큰 밀랍 아기처럼 보였다. 폴레트는 우리를 맞아들인 후 방에서 나가면서 문을 조심스레 닫았다. 나도 바람 좀 쐬려고, 라고 그녀는 우리에게 속뜻을 알아들으라는 듯이 말했다. 폴레트는 우리끼리 모리스에게 마지막 인사를 할 수 있게끔 모리스의 아들 시릴이 방에 들어오지 않게 배려하는 듯했다. 덧창은 닫혀 있었다. 의료 장비가 설치된 침대 머리 탁자에는 불꽃이 은은하게 춤추는 향초 두 개만 놓여 있었다. 여기 오는 택시 안에서 세르주는 말했다. 나는 폴란드까지 갔었어, 비르케나우에도 갔었고. 그러면서도 라페 거리에는 발길을 할 생각을 안 했네. 세르주는 모리스를 일 년 넘게 못 봤다. 마지막 방문은 모리스가 디아디아 반야에서 낙상을 입고 병원에 입원했을 때 갔던 면회였다. 모리스는 사지에 깁스와 붕대를 하고 한쪽 다리를 매단 채 우리를 맞이했다. 좀 어때요? 세르주가 낙담한 표정으로 고개를 숙이며 물었다. 평생 이렇게 잘 지낸 적이 없다, 라고 모리스가 대답했다. 모리스가 우중충한 불구의 삶을 마주하러 라페 거리로 돌아온 후로는, 그의 전망이 침실과 줄무늬 벨벳 소파로 제한된 후로는, 세르주는 모리스가 어떻게 사는지 몰랐다. 형이 전화를 한 번 하기는 했다. 모리스는 자고 있었다. 형은 다시 전화하지 않았다. 아우슈비츠에 다녀온 후에도 만나러 오겠다는 결심을 지키지 못했지, 그래도 다른 점이 있다면—그는 택시 안에서 참담한 심정으로 말했다—가야겠다는 생각은 매일 했다는 거야. 형은 디나 우고르스카야가 연주한 베토벤 작품번호 109번과 110번 CD를 가져갈 생각까지 하고 있었다. 모리스가 2년 전에 라디오에서 우연히 그 연주를 듣고서 망명한 유대계 러시아인만이 그토록 아름답게 내면의 감정과 유머를 조화시켜 연주할 수 있다고 평했다나. 하지만 세르주는 그 CD를 주문하지 않았다. 시간이 없어서, 다른 일에 정신을 뺏겨서, 심리적으로 뭔가 내키지 않아서, 다시 말해 토나오는 그놈의 이기심 때문에. 형은 택시 안에서 그렇게 말했다.

방 안에서 우리는 아무 말도 하지 않았다. 의료용 침대 양쪽 난간이 이제 내려져 있었다. 샹젤리제의 완만한 내리막길이 기억났다. 낙타털 외투 차림의 풍채 좋은 사내를 따라가느라 우리는 다리를 한껏 내디뎠다. 노르망디에서 커크 더글라스가 에스키모인과 함께 우리를 기다리고 있었다.

세르주도 그 순수한 기쁨의 나들이를 떠올리고 있지는 않을까?

한 사람을 고스란히 전달하기에는 단 하나의 이미지로
충분하다.

거실로 나오자 폴레트가 샴페인을 내왔다. 프랑수아 부셰
의 칙칙하면서도 살짝 도발적인 〈오달리스크〉 대형 복제품
앞에 놓인 줄무늬 벨벳 소파에 모리스의 세 번째 아내 마디,
보라색 머리의 왜소한 몸집이 된 타마라 블룸, 그리고 예쁘
장한 저녁 당번 간호사 욜란다가 앉아 있었다. 얘들아, 와서
앉아! 폴레트가 말했다. 그녀가 말하는 애들이란 우리와 물
리치료사와 시릴이었다. 노란색 전등갓에 드리워진 술 사이
로 빛이 흩어졌다. 우리를 구해주신 폰세카 부부 알지? 폴
레트가 다른 두 의자 쪽을 가리키면서 말했다. 나란히 붙어
있는 가짜 루이 16세풍 의자들에서 수위 부부가 일어나면
서 인사를 했다. 시릴은 세르주와 비슷한 연배로 보였지만
미국식 머리 모양 때문에 외모에 신경 쓰지 않는 늙은이들
옆에서 단연 돋보였다. 저렇게 윗머리는 갈색으로 염색해서
부풀리고 관자놀이의 옆머리와 잔머리는 흰색으로 남겨두
는 건 미국인들뿐이지, 라고 생각했다. 시릴은 모리스와 닮
은 데가 없었다. 어디서 나왔는지 모를 평범한 배불뚝이 사
내. (나는 시릴의 어머니는 봐도 못 알아볼 것이다. 텔아비브에서 결
혼식을 올릴 때 스치듯 잠깐 봤을 뿐이다.) 시릴은 소파보다 높은

의자에 따로 앉아 있었다. 그는 세르주와 나에게 와줘서 고맙다, 아버지에게 늘 살갑게 대하고 특히 힘들었던 말년에 자주 찾아줘서 고맙다고 했다(타마라와 마디 사이에 끼어 앉은 세르주가 자기는 그런 말 들을 자격 없다고 중얼거렸지만 시릴은 듣지 않았다). 그는 모리스가 우리를 참 좋아했다고, 우리 이야기를 많이 했다고 했다. 시릴의 이야기를 듣고 있자니 모리스와 시릴은 멀리 떨어져 살았어도 살가운 부자지간, 떼려야 뗄 수 없는 사이 같았다. 마디가 그에게 새로 하는 일은 괜찮은지 물었다. 그녀가 뭐라고 말을 하다니! 좋아요, 시릴이 올리브를 삼키면서 말했다. 그는 모두의 관심에 부응하여 기업평가전문가는 어떤 일을 하는지 세세하게 설명하기 시작했다. 타마라와 마디는 외부성장이니 양도계획이니 하는 말이 나올 때마다 열심히 고개를 끄덕거렸다. 그러다 지속가능한 책임경영에 대한 복잡한 얘기에 이르자 시릴은 턱을 당기면서 빌 클린턴이 만족을 슬쩍 드러낼 때와 비슷한 표정을 지었다. 아, 우리 폴레트 아주머니! 시릴은 한숨을 쉬면서 폴레트의 어깨를 껴안았다. 이 올리브 어디서 샀어요? 세르주는 옆자리 여자들에게 담배를 피워도 되겠냐고 물었다. 안 피우셨으면 합니다. 제가 두 번째 이혼 후로 천식이 생겨서요, 라고 시릴이 말했다. 아비 닮아 카사노바로구나! 마디가 말했다. 시릴이 편하게 웃음 지었다. 폴레트가 선언했다. 모리스의 이름으로, 그를 도와준 모든 분을 위해 건배합시다! 욜란드를 위하여!… 욜란드를 위하여!… 영웅 프랑수아를 위하여!… (물리치료사는 자기는 할 일을 했을 뿐이라는 듯 두 팔을 벌렸다.) 프랑수아를 위하여!… 이제는 친구가 된, 착한 사람 상을 받아 마땅한 마르가리다와 주앙을 위하여!… 마르가리다와 주앙을 위하여!… 주앙 폰세카는 눈물이 그렁그렁해서는 자리에서 일어나 외쳤다. 이 건물에서 우리 모두 좋아했던 소콜로프 씨를 위하여!… 타마라를 위하여! 폴레트가 외쳤다. 모리스의 나이 많은 친구! 타마라를 위하여!…

"내가 이런 인사를 받을 자격이 있나 모르겠네." 타마라가 말했다.

"겸손 떨지 마!"

"일단 '나이 많은'보다는 '옛날' 친구로 해줘. 가장 오랜 친구, 라고 하면 어때?"

"가장 오랜 친구이자 가장 성가신 친구!"

"하여간, 입을 다물 줄 몰라. 잠시도 조용한 꼴을 못 봐서 다다다다 말을 쏟아낸다니까." 타마라가 나에게 슬쩍 폴레트 흉을 보았다.

"맘대로 떠들어, 난 귀가 안 들려." 폴레트가 말했다.

"안 들려도 입은 살아 있지." 타마라가 응수했다.

"알베르는 어디 갔어요?" 내가 물었다.

타마라가 기겁하며 나를 쳐다보았다. 마디가 고개를 숙이고는 나에게 속삭였다. 한 달 전에 장례 치렀어.

"그래, 아우슈비츠는 어땠든?" 샴페인을 너무 빨리 딴 듯한 폴레트가 큰소리로 물었다. "너희들 아우슈비츠 이야기 안 했잖니! 얘들이 여동생이랑 아우슈비츠에 다녀왔거든. 어떻디, 얘들아? 끔찍하디?"

"아, 다녀들 오셨군요! 나는 다들 의무적으로 한 번씩 가봤으면 해요. 내 경우는 거기 갔다가 완전히 변화되어 돌아왔습니다." (시릴이 다시 빌 클린턴 표정을 지었다.)

"어떤 점에서요?" 세르주가 물었다.

폰세카 부부는 대화를 따라오려고 애쓰는 듯 보였다.

타마라가 당황스럽게 머리를 흔들어댔다.

세르주가 자리에서 일어났다.

"죄송합니다만 저는 창가에 가서 담배 좀 피우겠습니다."

"나도 담배 피울래요! 괜찮으시다면." 마디가 갑자기 신난 사람처럼 말했다.

"저한테 존댓말 하신 거예요, 마디?"

"아, 맞다, 내가 평소 말을 놨던가? 내가 좀 오락가락하는 거 알지?"

타마라가 말했다. 이 여자는 죽을 때까지 색기를 흘리고

238

다닐 거야.

원한 풀어요, 타마라!

나는 간호사에게 미소를 지어 보였다. 자세가 곧고 말이 없는 그녀는 예쁘장했다.

폴레트가 소파에 주저앉았다. 너 기억하니, 시릴. 크론슈타트 씨네 집에서 모리스가 자동차 후진을 하다가 그 집 수국 화단을 완전히 쑥대밭으로 만든 거! 하하하! 컴컴한 밤이라 속도계도 안 보였거든! 그때 어찌나 웃었는지!

시릴은 미국식으로 치아를 싹 드러내며 웃었다. 희한하게 지난번보다 치아가 좀 넓적해 보였다.

"크론슈타트 부부는 어떻게 됐어요?"

"죽었지, 애야! 이제 그냥 다들 파리처럼 픽픽 죽는다. 프랑수아, 내가 당신 생각해서 이 연어 올린 토스트를 준비했다우."

"제가 세 개나 먹었습니다." 물리치료사가 말했다.

폴레트가 벌떡 일어나 스위치를 켰다.

"아뇨! 천장 등은 켜지 마세요, 폴레트, 제발요!" 내가 외쳤다.

우리가 그 집을 나설 때 나는 폴레트를 잠시 따로 붙잡고 물었다. 왜 우리한테는 알베르 블룀 씨가 돌아가셨다고 아무도 알려주지 않았어요?

"아, 그래, 뭘 바라겠니…. 타마라가 그 사람을 시설에 넣었는데 사흘밖에 못 버티고…"

나는 폴레트에게 모리스의 심리 상태가 어떻게 변했는지 모르겠다고 했다. 한때는 나한테 목숨 끊는 걸 도와달라고 그렇게나 들볶더니 어느 시점부터는 별말을 하지 않았다. 발작이 오기 전부터, 그는 자기 팔자를 받아들인 것 같았다. 항우울제 덕이지, 라고 폴레트가 귓속말을 했다.

"모리스 본인도 알고 있었어요?…"

그녀는 고개를 저었다.

"그랬겠니! 내가 알약을 빻아서 요구르트에 넣었지."

돌아오는 택시 안에서 형에게 물었다. 무인도에 단둘만 남는다면? 라모스 오초아야, 시릴 소콜로프야?

"너무하다."

"둘 다 사냥하는 법도 나무 베는 법도 똑같이 모른다는 조건으로."

형은 고개를 끄덕였다. 생각에 잠겼다.

"시릴 소콜로프."

나도 동의했다. 그 사람은 인생을 살아봤으니까. 적어도 매사추세츠 이야기라도 할 수 있으니까.

폴레트의 대답은 나의 강박을 지진처럼 흔들어놓았다. 그렇다, 나는 어둠을 향해 눈을 부릅뜨고 내 손으로 독배毒杯를 마련할 준비가 됐다고 생각했다. 골치 아픈 일에 연루되지 말라는 모욕적 조언에도 불구하고 나는 그에게 잔과 빨대를 내밀 의향이 있었다. 슐리에오르티즈 교수가 애송이 취급하는 말도 참고 들었다. 그 사람이―특정 조건 하에서―마법의 약물을 내어준다고 들었기 때문이다. 모리스, 당신은 무장을 해제하지 않았어요. 내가 침실에 들어서기 무섭게 물어보곤 했지요, 어떻게 되어가고 있니, 얘야? 나는 그 끈질긴 자기 파괴의 의지가 존경스러웠어요, 모리스. 그 의지를 당신의 삶에 색을 더했던 깃털 장식과 같은 것으로 생각했지요. 나는 당신의 전우였어요. 당신이 나를 지목했고 난 당신에게 필요한 사람이었지요. 나는 다짐했지요, 방책을 찾아내리라, 내가 선을 넘어가 어두운 재앙이 되어버린 삶에서 당신을 빼내리라. 요구르트에 부숴 넣은 약 한 알이면 집요한 계획도 부질없는 것을, 나는 뻣뻣하고 침울한 몸뚱이를 늘어뜨린 채 생각을 곱씹었다. 물리치료사와의 산책, (모든 치료를 거부하겠다고 선언한 후에) 주렁주렁 매단 관, 다시 먹기로 한 연어, 저녁의 샴페인 한 잔, 그건 다 평화를 위해서라고 생각했었어요. 당신을 애지중지하고 혼내기도 하는 저 무리를 실망시키지 않으려고 그러는 줄 알았어요.

나의 한창 시절에, 세상에서 제일 성질 급한 사람이었던 모리스가 그런 숙명론자의 모습을 보이다니 가슴 아프면서도 감탄했어요. 당신이 상황에 적응해서 나는 솔직히 실망했던 것 같아요. 기억해요, 당신의 결심이 무너졌다고 나는 천장을 쳐다보면서 그 신의 없음을 한탄했지요. 아니 좀 더 광범위하게, 어떤 상황에나 적응하고 가장 품위 없는 지옥에서조차 체념하고 살아가는 존재들의 성향을 한탄했지요. 그와 동시에, 당신 머리맡에서 모순적인 불안에 사로잡힌 나는 생각했어요. 어떻게 낭떠러지에서 뒤로 물러나지 않을 수 있겠어? 짐승들은 죽음을 감지하면 몸이 마비된다지. 모리스가 한 번 더 뒷발로 일어선다면! 번득이는 반항 혹은 공포를 내가 포착할 수 있다면! 아니, 당신은 체념했어요. 유순하게 도살장으로 떠났다고요. 우리는 인간에 대한 우리 생각을 검증할 모델이 필요해요. 사촌 모리스, 당신은 나의 모델이었어요. 당신이 약해진 건 나에 대한 배신이었어요. 그런데 요구르트에 몰래 약을 탔다고? 어쩌면 최악은 요구르트였을지도, 어떻게 요구르트를 먹을 수가 있어요? 물론 당신을 돌보는 여자들 중 한 명이 작은 숟가락으로 한 입씩 떠먹였겠지요. 나는 침대 스탠드를 다시 켜면서 생각했다. 바닐라 요구르트와 어두운 생각을 막는 가루가 모리스의 시냅스에 힘을 실어줬구나. 당신의 침체와 불구 상태에서 죽음이 어두운 생각이었던 것처럼. 당신은 당신 자신에게 배신당했어요, 나의 가엾은 모리스. 폴레트와 그 여의사가 당신 여정의 마지막을 좌지우지했어요. 뭘 바라겠어. 당신은 아무것도 몰랐어요. 하지만 당신은 요구르트를 받아먹었어요. '그의' 요구르트, 라고 폴레트는 말했어요. 아이와 노인의 후식. 요구르트, 음식도 아닌 것이 포장 자체만으로도 가증스러운데 당신의 신경계에 숨은 효과 혹은 세로토닌 투입 효과까지 미쳤다고요? 나는 보드카를 한잔 마시기 위해 일어나면서 생각했다. 그 못된 여자들이 어디다 맨 처음 약을 빨아서 넣었을까?

마리옹이 여성의 목 뒤를 둥그렇게 만들고 늙어 보이게 하는 지방 덩어리를 '물소 혹'이라고 부른다고 알려줬었다. 잠이 오지 않는 이 밤, 말총머리로 묶은 머리 아래로 드러난 물소 혹이 내 눈앞에 선하다. 앞으로 숙인 고개, 귀에 댄 전화기. 가슴과 배 사이에 가로지른 빨간 가죽 가방 끈. 자갈을 불안정하게 밟는 걸음. 그 시대 것인지 나중에 복원한 것인지 아직도 궁금한 두 대의 수송차. 언제 것이든 무슨 차이가 있을까마는, 왠지 그래도 알면 다를 것 같다. 내 눈에 보이는 것은 내 누이의 몸, 철로를 따라가는 우리의 고독이다. 나는 다른 세기에 부조리하게 그곳에 끌려왔던 수많은 이들이 아니라 내 누이의 나이 든 몸을 생각했다. 어쩌면 그 나이 든 몸보다는 알 수 없는 희망을 향하여 고개를 들고 무거운 다리를 움직이면서 소진될 때까지 끌어내는 에너지를 생각했는지도 모른다. 아니면, 색이 짙고 두꺼운 청바지를. 소위 털털한 성격과 편안함을 기준으로 선택했을, 이도 저도 아닌 컷의 청바지. 그 바지 하나만으로도 나이가, 과거와 현재 사이의 단두대가 보인다. 나는 쓸모없어진 두 대의 차량에 연민을 느낀다. 먼 곳에서 빨간 가방을 메고 온 의지 넘치는 여인에게 연민을 느낀다. 이 밤 비로소, 우리의 무게 없음, 우리의 무가치함이 똑똑히 보인다.

세르주가 전화로 잔뜩 흥분해서는 두 *가지* 좋은 소식이 있다고 했다. 나는 말도 안 되는 생각일 줄 알면서도 그 말을 듣자마자 혹시 심장 문제나 폐 결절이 사라졌나 생각했다. 솔직히 나는 심장보다 폐에 있다는 점이 더 신경 쓰인다. 어쨌든 심장이나 폐 얘기는 아니었다. 형은 조제핀에게 사줄 아파트를 찾았다. 35평방미터에 두 칸짜리 집인데 2층이지만 전망이 다른 건물에 막히지 않았고 생라자르 바로 위쪽 거리에 있다고 했다. 현재는 파트릭 셀리그만(또 이 사람이다)의 먼 친척 누이가 살고 있다. 세르주의 말로는, 가격이 시가의 30퍼센트밖에 안 되는 초대박 매물이란다. 형은 아직 사진밖에 보지 못했다면서 내가 집을 보러 함께 가주면 좋겠다고 했다. 나는 몇 가지 질문을 던졌다. 그 친척분은 왜 시가의 30퍼센트 가격에 파는데? 사정이 급해서, 미디 지방에 사는 딸네 집 옆에 집을 샀대, 부동산과는 말하고 싶지 않다네. 지불은 어떻게 할 건데? 그게 바로 다른 좋은 소식이야. 내가 직접 만나서 얘기해주마. 형은 웃었다.

우리는 아달베로클랭 거리를 따라 걸었다. 상점이 하나도 없었다. 조제핀의 기질과는 별로 맞지 않아 보이는, 뭔가 음산한 동네였다. 형에게도 그대로 말했다. 형은 이렇게 대답했다. 너는 스물다섯 살에 아파트 받아봤냐? 사주기만 해도 고맙지, 동네까지 어떻게 고르냐! 흰 셔츠를 입은 형은 살이 좀 빠졌고 외려 건강해 보였다. 또 다른 좋은 소식은 카센터 자리를 자키 알캉의 매제 장기 아보아브에게 매도했다는 것이었다. 형은 자기가 어떻게 분위기를 조성했는지 이야기했다. 내가 말했지, 장기, 일단은 내가 부동산개발이 아니라 토지의 상업적 이용에 관심을 두었다는 걸 알아줘. 그래서 카센터를 했던 거야. 난 어릴 때부터 자동차를 좋아했거든. 빈티지가 회귀하니까 올드타이머[31]들로 꾸리고 싶기도 했고. 하지만 요즘은 원하는 대로 할 수 있는 온라인플

---

31) 차량 연식이 30년 이상 된 차.

랫폼이 많잖아? 현장에 가지 않고 침대에서 누워서도 중고 차를 온라인상에서 360도로 관찰할 수 있단 말이야. 또 다른 문제는, 사실 나는 차를 수리하거나 점검하는 전통적인 카센터 역할도 좀 하려고 했어. 그런데 노로토, 푀베르 같은 프랜차이즈 업체에서 69유로 정비 패키지 같은 걸 내놓으니까 경쟁력이 없지. 하지만 장기, 자네는 수중에 돈이 있잖아. 여기 주위에는 다닥다닥 붙어 있는 저층 단독밖에 없어. 그러니까 R+2 허가가 날 수밖에 없지. 군수는 그 자리에서 허가할 거야. 시청 쪽에선 도시 재정비는 해야 하는데 도로는 넓혀야지, 거리 전면에는 이미 건물들이 다닥다닥 붙어 있지, 요컨대 이 동네에서는 건물을 위로 올릴 수밖에 없어. 자네는 예쁜 삼층 건물을 지을 수 있을 거야. 그렇게만 되면 남부럽지 않지! 난 벌써 성공의 냄새가 나. 이봐, 장기, 내가 자네니까 하는 말인데 나도 자금 사정이 이렇게 급하지만 않으면 절대 안 팔 물건이야. 우리 딸 집을 마련해줄 돈이 좀 필요해서 말이지. 이게 회심의 마무리였지. 유대인에게 딸의 거처를 마련한다고 말하면 효과 만점이거든. 그러고는 그 친구를 내 공증인에게 보냈어. 공증인은 내가 지금 한 말과 똑같은 얘기를 했고.

세르주는 건물 앞에 도착해서는 밖에서 보기에도 수수한 멋이 있다고 좋아했다. 우리는 걸어 올라갔다. 엘리베이터에서 고기 탄내가 진동했다. 엘리베이터가 너무 좁아서 겸자에 끼워진 기분이 들었다. 우리를 맞이한 왜소한 여자는 위에는 빨간색 트레이닝복을, 아래에는 엄청나게 두껍고 긴 치마를 입고 있었는데 늘 폴짝폴짝 뛰어다니는 것처럼 움직였다. 세르주가 그녀의 손을 두 손으로 잡았다. 여자의 키는 세르주의 가슴께였다. 그녀는 환하게 미소 지었다. 문을 열자 바로 거실이었다. 편하게 구경하라면서 한쪽으로 물러날 때도 그녀는 풀쩍 뛰어올랐다. 거실에는 유리공예품이 여기저기 널려 있었다. 장식장, 탁자, 선반, 심지어 라디에이터 상판에까지. 잔, 구球, 작은 주전자, 모래시계, 증류기 따위도 있었지만 주로 새, 말, 문어, 고양이, 곰, 알록달록한 닭 같은 동물 모양 장식품이 많았다. 받침대까지 갖춰진 와파티사슴 유리공예품도 보여줬는데 특히 아끼는 애장품인 듯했다. 나는 아주 멋지다고 말해줬다. 그녀는 웃으면서 정답게 사슴뿔을 어루만졌다. 세르주는 벌써 방을 보고 있었다. 그는 나를 불러서 횡하고 우울한 광경을 보게 했다. 야트막한 벽 너머로 폐쇄된 작업장 지붕, 담쟁이덩굴, 말라비틀어진 나무들이 보였다. 매력 있지 않냐? 세르주가 황홀해했다. 바로 그 순간, 바닥이 흔들리기 시작했다. 벽을 타고 무시무시한 굉음이 들려오더니 집 안의 유리 동물원이 흔들리고 맞부딪치면서 날카로운 소리를 냈다. 한참 있으니 다시 조용해졌다. 집주인 여자는 수건을 곱게 개어 진열장 아래쪽에 차곡차곡 놓았다. 그녀는 이 현상에 전혀 개의치 않았다. 에렌탈 부인, 방금 뭐죠? 키 작은 여자가 웃었다. 아, 지하철이에요! 2분에 한 번씩 지나가요. 내가 키우는 애들은 아주 좋아해요!

우리는 밖에서 그 매력 있는 작업장을 좀 더 자세히 보기 위해 길을 건너왔다. 아까 창에서 봤을 때 작은 벽 위에 팻말 같은 것이 있었다. 건설 허가장에 나와 있는 합성 조감도를 보니 15층짜리 주상복합건물이 들어설 듯했다. 나는 세르주에게 그냥 손가락으로 그 조감도를 가리켰다.

마리옹은 내가 알아볼 수도 없을 정도로 뤼크를 치장하는 데 성공했다. 그녀는 아이에게 파란색 땡땡이 셔츠와 조끼를 입히고 칼주름 나게 다린 바지와 시멘트처럼 뻣뻣한 구두를 신겼다. 살이 굵은 빗으로 빗어넘긴 머리는 1960년대 초등학교 단체 사진을 연상시켰다. 아무것도 모르는 애를 화동花童 시킨다고 차려 입힌 것 같았다. 나는 마리옹에게 말했다. 그냥 애들 생일잔치야! 마리옹은 보기 좋은데 왜 그러냐고 했다. 그래도 조끼는 벗겨주었다. 나머지는 절대 건드리지 못하게 했다.

나는 차를 옆길에 세워두었다. 마리옹이 창에서 내려다보며 우리에게 손 인사를 했다. 나는 모퉁이를 돌아나갈 때까지 기다렸다가 뤼크의 셔츠를 조금 구기고 머리도 자연스럽게 흐트러뜨렸다. 뤼크는 뻣뻣하니 내가 하는 대로 가만히 있었다. 차에서 우리가 어디로 가는지 설명했다. 우리가 만날 마르치오와 발렌티나에 대해서, 우리가 데리러 가는 세르주에 대해서 알려줬다. 룸미러로 뒷좌석 눈치를 보니 뤼크는 반쯤 알아들은 것 같았다. 아저씨의 형? 그래. 그 아저씨는 몇 살이에요? 나하고 비슷한데 조금 더 많아. 아저씨 음악 좀 틀어도 될까? 내가 물었다. 뤼크는 좋다고 했다. 나는 크리스토프의 〈푸른 말〉을 알랭 바숑 버전으로 틀었다. 뤼크는 웃으면서 몸을 흔들고 똑같은 가사를 반복했다. *그녀에게 말할 거야, 그녀에게 말할 거야…*.

날씨가 좋았다. 기분도 좋은 것 같았다.

세르주가 집 앞에 나와서 기다리고 있었다. 여름 양복. 짧게 친 머리. 보도 위에 욕 나오게 큼지막한 장난감 크레인 선물상자가 놓여 있었다. 형은 신이 나서 상자를 뒷좌석 뤼크 옆에 실었다. 우리 늦겠다, 왜 이렇게 오래 걸렸어? 형이 물었다.

"베그에서 왔잖아."

"선물 가져왔냐?"

"《거대한 우주 이야기》. 지구는 물론, 은하와 별에서 물질이 어떻게 형성되는지 알려주는 책이야. 선물로 괜찮은가?"

"그럼. 나 너무 떨려. 차 안에서 담배 피워도 되지? 안 될까?" 형은 뤼크에게 물었다. "내가 담배를 피우면 우리 귀염둥이 꼬마가 싫어할까?" 뤼크가 고개를 도리도리 흔들었다. "너 참 착하구나."

형은 담배를 피웠다.

"초조하게 굴지 마. 다 잘될 거야."

"성급한 단정 하지 마."

"발렌티나가 오라고 했잖아."

"나 제노 두 알이나 먹었다."

"고작 애들 생일잔치야!"

"그러니까."

발렌티나가 문을 열어주었다. 발랄하게 미소 지으면서.

"마르치오! 세르주 아저씨 왔다!"

마르치오가 다다다 달려 나와 세르주에게 착 달라붙었다. 세르주는 너무 큰 선물상자를 주체하지 못했다. 그는 한 손을 겨우 빼서 마르치오의 얼굴 아래쪽을 움켜잡았다. 우리 귀염둥이 얼굴 좀 보자. 내가 뭘 가져왔는지 봐라!

발렌티나가 뤼크에게 뽀뽀를 했다. 그러고는 내가 뤼크의 손에 들려준 《거대한 우주 이야기》를 받아들었다. 이름이 뭐니?

"뤼크예요."

"내 이름은 발렌티나야."

발렌티나는 나를 봐서 기쁘다고 했다. 여러 연령대 아이들이 전부 사방으로 뛰어다니고 있었다. 거실에는 어른들이 모여 있었는데 주로 여자들이었다. 마르치오가 거대한 상자를 끌어안았다. 풀어보렴, 하고 세르주가 말했다. 이게 뭔데? 현관에 두지 마. 거치적거려! 발렌티나가 말했다. 하지만 마르치오는 이미 얇은 포장지를 뜯은 참이었다. 고층빌딩들을 배경으로 한 노란색 플라스틱 장난감 이미지가 나타났다. 전기 크레인이란다! 세르주가 알려줬다. 방으로 옮겨줘. 발렌티나는 그렇게 명령하고 주방에서 누가 부르자 달려갔다. 마르치오는 신이 나서 장난감 상자를 방으로 가져갔다. 우리도 따라갔다. 작은 방은 이미 발 디딜 틈이 없었다. 프로그램으로 움직이는 로봇 상자, 침대 위의 어린이용 방수 디지털카메라, 헤드랜턴과 쌍안경과 나침반으로 구성된 탐험가 키트가 내 눈에 들어왔다. 아이들이 바닥에 모여 앉아 아이패드로 만화영화를 보고 있었다. 마르치오가 상자를 풀었다. 크레인은 조립을 해야 했다. 부품들이 바닥에 흩어져 있었다. 조립설명서가 미슐랭 전국지도를 펼쳐놓은 것만큼 컸다. 거실에서 갑자기 커다란 음악 소리가 났다. 아리스타! 마르치오가 빽 소리를 질렀다. (나중에 그 가수가 해리 스타일스라는 걸 알았다.[32]) 뤼크는 무릎을 꿇고 앉아 크레인 팔을 집어들었다. 내가 물었다. 이거 조립했으면 좋겠니? 그래, 그래, 조립해, 라고 세르주가 거들었다. 뤼크는 벌써 부품들을 구분해놓은 비닐을 마구 뜯고 있었다. 어떤 아기가 우리에게 기어와 삽을 집어 들었다. 세르주가 그 삽을 빼앗았다. 아기는 울려고 하다가 말았다. 세르주는 침대에 걸터앉았다. 베이스, 마스트, 막대까지는 금방 맞췄다. 평형추, 분기점, 전선 배치까지도 문제없었다. 세르주는 자기 자리에서 담배를 피우면서 꼬마가 조금이라도 다가오려 하면 인상을 썼다. 도르래의 좌철이 너무 작아서 어디로 선을 넣어야 하는지 보이지도 않았다. 세르주는 초조해했다. 뤼크는 자기도 조립을 해보고 싶어 했다. 나는 둘 다 짜증 났다. 나는 완전히 열 받은 상태로 구동부 전선과 갈고리를 연결하는 데 성공했다. 이제 준비는 끝났다. 뤼크가 리모컨을 작동하고 싶어 했다. 아냐, 아냐, 아저씨가 먼저 해보고. 나는 조립이 잘 됐는지 직접 확인해보고 싶었다. 막대가 왔다 갔다 하고, 삽이 오르락 내리락 했다. 됐다! 마르치오! 마르치오! 세르주가 방문에서 소리를 질렀다. 이렇게 음악 소리가 큰데 들리겠어? 세르주가 자리를 비웠다. 나는 목이 말랐다. 바닥에 하도 오래 앉아 있어서 무릎이 저렸지만 겨우 일어

---

32) 영어 이름 '해리'를 프랑스식으로 발음하면 '아리'가 된다.

나서 뤼크만 남겨두고 나갔다. 거실에서 아이들이 춤을 추고 광대놀음을 하고 있었다. 마르치오가 분홍색 안경을 쓰고 고개를 뒤로 젖히는 포즈를 취하자 다른 아이들도 따라했다. 참 희한하게도 노네, 라고 생각했다. 물과 기름 같은 두 아이를 만나게 하다니, 나도 참 바보같다. 나는 뤼크에게 코카콜라를 들고 갔다. 아이들은 만화영화를 뒷전으로 하고 뤼크가 크레인을 조종하는 모습을 구경하고 있었다. 너도 다른 애들하고 같이 춤출래? 아니오.

나는 책장 옆에서 안절부절못하고 있는 세르주 옆으로 갔다. 내 책들은 흔적도 없네, 발렌티나가 다 팔아버렸어, 라고 그가 나에게 슬쩍 말했다. 어떤 여자가 우리를 곁눈질하면서 남자아이와 춤을 추고 있었다. 그녀는 부자연스럽게 팔을 흔들면서 그게 매력적이라고 생각하는 것 같았다. 창이 열려 있었는데도 무척 더웠다. 음악 소리, 애들이 내지르는 날카로운 고성은 말할 것도 없었다. 우리는 차가운 물을 가지러 주방으로 갔다. 발렌티나가 케이크에 초를 다 꽂았다. 세르주가 자기 라이터로 불을 붙이겠다고 했다. 그는 기민하게 임무를 수행했다. 마이피코! 발렌티나가 감탄했다. 그녀는 케이크접시를 세르주의 손에 들려주었다. 자, 당신이 들고 가! 장, 음악 좀 꺼줘요. 발렌티나가 〈해피버스데이〉를 흥얼거리면서 앞장을 섰다. 세르주가 그 뒤를 따랐다. 그는 생각지 않게 맡은 역할에 몰입해서 함께 노래를 불렀다. 나는 뤼크를 데리러 갔다. 좁은 복도에서 애들을 데리고 나오는 여자와 마주쳤다. 모두가 촛불을 끄기 위해 벌써 세 번째 숨을 들이마시는 마르치오를 에워쌌다. 안경 벗어라! 발렌티나가 외쳤다. 마르치오가 네 번째로 숨을 들이마시고 촛불을 불었다. 열 개의 초가 꺼졌다. 박수. 세르주는 케이크를 잘라서 접시에 담고 돌리는 일을 도왔다. 바닐라 아이스크림도 있었다. 형은 아이들과 농담도 하고 식도락가들에게 마지팬이나 설탕절임을 덜어주었다. 심지어 어떤 여자아이 목에 턱받이를 둘러주기까지 했다. 나는 형이 그렇게 남의 비위를 맞추는 모습을 본 적이 없었다. 내 평생 처음 보는 광경이었다. 뤼크는 케이크를 받자마자 방으로 달아났다. 춤을 추던 여자가 내게 말을 걸었다. 케이크에 대해서 뭐라고 한 것 같다. 딸기케이크. 어쩌면 나에게 누구냐고 물었을지도. 나는 누구지? 그 여자 아들이 끈적끈적한 손으로 엄마 옷을 잡아당겼다. 여자는 아들 손을 부드럽게 뿌리쳤다. 그녀는 끔찍이도 명랑했다. 나한테는 끔찍이 명랑한 여자들이 꼬인다. 세르주와 발렌티나는 잠시 대화를 나누는 것 같았다. 탁자 위에서, 다른 사람들에 둘러싸여, 깃털처럼 아무것도 아닌 말들이 오간다. 그녀가 소리 내어 웃었다. 형이 아직도 발렌티나를 웃게 할 수 있구나, 상황이 절망적인 건 아니네. 설명은 못 하겠지만 가슴이 저릿했다. 마르치오 가 분홍 테, 분홍 렌즈 안경을 끼고 와서 세르주에게 달라붙 었다. 그 안경은 뭐니? 세르주가 물었다. 도우트래시 안경이 에요. 마르치오가 말했다.

"그런 거 계속 쓰고 있으면 눈 버린다." 발렌티나가 말했다. "마르치오 얘는 아직 전기 크레인 보지도 못했어!"

"아, 그래."

마르치오와 세르주가 방으로 들어갔다. 나도 따라갔다.

그와 동시에 비정상적인 소리가 들렸다. 모터 헛도는 것 같은 소리와 동시에 건전지 타는 장면이 떠올랐다. 삽과 연 결된 선들이 꼬여 있었다. 뤼크가 한 손으로는 크레인을 붙 잡고 다른 손으로 선을 풀려고 낑낑대고 있었다. 장난감 전 체가 고장 나 있었다. 그만! 멈춰! 내가 말했다.

"무슨 일이야?" 세르주가 물었다.

"선이 좌철에서 빠져서 서로 엉켰어."

"얘 뭘 건드린 거야! 야, 너 뭐 했니?"

뤼크가 겁에 질려 뒤로 숨었다.

"얘가 뭘 했다고 그래. 이 크레인이 너무 약한 거야!"

"약하지 않아. 조심스럽게 다뤄야 하는 장난감일 뿐이지!"

"형이 뭘 안다고 그래? 형이 조립하지도 않았으면서!"

나는 허리가 끊어질 것 같았지만 최대한 몸을 웅크렸다.

"페이퍼나이프가 필요해. 아니면 압핀. 문제는 좌철의 크기인데…"

"뭘 만진 거야? 다 망가뜨렸네. 이 바보가 다 망가뜨렸어!" 세르주가 마르치오를 돌아보면서 말했다.

"너는 이거 작동하는 거 보지도 못했잖아! 너 이게 얼마나 멋있는지 봤어? 근사하게 움직였다고!"

뤼크가 울음을 터뜨렸다. 마르치오는 뛰어나가면서 소리를 질렀다. 엄마! 엄마!

나는 뤼크의 머리칼을 쓰다듬어주었다. 네 잘못이 아니야, 이 물건이 쓰레기야. 울지 마. 발렌티나가 후다닥 뛰어왔다. 마르치오는 엄마 뒤에 숨었다.

"이 흉측한 물건은 뭐야! 방에 이걸 둘 순 없어!"

"왜? 멋있잖아!" 세르주가 외쳤다.

"공간을 다 잡아먹잖아! 움직이지도 못하겠네! 방 좁아터진 거 알면서 이런 걸 사와? 여기 살아봤잖아, 모르는 사람도 아니면서!"

"라디에이터에 딱 붙여놓으면 되잖아! 애는 열 살이야. 나는 저 나이에 돼지우리 같은 방에서도 행복하게 잘만 살았어!"

"이 크레인은 이 집에 못 둬. 그리고 뭐든지 당신 기준으로 생각하지 마!"

"어쨌든, 조립이 날림이라서 이래."

나는 손으로 막대를 쳐서 마스트를 땅에 떨어뜨렸다. 자, 됐지, 이 염병할 크레인, 이제 진짜 날려버렸어.

나는 일어났다. 미안하다, 나는 마르치오에게 사과했다.

"어차피 그렇게 좋아하지도 않았어요." 마르치오는 여전히 엄마 치마에 매달린 채 대답했다.

"알지, 얘는 이런 거 관심 없어." 발렌티나가 세르주에게 말했다.

"아니, 난 몰랐어. 그럼 마르치오는 뭐에 관심 있어? 플레이스테이션? 호모나 쓰는 것 같은 안경? 얘, 너 뭐에 관심 있니?"

"가자, 뤼크." 내가 말했다. "발렌티나, 미안해요, 우리는 이만 가볼게요. 반갑게 맞아줘서 고마웠어요."

"아이가 울어서 나도 마음이 안 좋네요." 그녀가 다정하게 말했다.

"괜찮아질 거예요."

나는 뤼크의 손을 잡고 도망치듯 나왔다.

룸미러로 뤼크의 벌게진 작은 얼굴을 보면서 내가 떠올린 사람은 우리 아버지였다. 창피를 주는 아버지의 재주, 아버지의 약점을 생각했다. 스스로 경계하고 질색해도 아버지

의 기만, 절름거림, 사소한 광기가 결국은 아들에게 전해지
듯이, 그런 약점도 아버지에게서 물려받은 건가 싶었다. 모
르는 사이에 명백히 뿌리를 내렸나. 나는 잔뜩 차려입고 우
느라 눈이 부은 아이를 바로 베그에 데려갈 순 없었다. 울면
뭐가 달라지나? 세르주, 형도 코가 벌게져서 눈물을 삼키곤
했잖아. 형은 불쌍한 인간이 됐네. 오십 년이 지나서 보니
난폭한 머저리가 됐어.

"뤼크, 뭐 하고 싶니? 우리 둘이 어디 가서 재미있게 놀자."

나는 그 애의 입술이 달싹이는 것을 보았다. 애가 뭐라고
중얼거렸다. 좀 크게 말해볼래? 안 들려.

"수영장…."

"수영장은 좀 어렵겠다. 너무 늦었어. 우린 지금 수영복도
없고…. 우리 수영 배운 거 복습해보자…."

"준비운동…."

"준비운동… 그다음은?… 준비운동 다 하면 뭐부터 하
지? '잠'자로 시작하는데…."

"잠수…"

"아, 좋은 생각이 났다! 너도 분명히 좋아할 거야."

"뭔데요?"

"가보면 알아."

룸미러로 봐서는 뤼크도 기분이 조금 좋아진 것 같았다.

해가 다시 차 안으로 비쳤다. 다 좋았다. 혹은, 어쩌면 다 슬
펐다. 어떤 상황이었는지 도통 모르겠다.

앵발리드 입구에서 뤼크에게 말해주었다. 잘 봐, 여기 팬
저 4가 있어. 어릴 적 나는 제2차 세계대전 당시의 독일 기
갑차 모델을 전부 알고 있었다. 뤼크는 전혀 관심이 없었고
내가 탱크 이야기를 한다는 것조차 몰랐다. '명예의 마당'에
들어선 아이는 대포들을 보고 움츠러들었다. 나는 말했다.
프랑스의 위대한 장군들은 전부 이 예배당에 묻혀 있단다.
내가 뤼크 나이에 이런 말을 들었다면 뭔가 초현실적이고
음울한 비전을 품게 되었을까.
입체모형도 박물관 앞에서 뤼크는 천천히 거대한 바욘
도시 모형을 한 바퀴 둘러보았다. 간간이 멈춰서 다리와 요
새를 자세히 보다가 또 들판을 따라 걸음을 옮겼다. 내가 물
었다. 너 이 강 이름 아니? 아두르강이란다. 나는 자칫 뤼크
에게 지식을 주입하는 식이 될까 봐 자제했다. 뤼크는 반대
방향으로 한 번 더 돌아보고 블라이 도시 모형으로 시선을
보냈다. 그는 블라이로 옮겨갔다. 무거운 발걸음으로 이 요
새에서 저 요새로 옮겨갔다. 뤼크는 이프성, 벨릴, 페르피냥
도 둘러보았다. 도시 모형이 든 유리관들을 하나하나 살펴
보았다. 아이는 가끔 발걸음을 멈추고 울타리, 성벽, 바다,

259

옹기종기 모여 있는 작은 집들을 구경했다. 나는 말했다. 네가 좋아하는 도시들 같다! 봐, 생트로페야! (뤼크가 왜 생트로페에 관심을 가졌더라?) 올레롱 성이야! 염전의 소금더미들 봤니? 나는 평소처럼 뤼크가 달려가기를 바랐다. 나는 뤼크가 달릴 때 행복해하는 것을 안다. 그 애는 달리지 않았다. 땅바닥에 앉아서 세바스티앙 보방의 흉상 받침대에 기댔다. 나는 뤼크의 손을 잡았다. 가자, 내가 뭐 보여줄게. 나는 뤼크를 내가 잘 아는 전시실로 데려갔다. 그곳에는 모형 제작에 사용된 도구와 재료가 있었다. 나는 목재에 구멍을 뚫는 나사라든가 도로와 길 표현에 쓰인, 칸막이에 나뉘어 있는 다양한 질감과 색상의 모래를 보여주었다. 이 작은 바퀴로 밭에 고랑을 낸 거야! 작물의 종류와 입체감을 내기 위해 색색의 가루와 비단을 사용했지. 뤼크는 진열장에 얼굴을 대고 열심히 구경했다. 아이는 연장에 특히 관심이 많았다. 뤼크를 다시 회랑으로 데려갔다. 몽생미셸 모형을 봐. 수도사들이 루이 14세를 위해서 만든 거야. 너 루이 14세 아니? 뤼크는 알고 있었다. 수도사 한 명이 만들었다는 말도 있어! 몽생미셸을 보고 뤼크는 다시 살아났다. 아이는 섬 모형을 몇 번이나 돌아보더니 드디어 바다와 성벽 지대를 따라 달리고, 폴짝폴짝 뛰고, 뒤로 걸어갔다. 뤼크가 밤중에 절벽들의 경계를 짓는 가파른 계단을 몰래 올라가는 모습이, 고개를 푹 숙이고 순찰을 도는 모습이 눈앞에 아른거렸다. 나는 물었다, 너는 어디에 사니? 뤼크는 자기 도시들을 둘러보고 나보고 어디에 사는지 물었다. 아이는 집중해서 도시들을 또 둘러보았다. 뤼크는 반원형 탑 맞은편 성채 위에 산다고 했다. 아, 그래, 괜찮구나!—아저씨는요? 나는 망설였다. 어느 마을의 작은 정원 딸린 집이 눈에 들어왔지만 전망이 별로일 것 같았다. 뤼크, 이리 와봐, 수도원 독방을 보여줄게. 나는 핸드폰 손전등 기능으로 수도원을 비춰주었다. 침대, 책상, 성화聖畫가 보였다. 아이는 얼른 수도원의 숨겨진 부분들, 빛을 비추기 전까지는 보이지 않았던 교회 내부의 그림들을 구경하고는 자갈투성이 골목길 중 하나로 도망갔다. 그 애는 다시 뤼크가 되었다. 다 좋다. 다 슬프다. 알 수가 없다.

파리를 빠져나가는 길이 많이 막혔다. 차에서 마리옹에게 전화를 했다. 그녀는 또 아랫집과의 말다툼 때문에 눈물이 터지기 일보 직전이었다. 오늘은 물주기가 문제였다. 마리옹이 화분에 준 물이 아랫집 제라늄 화분에 떨어지고 유리창에까지 흙물이 튀었다나. 내가 일부러 그랬냐고! 그럼, 내 초롱꽃이 말라 죽을 지경인데 물도 못 줘? 그래, 오늘 재미있었어?

"응."

"아랫집 남자가 나를 멍청한 여자라는 둥, 그러니까 남자
도 없다는 둥 욕했어!"

"그 사람이 아르헨티나 남자를 알아?"

"지금 장난해? 그놈 정신병자야. 자기가 좀 혼내줘."

"일단 지금은 길이 너무 막혀서 말이지."

나는 전화를 끊으면서 뤼크에게 말했다. 생일잔치는 재미
없어서 일찍 나왔다고 하자. 크레인이랑 아저씨의 바보 같
은 형 이야기는 할 필요 없어. 아저씨가 좀 창피해서 그래.
무슨 말인지 알겠지?

뤼크는 아무 말 하지 않았다.

"그리고 아저씨가 너한테 소개하고 싶다고 했던 마르치
오 있잖아. 난 그렇게 바보 같은 애는 처음 봤어."

가운을 입고 머리에 터번을 두른 마리옹이 문을 열어주
었다. 샤워를 마친 지 얼마 안 됐는지 아직도 머리칼이 축축
했고 아까 통화할 때보다는 차분해 보였다. 그녀는 당장 우
리가 무슨 소동을 겪고 왔는지, 특히 세르주와 발렌티나의
관계가 어떻게 되는 건지 알고 싶어 했다. 나는 말했다. 발
렌티나가 아까워.

"그게 무슨 상관?"

"생일잔치에 사람이 너무 많았고 엄청나게 시끄러웠어. 우린 오래 있지도 않았어. 대신에 뤼크랑 앵발리드에 가서 요새 도시 모형들을 구경했지."

"뤼크랑 발렌티나 아들이랑 잘 놀았어?"

"아주 잘 놀았어."

그녀는 소파 모서리에 앉아서 뤼크를 자기 쪽으로 끌어당겼다.

"너 그애랑 잘 놀았니?"

뤼크는 엄마의 무릎에 기어올라 다리를 웅크리고 뺨을 비벼댔다. 마리옹은 아이의 이마를 쓰다듬어주었다.

"일요일에 우리 집으로 걔를 초대하면 되겠다. 나 식물성 염색을 해봤어. 엄청 가려워. 장, 나 좀 기쁘게 해줘. 그 미친놈 집에 찾아가서 한 번만 더 나를 모욕하면 죽여버린다고 해."

"매달 그렇게 할게."

"한 번만 해주면 돼. 자기의 달콤하고 비굴한 말투로."

"두 번 할게. 당신도 그 사람 빌어먹을 상놈이라고 했잖아."

"아, 그래! 보드카 좀 가져다줄래?"

나는 잔을 가져와서 두 사람 옆에 앉았다.

"폴란드에서 생강 보드카를 마셔봤어."

그녀가 말했다. 애를 일찍 재워야겠어. 내일 학교 가잖아.

텔레비전이 무음으로 켜져 있었다. 조선소와 대형여객선. 희한하게 콧구멍을 벌름거리는 대통령의 웃음. 스튜디오의 진지하기 이를 데 없는 패널들. 뤼크가 내 다리 위로 자기 다리를 쭉 폈다. 거실은 난장판이다. 여성용 액세서리, 주방 도구, 장난감, 오만 가지 잡동사니가 널려 있다. 바깥에서 저물어가는 해가 베그의 건물들을 비추었다. 문짝 닫히는 소리가 들렸다. 베그의 소음은 파리의 소음과 다르다. 이 소음은 조금 슬프고 어디와도 다르다. 베그에는 주변이 없다. 실질적 경계도 없다. 베그가 끝나는 곳에서 다른 도시가 시작되고, 그 도시가 끝나는 곳에서 또 다른 도시가 시작되고 그렇게 계속 이어진다. 앵발리드에서 봤던 도시들은 풍경과 구분되었다. 인간의 솜씨는 한데 뭉쳐 신비 속에 버티고 있었다. 마리옹은 베그에서 사는 데 만족해한다. 그러니까 베그라는 이름의 장소는 존재한다. 베그를 하나의 장소로, 다시 말해 내가 영원히 있을 수 있는 공간으로 생각하면, 유배라도 당한 듯 당장 답답해진다. 입체모형도 박물관에서 나는 바욘의 오막살이에 나를 투사할 수 있었다. 전쟁과 무명용사. 귀환은 쓰라리다. 마리옹은 아들의 귀에 대고 노래하듯 속삭인다. 그녀는 뤼크에게 존재하지 않는 언어로 말한다. 아기 때 아무렇게나 지어서 불러주었고 지금도 그 애만 들을 수 있는 노래. 나는 보드카를 잔에 채운다. 텔레비전은

경련하듯 이미지들을 쏟아낸다.

마리옹이 터번을 풀었다. 그녀가 묻는다. 세상이 점점 끔
찍해진다고 생각해? 그러고는 또다시 애 저녁을 먹여야 할
텐데, 우리 아들, 내일 학교 가야 하니까 일찍 자야지, 라고
한다. 그녀는 머리카락을 손가락으로 꼬아보고는 나보고 무
슨 색이 됐느냐고 묻는다. 나는 마뜩잖은 표정을 짓는다. 그
녀가 웃는다. 뤼크의 양말 한쪽에 구멍이 났다. 나는 그 구
멍에 손가락을 집어넣어 뤼크를 간질였다.

어디서 봤는데, 사람은 나이가 들면서 두 방향 중 하나
로 나아간다고 한다. 어떤 사람은 철갑을 두르고 점점 더 완
악해진다. 어떤 사람은 마음을 열고 멜로드라마에 빠져든
다. 장 삼촌은 멜로 쪽이다. 지금 나는 뱅센 숲에 붙어 있는
현대적인 건물 중 하나에서 엘비스 프레슬리의 〈제일하우
스 록〉에 맞춰 여동생과 춤을 추는 중이다. 한 시간 전, 성심
성의껏 준비한 듯한 에밀 푸아요 학교의 졸업식이 이곳 대
회장에서 있었다. 디제이는 다양한 세대가 참석한 분위기
를 고려해 랩에서 옛날식 스탠다드 팝으로 넘어갔다. 빈정
대기 좋아하는 무리, 마르고, 조제핀, 빅토르와 친구들은 우
리를 곁눈질하면서 펀치를 마신다. 조는 튀니지 남자와의 이
별을 완전히 털고 일어난 듯하다. 라모스는 절대로 음식 테

이블에서 1미터 이상 벗어나지 않고 짐짓 무심한 척 어슬렁대며 이것저것 집어먹는다. 장 삼촌이 재킷을 떨어뜨렸다. 나이 든 사람 아니랄까 봐 열심히도 여동생을 제자리에서 빙빙 돌린다. 그러한 열성은 아주 특별하다. 악착스럽고 융통성 없는, 트랙을 마지못해 떠나면서도 비밀 장치에 힘입어 다시 돌아올 희망을 못 버린 정정한 노인네의 열성. 장 삼촌이 라모스에게 다가간다. 그는 매제의 어깨에 손을 얹고 샹그리아 맛이 어떤지 묻는다. 샹그리아는 그래도 스페인 것 아닌가. 라모스는 (계피가 좀 많이 들어가긴 했지만) 정직한 맛이라고 하면서 얼른 한 잔을 따라준다(하는 김에 자기 잔도 다시 채우고). 라모스는 오징어 튀김 빵과 1학년생들이 직접 만든 파프리카 타파스도 맛있다고 자랑한다. 그것만이 아니라 파티 음식 전부를 1학년생들이 준비했대요, 라고 말하는 그는 더위 때문인지 술 때문인지 얼굴이 붉은 벽돌색이다. 마르고도 장 삼촌과 춤을 추고 싶어 한다. 그 애가 셔츠 자락을 잡아끌었지만 마침 음악이 끝났다. 마르고는 말한다. 세르주 삼촌이 안 오셔서 아쉽네요. 적어도 초대는 했겠지요? 라모스는 토티야 한 쪽을 고르고는 대꾸한다. 아무도 초대하지 않았을 것 같다만. 마르고도 대꾸한다. 바보 같아요. 다들 정말 바보 같아요. 그만 좀 먹어요, 아빠. 이미 몸집도 비대하면서. 사람으로 가득 찬 테라스에서 빅토르가 어떤 여자애를 껴안는 모습을 보았다. 빅토르는 키가 크고 잘생겼다(R과는 정반대다…). 마르고에게 그 여자애가 빅토르의 여자친구인지 물어봤다. 마르고는 모른다고 했다. 그런데 삼촌, 삼촌은 왜 여자친구를 한 번도 안 데려와요? 나는 여자친구가 없다. 마르고가 자기는 장 삼촌이 혼자가 아닐 거라고 확신한단다. 사람들한테 성가시게 굴지 마라, 라면서 라모스가 크로케타를 입에 욱여넣는다. 나는 '혼자'라는 말을 곱씹어본다. 나나가 옆에 와서 내 팔에 매달린다. 오늘 파티 너무 멋져. 나는 여동생의 목덜미를 안아주면서 생각한다, 나의 귀여운 여동생아. 멜로드라마적 인물은 오초아 가 파티에서 기분이 썩 괜찮다. 교장의 연설에 박수도 보냈고 빅토르가 단상에서 졸업장을 들고 앞으로 나갈 때는 감동하기까지 했다. 그는 자기가 혼자가 아니라고 생각한다. 게다가 행사 참석이 줄줄이 이어진다. 어제는 뤼크의 학교 발표회에 다녀왔다. 아이는 발표회에서 시커먼 안경으로 얼굴을 다 가린 나폴리 마피아로 아주 잠깐 등장했다. 그 다음엔 셋이서 피자를 먹으러 갔다. 나는 혼자가 아니야, 라고 그는 생각한다. 그는 가족들과 친구들이 먹고 마시며 즐기는 넓은 연회장과 그 앞에 펼쳐진 평지를 바라본다. 그는 이 우애의 집단에 속해 있다. 그는 잔을 들고 소리 내어 웃는다. 자신을 스치고 가는 먹구름을 쫓아낸다. 걱정 없이 태평한 형제자매, 친척들, 연인들, 노인들, 졸업생들이 우르르 떨어지는 심연이 떠오를 때면 눈을 감는다.

　새벽 두 시. 텅 빈 거리. 나는 그 어두운 형체, 밤보다 더 어두운 그것을 곧장 알아보았다. 그레즈 거리의 까마귀가 차량 출입구 경계석 위에 앉아 나를 기다린다. '그' 까마귀다. 몇 달 전 비둘기 사체를 파먹던 바로 그 까마귀가 틀림없다. 이 시각에 뭘 하는 거지? 녀석은 에드가 앨런 포의 까마귀처럼 나를 보고도 불손하게 꿈쩍도 하지 않는다. *까마귀는 문 바로 위에 있는 팔라스 여신 흉상에 올라앉았다. 올라가, 앉은 채, 단지 그것뿐.* 나는 입 밖으로 소리 내어 물었다. 뭘 바라는 거야? 새는 미동도 하지 않고 나를 바라봤다. 나는 다시 물었다. 이름이 뭐야? 네 이름을 말해다오. 나는 귀를 곤두세우고 그 새가 공상 속의 까마귀처럼 자신의 모국어로 *네버모어!*[33]라고 외치기를 기다렸다. 그러나 까마귀는 아무 말도 하지 않았다. 자신의 출발대 위에 석상처럼 가만히 있을 뿐. 스페인의 어느 마을에서, 내가 좋아했던 여자와 거닐던 아득한 밤, 흑거위들이 무리 지어 우리를 쫓아왔

---

33) 에드가 앨런 포의 시에 등장하는 까마귀가 반복적으로 하는 말. 위의 이탤릭체 부분도 그 시의 인용이다.

다. 어디서 나타났는지 모를 거위들이 불안하고 음산한 구름자락처럼 우리를 졸졸 따라다녔다. 그 밤은 더웠다. 나는 아리안의 허리를 껴안고 생의 무질서에서 어떤 의미를 찾기 위해 불 꺼진 집들 사이를 돌아다녔다. 그녀는 세상 이곳 저곳을 떠돌던 내 젊은 시절에 좋아했던 타입이었다. 그녀의 머리에선 향내가 났고 그녀의 주머니에는 부적과 분첩이 들어 있었다. 멀어진 사람들은 어떻게 되는가? 까마귀는 날개를 펼치다가 도로 접었다. 내 생애의 다른 때였다면 저 새의 존재가 안중에도 없었겠지. 호텔 시종의 제복처럼 차가운 검은색과 불길한 부리에 사로잡혀 이 문턱에 멈춰 서 있지 않겠지. 어떤 약점(겁) 때문에 나는 이 새 앞에서 마비되었는가? 날아가라, 시체를 뜯어먹는 새여. 비켜라. 나를 내 집에 들어가게 해 다오, 불길한 짐승아.

여름이 돌아오면 시간이 돌아온다. 자연이 사람 면전에서 웃는다. 기쁨의 정신이 영혼을 마찰한다. 여름에는 모든 여름이 들어 있다. 과거의 여름들과 우리가 결코 보지 못할 여름들까지. 작년 여름에는 어머니가 살아계셨다. 어머니는 아스니에르 집에서 대체로 선량한 간병인들의 보살핌 하에 서서히 죽어갔다. 어머니는 공연히 침대에서 일어나 주방 의자에 가서 앉겠다고 실랑이를 하곤 했다. 그 여름, 어머니는 거의 보름 동안 혼자, 교대로 오는 간병인들만 만나고 살았다. 우리는 어머니가 혼자가 되지 않도록 여름휴가를 서로 조정할 필요는 없다고 생각했다. 나는 발로르신에 산악 등반을 가서 어머니에게 전화를 걸었다. 어머니의 힘 없는 목소리를 들으니 괴로웠지만 어머니는 거의 불평을 하지 않았다. 나는 어머니와 통화를 하고 나면 바로 (당시 발렌티나와 그리스에 있었던) 형이나 (토레도스모레노 오두막에 있던) 나나에게 전화를 걸었다. 그들도 마찬가지였다. 매번 우리는 누구 하나라도 직접 가봐야 하지 않겠나 하면서도 아무도 가지 않았다. 어떤 여름들은 아주 오래전으로 거슬러 올라간다. 포르투갈 가는 길의 흑거위들이 따라오던 여름. 코르시카 GR20[34]의 여름, 그때 우리와 함께 걸었던 두 마리 개는 우리 차가 떠날 때 뒤에서 쫓아왔다. 나의 입시가 있었던 여름. 세르주와 버스를 타고 예루살렘에 갔던 여름. 더 옛날로 가면 로제우도 소공원의 여름이 있다. 내니 미로는 벤치에 앉아 축 늘어진 가방을 옆에 놓고 또 다른 축 늘어진 가방에서 털실 뭉치를 꺼내 뜨개질을 했다. 평범한 뇌 속에 들어앉은 일련의 이미지들은 그 뇌와 함께 사라질 것이다. 여름의 사악한 번득임 외에는 아무 영향력도 없고 아무 상관관계도

---

34) 코르시카섬에서 가장 어렵고 경치가 아름답기로 이름난 트래킹코스.

없는 이미지들. 그 번득이는 칼날이 매년 돌아와 우리에게 상처를 준다.

　형은 7월 20일에 전화했다. 20은 상서로운 숫자다. 2 더하기 0은 도로 2. 친근하고 마음을 달래주는 수. 형은 일부러 두 번째 스캐너 검사 예약을 이날로 잡았다. 형은 병원에서 나오면서 전화를 했다. 우리는 한 달째 말을 안 하고 있었다. 마르치오의 생일 이후로 나는 어떤 신호를, 또는 형이 자존심(아버지는 자기애라고 말하곤 했다)을 지켜야 한다면 간접적 표현만이라도 보여주길 기대했다. 헛된 기대. 형은 결절이 두 배가 됐다고 했다. 두 배라니?

　"6밀리미터에서 11밀리미터로 커졌대."

　"의사들은 스캐너 보고 뭐래?"

　"넌 무슨 말이 듣고 싶냐?"

　"지금 어디야?"

　"길가야."

　"괜찮아?"

　"평생 이렇게 마음 편했던 적이 없다."

　이틀 뒤, 나는 형이 폐질환 전문의를 만나는 자리에 동석했다. 의사는 이마에 구불구불한 머리카락을 드리운 키가 크고 마른 중년의 남자였다. 의사의 머리 위 벽에는 남극을 표현한 포스터가 붙어 있었다. 그는 질겁한 표정으로 우리를 맞이했는데 나중에 보니 원래 표정이 그런 것 같았다. 그는 검사결과지를 쭉 보고는 간략하게 결절이 커진 것 같다고 했다. 그 후에 컴퓨터에 CD를 넣고 의자에 기대어 영상을 보았다. 이동식 에어컨이 진료실에 찬 바람을 불어넣고 있었다. 바람 소리 너머로 희미하게 키보드 두드리는 소리가 들렸다. 세르주는 통이 넓은 뻣뻣한 청바지를 입었다. 청바지 입은 형의 모습을 본 게 몇 년 만인지. 게다가 형은 청바지 입는 법을 모른다. 젊어 보이려고 입은 건지, 온 힘을 다해 아무렇지도 않은 모습을 보여주고 싶었던 건지. 의사는 계속 모니터만 뚫어지게 살펴본다. 세르주는 허벅지 사이에 두 손을 깍지 끼고 의사를 바라본다. 그의 상체는 움직이지 않는 해면체 같다. 사실, 나는 알았다. 형이 의사가 아니라 포스터 속 회색 대륙들 한가운데의 파란 남극을 보고 있다는 것을. 친근한 파란색, 긍정의 파란색. 색이 좀 연하긴 하지만—형이 전에 연파란색은 레이스로 만든 가슴 장식이 떠올라서 조금 덜 좋지만 진파란색이 없을 때는 그래도 괜찮다고 했다. 창은 벽토를 바른 마당으로 나 있었다. 커튼 뒤로 이따금 그림자가 지나갔다. 작은 음성이 침묵 속에서는 크게 울렸다. 그 음성은 이렇게 말했다. 추가 검사를 해봐야겠습니다.

의사는 코에 관을 넣어 기관 및 기관지 조직을 채취하는 내시경 검사를 제안했다. 그는 박테리아에 의한 감염도 배제하지 않았다. 결핵이나 그 밖의 만성 감염병에서도 이런 모양이 보이곤 한다나. 박테리아니 결핵이니 하는 단어가 한없는 위로가 되었다. 이 병들의 소설적 인상은 좋은 조짐 같았다. 하지만 의사는 PET-스캔이라는 두 번째 처방으로 신속하게 찬물을 끼얹었다. 그는 섬뜩하리만치 포근한 목소리로 PET-스캔은 좀 더 정밀한 검사이므로 결절의 특성을 알려주고 폐 외 다른 기관에 이상이 없는지 보여준다고 설명했다.

나는 생각했다. 이 사람아, PET-스캔이 뭔지는 우리도 알아. 어머니를 모시고 사르셀 병원에 그걸 찍으러 갔었다고. 불길한 여명. 대기실에서의 한없는 기다림. 그 음악을 다시 듣고 싶지 않다. 갑자기 아버지와 모리스와 산을 타러 다니던 시절이 떠올랐다. 아버지는 모리스의 흰색 모카신을 라페 거리의 덧신이라 불렀다. 우리가 모리스를 덩굴 천지에서 끌어낼 때 그 신발 때문에 모리스는 미끄러지고 넘어지고 그런 난리가 없었다. 우리는 딸기, 산딸기를 잔뜩 먹고 뭐가 더 맛있는지 끝도 없이 수다를 떨었다. 맛으로는 산딸기가 제일이었지만 복불복일 수 있어서 전반적으로는 그냥 딸기가 믿고 먹을 만했다. 방금 딴 딸기와 산딸기를 놓고 먹으면 딸기가 맛있을 확률이 더 높았지만 어떤 딸기도 진짜 맛있는 산딸기 앞에서는 명함도 못 내밀었다. 그 점에 관한 한, 모두의 의견이 일치했지. 의사가 조영제, 방사성 지표, 의료보험, 북부심장의학센터 이야기를 하는 동안 나는 수련이 핀 절벽에서 산딸기를 따다가 죽은 지타의 아들을 생각했다. 수련이 경사면을 가리고 있었고 아이는 급류로 떨어져 죽었다.

"그걸로 뭐가 잡히면요?" 세르주가 물었다.

"그러면 뭔가가 적극적으로 자라고 있다고 생각할 만한 근거가 하나 더 생기는 거죠." 질겁한 표정의 남자가 대답했다.

"암세포 말이죠." 세르주가 말했다.

"가설 중 하나입니다."

"그다음은 뭘 합니까?"

"수술로 제거해야 할지도 몰라요. 하지만 확실한 진단이 나오기 전이니 그런 말 하기는 이릅니다. 지금 단계에서 모든 가능성과 그에 대한 모든 치료 방법을 말씀드리고 싶진 않군요."

보도에서 산비둘기 두 마리가 알 수 없는 청춘사업을 펼치고 있었다. 수컷은 완전히 진심이었다. 수컷은 암컷의 깃털에 부리를 묻다시피 하고 종횡무진하는 암컷을 따라다녔다. 그러다 갑자기 뚝 떨어져서는 서로 반대 방향으로 이동했다. 암컷이 슬그머니 수컷 쪽으로 향했다. 수컷은 무심하니 나무 격자 근처에서 뭔가를 쪼아먹더니 1미터쯤 날아가 앉았다. 암컷은 빙빙 돌았다. 수컷이 돌아와 제자리에서 몸을 부풀리고 빙빙 돌았다. 종업원이 커피 두 잔, 보드카 두 잔을 가져왔다. 형이 입을 열었다. 조제핀에게는 말하지 마라.

"안 할게."

"결핵이라니! 언제부터 결핵이 종양을 일으키게 됐냐?"

"후유증 얘기를 한 거지. 후유증으로 양성 결절이 생겼을 수도 있다고."

"양성이라. 담배 피워도 되겠네."

"오늘 저녁에 약속 없지? 저녁 먹으러 가자. 내가 알리오 올리오 스파게티 만들게."

형이 고개를 끄덕였다. 우리는 아무 말도 하지 않았다.

날이 더웠다. 밤나무 잎이 떨어지기 시작했다. 한참 후에 세르주가 입을 열었다. 페기 위그스트롬이 결혼한대.

"그래?"

"보험 세일즈맨이랑."

"형 집의 그 기분 나쁜 식물을 치워야 해."

"그렇게 생각해?…"

"꼭 치워. 내가 도와줄게."

"그러면 나는 감염병으로 그칠까."

"물론."

"가벼운 감염, 짠!"

"짠."

"그게 아니면 무시무시한 암이고."

"생각을 하지 마."

우리는 보드카를 홀짝홀짝 마셨다. 나는 두 잔을 더 주문
했다. 더블로, 라고 세르주가 말했다.

"그놈의 내시경 검사를 왜 해야 하지? 그냥 바로 빌어먹
을 PET-스캔으로 가면 안 되나?"

"감염병일지도 모르니까."

형은 몇 번째 개비인지도 모를 말보로 골드를 뽑아서 불
을 붙였다. 암비둘기는 이제 기가 꺾였다. 구혼자는 당당하
게 암컷 위에 올라타고 미친 듯이 날개를 흔들고 있었다.

"처음의 유쾌함은 없군."

"처음의 유쾌함은 끝났지. 그래도 우린 여전히 웃을 수
있어."

형이 고개를 끄덕였다.

"너 내가 뭘 다시 보고 싶은지 알아? 〈프랑켄슈타인 주니
어〉."

"나도." 내가 말했다.

"너 아빠가 웃음이 쉽게 안 나오는 사람처럼 웃던 거 기억해?"

"그래서 우리가 창피해했지."

"영화관에서 다들 아빠만 쳐다봤지. 그래도 그땐 행복했어."

하루에 담배를 두 갑씩 피워대면서 뭘 바랐어! 나나가 소리 질렀다. 나나는 세르주의 폐에 결절이 있는데 크기가 커졌다는 소식을 (내가 전화를 해준 덕분에) 듣자마자 이성을 잃고 미친 사람처럼 혼란스러워했다. 나는 박테리아 가설을 들어가며 사태를 비교적 순하게 설명했지만 나나는 두 단어 이후로는 이미 듣고 있지 않았다. 몸에 나쁜 건 죽어라 하고 운동은 일절 안 하고 막살았으니 스스로 무덤을 판 게 아니냐. 이번에 폴란드에 가서 보니 아직도 절제라곤 모르는 어린애더라. 그런 게 의지박약 아니면 자기파괴적 성향 아니냐. 나나는 세르주에게 실패한 인생 운운한 것을 자책했다. 실패 아닌 인생이 있긴 해? 무슨 기준으로 그 인생이 실패다 아니다 말할 수 있어? 나나는 자기 인생도 방황의 연속처럼 생각될 때가 있다고 했다. 나이 들어 비로소 타인들의 삶에 관심을 지니게 됐고, 갑자기 복지 활동에 몸담게 된 것도 어딘가로 나아가는 길을 찾기 위해서였다고. 하지만 그런 일을 할 수 있었던 것은 주위 사람들과 정서적 안정감 덕분이었다. 세르주 큰오빠에겐 그런 게 없다. 나나는 솔직히 말해 아우슈비츠에서 큰오빠가 불쌍했다고 한다. (본인의 표현으로) '샤먼' 기질이 있어서 왠지 이렇게 될 것 같은 느낌이 왔단다. 큰오빠에게서 잿빛 구름에 둘러싸인 것처럼 음습한 기운을 느꼈단다. 하지만 세상에, 이런 재앙이 한순간 갑자기 떨어질 줄이야! 우리가 부모님을 떠나보내면서 겪은 일을 또다시 겪는 건가? 복도에서의 기나긴 기다림과 고통, 실낱같은 희망. 어째서 그놈의 병은 우리 가족을 붙잡고 늘어지는 거야? 나는 나나의 말을 가로막았다. 아직은 진단 초기 단계라고 다시 설명하려 했다. 나는 나나에게 시장바닥의 평온함으로 맞서고자 했다. 이놈의 조정자 역할이 나에게 아주 들러붙은 것 같았다. 나나가 무엇을 해야 할까? 형에게 전화를 해야 할까? 세르주가 따뜻하게 맞아줄까? 나나는 나에게 세르주는 이 상황을 어떻게 받아들이고 있는지 물었다. 세르주는 용감해, 내가 말했다. 하지만 그 말도 의미가 없는 것 같았다. 대화가 끊겼고 수화기 너머에서 울음소리가 들린 듯했다. 내 눈에도 눈물이 차오르는 것을 느꼈다. 나는 나나에게 들키지 않으려고 숨을 참았다.

예루살렘에서 나는 세르주를 따라 오래된 아랍 도시의

복잡한 골목길로 접어들었다. 우리는 단체관광팀에서 이탈했고 낯선 곳에서 자유에 한껏 취했다. 형을 따라 인파에 섞여 들어갔다. 형을 잃어버릴까 봐 겁났다. 형은 몇 번이나 뒤를 돌아보면서 내가 잘 따라오는지 확인했다. 나는 형을 안심시키려고 손짓을 했다. 나는 늘 세르주를 따라다녔다. 어릴 때는 그게 형의 불만이었다. 파뇰 가의 집에서, 형은 늘 찰거머리 같은 동생을 달고 다녔다.

기관지 내시경 검사로는 아무것도 안 나왔다. 감염도 아니고, 폐렴도 아니었다.

내 생각에 어떤 인테리어 디자이너들의 이름은 범죄자 명단에 올려야 하는 깃 같다. 나사로 고정된 파란색 선체가 있는 맞은편 벽에 주르르 비어 있는 의자들을 보면서 그런 생각이 들었다. 그 좌석들을 제외하면 진짜 아무것도 없었다. 천장의 네온등 아래에는 거무죽죽하고 미끄러운 바닥뿐이었다. 탁자 하나, 식물 하나 없고 복도와 이어지는 구석에 달랑 정수기만 하나 놓여 있었다. 회색 벽에는 머리 높이로 연녹색 프리즈가 지나간다. 미친놈들이 벙커에 약간 봄 느낌을 더해보자고 생각한 건가. 마들렌브레 병원 핵의학부 지하 대기실에 앉아 있는 남자는 고독의 심연으로 뛰어내린다. 기계 안에 들어가 누울 환자 혹은 치료 절차와 자신의 무력함에 절망하는 보호자. 우리 셋은 벙커에 있다. 인더스트리얼 양식의 긴 의자에 앉아 벽에 기댄 포퍼 가 삼남매. 우리는 언제까지나 우리, 포퍼 가의 세 '아이'일 것이다.

나나가 말한다. 지난번에 우리가 함께 있었을 때는 아우슈비츠였는데 이번엔 마들렌브레의 PET-스캔 촬영실이네. 이왕 셋이 함께할 거면 좀 더 재미있는 일을 찾아봐야겠어.

형이 나나를 보고(형이 가운데 앉아 있었다) 그 애의 포니테일을 잡아당기고는 목에 뽀뽀를 쪽 했다.

"네 남편은 토레도스모레노 오두막에서 혼자 뭐 하냐?"

"고등어낚시. 마르고가 자기 아빠한테 갈 거야."

"요리사님은?"

"라파예트 근처 새로 생긴 식당에서 부주방장으로 일해. 어차피 요리사는 두 명뿐이지만."

"패스트푸드는?"

"가을부터 할 거야."

나나는 화제를 피해 세르주에게 몸을 기대고는 손등을 쓰다듬어준다. 하지만 그 좌석들은 친밀감을 위한 것이 아니다.

기관지 내시경 검사 이후에 우리는 셀리그만의 식물을 헐값에 팔아치웠다. 화분, PVC 버팀대, 금속 고리는 두 개의 쓰레기봉투에 나눠서 버렸다. 재수 없는 식물 같으니. 간호사 한 명이 나타나 이름을 부른다. 포퍼 씨?

세르주 포퍼가 일어난다. 그는 모범생처럼 자신의 의료 기록을 들고 있다.

나나와 나 사이에 푸르스름한 구멍이 남았다.

원가족의 기억

프랑스의 대표적 극작가이자 소설가 야스미나 레자의 2012년 작 《세르주》는 육십 대인 삼남매가 어머니의 죽음을 계기로 아우슈비츠에 다녀오는 내용을 담고 있다.

타이틀롤에 해당하는 인물 세르주는 포퍼 가 삼남매의 장남이다. 일에서나 일상에서나 진득하지 못하고 '역마살'이 낀 그는 언제나 한탕을 노리지만 변변한 성공을 얻지는 못했다. 그게 운이 따르지 않은 탓이라고 생각하는지 비이성적으로 징크스에 민감하고 미신에 집착한다. 어릴 적에는 아버지의 폭력적인 태도나 일방통행에 상처를 많이 받았지만 정작 중년이 된 그 자신도 그리 호감 가는 인물은 아니다. 객관적으로는―아마 독자들의 눈에도―별로 상종하고 싶지 않은 인간일 것이다.

둘째 장은 이 소설의 화자다. 장은 세상에서 가장 견디기 힘든 것이 가족이 없는 고통이라고 생각하지만 아이러니하게도 형제 외에는 가족이 없는 사람이다. 장은 세르주와 달리 다른 사람을 챙길 줄도 알고 동기간의 갈등 상황에서 중재자 역할을 맡는다. 그에게는 모리스, 마리옹, 뤼크처럼 유사 가족을 이루는 존재들도 있다. 그렇지만 장은 그 나이가 되도록 진짜 가족을 꾸릴 용기는 아직 내지 못하는 듯하다.

막내 여동생 나나는 두 오빠와 달리 자기가 꾸린 가정에 잘 편입해 있는 사람이다. 세 남매 중에서 가장 귀여움을 받고 공주처럼 자랐지만 가족의 예상을 깨고 빈털터리인 스페인 좌파 청년과 결혼했고 남편과 정치적 성향을 같이한다. 오빠들로서는 그 점이 마치 여동생이 다른 가정에 흡수 합병당한 것처럼 못마땅하다.

원가족을 이루는 세 사람은 원가족보다 더 큰 뿌리, 이른바 유대인의 기억을 찾아 아우슈비츠로 떠난다. 이 소설에서 아우슈비츠는 갈등을 폭발시키기 위해 설정된 극단적 상황 비슷하다. 야스미나 레자가 최고의 극작가답게 쏟아내는 일상적이지만 날이 서 있는 대사들은—등장 인물들에게는 뼈아프고 독자에게는 블랙유머일 법한데—가장 가깝다고 할 수 있는 가족 사이에도 이해와 소통이 거의 불가능하다는 것을 보여준다. 더욱이 아우슈비츠에서 각자가 느끼는 괴리감은 이중적이다. 개인적 차원에서 가족에게 느끼는 괴리감에 역사적 차원의 괴리감이 겹쳐지기 때문이다. 유대인의 피가 흐르는 이들에게 아우슈비츠는 결코 잊을 수 없는, 잊어서는 안 될 역사 아닌가. 그렇지만 관광객들은 마치 놀이공원의 주요 시설을 둘러보듯 이 수용소를 둘러보고 셀카를 찍기에 바쁘다. 과거와 현재의 괴리 속에서 '기억하라'는 구호는 공허하게 울린다.

작가는 일견 사소해 보이는 사건들을 통해 모든 것이 세월 속에서 변하고 있음을, 인간관계도 예외가 아니라는 무상함을 이야기한다. 어린 시절 동생에게 무척 커 보였을 형은 찌질하고 참아주기 힘든 초로의 사내가 되어 있다. "사치덩어리" 소리를 들었을 만큼 곱게 자란 여동생은 생활에 찌들어 이도 저도 아닌 컷의 청바지를 입은 중년 여자가 되어 있다. 모든 것이 변했다. 노인들은 하나둘 죽어가고 아이들은 몰라볼 정도로 자라 있다. 그리고 세르주의 말마따나 삼남매는 이미 "아침에 일어났는데 잔 것 같지도 않고 피로가 그대로인" 나이가 되었다. 이번 생은 이제 돌이킬 수 없는 지점까지 와버렸다는 생각이 드는 나이가.

그렇지만 동기간이란 참 희한하다. 각자의 세월이 그렇게 흘러버렸음에도, 그들 자신도 서로를 낯설게 느끼곤 하는데도, 동기간에는 나이가 들어도 바뀌지 않는 그 무엇이 있다. 원가족은 폐쇄적이다. 원가족은 자기가 선택한 게 아닌데도 평생을 함께 간다. 그 연은 질기다. 기쁠 때나 슬플 때나 함께하는 게 부부라지만 천만의 말씀, 부부는 갈라설 수 있다. 원가족으로 맺어진 관계는 대체 불가능하다. 더욱이 동기간은 성장 환경을 공유한 사이다. 어떻게 커왔는지를 알기 때문에, 부모가 어떤 사람이었는지 알기 때문에 쉬이 등 돌릴 수 없다. 그래서 그들은 서로 사랑하지만 서로를 견디기 힘들어한다. 의미 있는 시간을 함께 잘 보낼 수도 있었을 여행은 서로를 더 외롭게 만든 반면, 병이라는 시련 앞에서는 끊으려야 끊을 수 없는 정을 확인한다.

그렇기 때문에 어린 시절의 남매는 영원하다. "어머니 침대머리 탁자에는 우리 삼남매가 외바퀴 손수레 안에서 서로 얼싸안고 환하게 웃는 사진이 놓여 있었다. 누군가가 우리를 멀미 나는 속도로 시간 속에 밀어버린 것 같았다." 몰라볼 지경으로 변한 줄 알았는데도 예전 그대로이니 멀미가 날 것 같을 수밖에.

좋은 소설은 아무리 생경한 주제를 다루고 상상도 못 했던 것을 말하더라도 결국은 보편성을 관통한다. 나 역시 함께 나이 들어가는 남동생을 둔 누나로서 이 소설을 번역하면서 동기간이란 뭘까 여러 번 생각에 잠기곤 했다. 우리는 어릴 적에는 사이가 좋았는데 나이를 먹으면서 점점 서로 이해할 수 없는 부분이 많아지는 듯하다. 그렇지만 인간은 자신의 정체성이라고 해도 온전히 이해할 수 있는 것은 아니다. 아마도, 동생은 내 정체성의 일부일 것이다.

2023년 2월,
이세진

세르주

첫판 1쇄 펴낸날 2023년 3월 8일
첫판 2쇄 펴낸날 2023년 3월 29일

지은이 | 야스미나 레자
옮긴이 | 이세진
펴낸이 | 박남주

종이 | 화인페이퍼
인쇄·제본 | 한영문화사

펴낸곳 | (주)뮤진트리
출판등록 | 2007년 11월 28일 제2015-000059호
주소 | 서울시 마포구 토정로 135 (상수동) M빌딩
전화 | (02)2676-7117 팩스 | (02)2676-5261
전자우편 | geist6@hanmail.net
홈페이지 | www.mujintree.com

ⓒ 뮤진트리, 2023

ISBN 979-11-6111-116-2 03860